COLLECTION « CRIME PARFAIT »
dirigée par Jean Marcilly

Dans la même collection

Roger Peyrefitte, *La soutane rouge.*
Guy Des Cars, *Le faiseur de morts.*
Suzanne Prou, *Les amis de Monsieur Paul.*

A paraître

René Barjavel, *La peau de César.*

L'OR DE BAAL

JEAN LARTEGUY

L'Or de Baal

MERCURE DE FRANCE

MCMLXXXV

ISBN 2-7152-1347-6
© MERCURE DE FRANCE, 1985.
26, rue de Condé, 75006 Paris.
Imprimé en France.

Il y a une marée dans les affaires des hommes,
Elle porte au succès, prise à son flux
Mais, celui-ci manqué, le voyage de vivre
Echoue dans les misères et les sables.
Nous sommes aujourd'hui à marée haute,
Prenons ce flot tant qu'il est favorable
Ou ce qui est risqué sera perdu.

Jules César, **Shakespeare**

Selon le « Livre des Records Guiness », la British Bank of the Middle East de Beyrouth aurait perdu un « minimum absolu de vingt millions de dollars et plus vraisemblablement de cinquante millions » au cours du hold-up dont elle fut victime en avril 1976. Elle reste la détentrice du record incontesté du plus grand vol bancaire enregistré à ce jour.

Tous les personnages de ce roman sont imaginaires, comme les événements qu'il relate, même s'ils se sont inspirés de l'actualité. Le Liban où l'auteur situe une partie de l'action, la France, la Suisse où elle se poursuit, n'en sont que les décors. Enfin, à ma connaissance, aucun journaliste ne fut mêlé au « casse du siècle ». Nous l'aurions su car il n'aurait pu s'empêcher de s'en glorifier dans des articles ou dans un livre.

Sommaire

   I. Maître Fabrice à Waterloo.
  II. La Dame de Byblos.
 III. La femme de pique.
  IV. Un aède phénicien.
   V. Le vin d'Esculape.
  VI. Le moine et le commissaire.
 VII. La danse d'Astarté.
VIII. Le secret de Khadafi.
  IX. La nécropole de Mar Mikhael.
   X. Un Anglais peu convenable.
  XI. La nuit de la Saint-Paterne.
 XII. Le bracelet de la reine d'Arabie.

Personnages

CENTRAL BANK : temple du dieu Baal à Beyrouth. Cinquante millions de dollars dans ses coffres et quelques squelettes.

DIONÉE HADDAD : croit que l'or de Baal lui rendra jeunesse, beauté et une nouvelle patrie. Une existence très mouvementée.

STAN VAUCELLES : journaliste d'Agence, flambeur orgueilleux, estime que seuls l'or de Baal et le « casse » de la banque le guériront de son vice.

AMIN ADLOU : clochard céleste et poète de qualité. Veut l'or de Baal pour monter sa pièce à Paris.

JAMMAL : chauffeur désinvolte et mal embouché de Stan. Druze rouquin.

FAROUK : capitaine en cavale de l'armée libanaise, désamorce les bombes et joue les Roméo.

MARIE : sa Juliette palestinienne. Pose des bombes à l'occasion.

KHALLIL : chauffeur taciturne d'une ambulance pourrie. Veille sur Farouk pour des raisons multiples.

Archibald Dawson : spécialiste des chambres fortes, employé par Chubb à Londres. Déteste la pluie.

Maître Fabrice : avocat des causes inavouables. Ne s'appelle pas Fabrice. Aime Stendhal.

Patricia Bouzoukian : fille de banquier, gauchiste à ses moments perdus.

Pierre Bouzoukian : le banquier en question. Comme il se doit, n'a aucune moralité.

Vincent Gauthier : journaliste consciencieux et concerné.

Le Père Antoun : moine soldat, chef d'une milice chrétienne et défenseur du Cèdre.

Nayef : Palestinien, dirige une milice islamo-palestino-progressiste. Marxiste, maoiste, trotskiste, etc.

L'Africain (Grégoire) : bâilleur de fonds et amoureux essoufflé de Dionée.

Kamal : prêt à toutes les besognes.

Karim : son giton.

Leila : jeune Kurde, esclave et garde du corps de Dionée.

Et

La ville de beyrouth en mars, avril 1976 en proie à la guerre civile et à tous les débordements de la violence.

I
Maître Fabrice à Waterloo

Je m'étais couché fort tard ce soir-là et je n'arrivais pas à m'endormir, victime d'un dîner trop copieux offert par un brave escroc que j'avais sorti de la panade. Sur ma table de nuit, en guise de somnifère, j'utilise deux ouvrages d'un avocat qui comme moi ne plaidait guère mais dont la carrière acrobatique suscitait mon admiration autant que sa littérature trop bien léchée mon ennui : *La poule et le grain* et *La paille et la poutre*. J'allais y recourir quand le téléphone sonna. On m'appelait de Genève.

Seule Patricia Bouzoukian, sous des prétextes rocambolesques, pouvait obtenir, malgré mes consignes, que la standardiste la plus méfiante, en pleine nuit, me transmît un appel.

Je lui demandai :
— Tu sais l'heure ?
— Oui, dit-elle, j'ai sous les yeux une pendule à quartz dont on m'a assuré, quand elle me fut vendue, que sa marge d'erreur variait entre une et deux secondes tous les cinq ans. Il est 2 h 23 du matin le 18 décembre 1976 et il pleut sur Genève. Quel temps fait-il à Paris ?
— Il y a trois mois, Patricia, tu disparaissais de mon existence sans me prévenir et, à ma connaissance, sans

raison. J'ai poireauté deux heures dans un bar. Résultat, je me suis poivré. Une pute m'a ramassé.
— J'espère qu'elle t'a collé la vérole.
— Ce n'était qu'un travesti
— Il t'a ouvert des horizons.
— Je l'ai viré. Quelle mouche t'a piquée de filer ainsi ?
— Au moment de te rejoindre, j'ai rencontré une copine Masha, tu te souviens ? « Tu vis depuis deux mois, m'a-t-elle dit, avec un bonhomme qui ne t'a même pas offert un voyage aux Seychelles, ou seulement proposé de t'épouser. Tu gaspilles ta jeunesse avec un individu douteux, à peine correct. » J'ai compris qu'elle avait raison et sur-le-champ, je suis partie retrouver mon père à Genève.
— Tu m'avais juré ne plus avoir de relations avec lui depuis qu'à Beyrouth tu l'avais quitté pour militer dans je sais trop quel parti communiste libanais.
— J'avais choisi, sur les trois, le plus toquard. Quand je t'ai rencontré, j'en étais revenue. Je songeais même à rejoindre un certain Nayef qui, lui au moins, ne trichait pas. Pour expier mes crimes de classe, j'étais prête à piéger des bagnoles quand une autre copine, Dionée, une fille épatante celle-là, m'a prouvé que Nayef était pire que les autres. Elle m'a rabibochée avec mon père en lui prouvant que j'avais fait preuve de discrétion dans mes débordements politiques, avec le seul souci de ne pas nuire à ses affaires. Le genre d'arguments auxquels il est sensible. Il m'a ouvert les bras et entrouvert sa bourse. Adieu le Liban et ses drames, vive la bonne vieille et confortable Europe dont tu étais l'un des plus divertissants spécimens. Ton cynisme m'a rendu la raison, deux mois de ski à Gstaad ont complété la cure. Mais tu me manquais.

— Est-ce la raison de ton appel ?
— Non, le boulot. Où en es-tu actuellement ? Professionnellement s'entend. Une affaire ignoble ?...
— Mais juteuse. Récupérer un honorable père de famille qui a plaqué femme et enfants pour filer avec une mignonne au Paraguay.
— Quelle idée ? Quel intérêt ? Une besogne d'assistante sociale !
— Le père est un important personnage à cheval sur la politique et l'administration. Le fils qui appartient au Quai d'Orsay a empoché une commission sur une vente d'armes au lieu de la refiler à l'émir qui avait arrangé le contrat. Une grosse commission, un beau scandale à la clé !
— On se libanise en France ? Laisse tomber, j'ai mieux à t'offrir. Rapplique à Genève par l'avion de 11 h demain matin. Le billet t'attend au comptoir de la Swissair ; ta chambre est retenue à l'hôtel *Richmond* et je serais à l'aéroport pour t'accueillir.
— Tu te fous de moi ?

De cette voix de chatte enrouée qui agissait sur ma libido comme de l'extrait de cantharide, elle me précisa :
— Il s'agit d'affaires du genre de celles que tu traites. Nous déjeunerons demain avec mon père et deux joailliers de Beyrouth. As-tu entendu parler du cambriolage de la Central Bank ?
— Cinquante millions de dollars volatilisés. Plus aucune trace. En quoi cela regarde Bouzoukian ?
— Mon père possède des intérêts dans cette banque et il est l'une des personnalités marquantes de la colonie arménienne du Liban. Les joailliers en question sont arméniens. Ils représentent ceux de leurs collègues qui

ont perdu leurs billes dans le hold-up. Le magot ne serait plus au Liban mais en France, où il s'agit de le récupérer. Je leur ai suggéré de faire appel à tes services.
— Qu'ils s'adressent à la police.
— Personne ne le souhaite. Ils t'expliqueront pourquoi. J'ai prévenu loyalement mon père du genre de nos relations, en lui précisant que cet intermède n'avait en rien altéré mon jugement. Je ne lui ai pas caché ce que je savais de ton passé. J'ai ajouté que tu avais tué deux gendarmes.
— Blessé seulement, ils avaient ouvert le feu les premiers.
— Autant mettre le paquet. N'oublie pas que nous arrivons de Beyrouth, où une vie humaine ne vaut que le prix d'une balle. J'ai ajouté que, dans ta jeunesse, tu n'étais qu'un petit crétin juste bon à troquer ta vie contre une médaille, mais qu'heureusement quelques années de prison avaient fait de toi un salaud compétent. Comme il ne me croyait qu'à moitié, il s'est renseigné ; on lui a dit tant de mal de toi qu'il a été rassuré. Vingt mille dollars d'avance, tu marches ?
— Combien ?
— Vingt mille dollars et ce n'est qu'un début.
— J'accours.
— N'oublie pas de me verser la commission habituelle de 10 %. Tu me dois déjà deux mille dollars. Par Saint Grégoire de Narek et Saint Tigrane, me voici à nouveau une véritable Arménienne. Adieu les errements idéologiques et les crises de conscience. Et puis, change d'eau de toilette. C'est la raison pour laquelle je t'ai plaqué.

C'est ainsi qu'à 2 h 23 du matin, heure suisse, je me trouvai embarqué dans cette aventure pour les beaux yeux d'une jeune Arménienne, et la prime offerte dans une monnaie hautement respectable. Par curiosité aussi. Ce « casse », bien qu'il eût éclipsé l'attaque du train postal et quelques autres hold-up de moindre importance, fut pratiquement tenu secret comme si les auteurs et les victimes s'étaient entendues sur ce point. Ma curiosité se doublait de sympathie à l'égard des auteurs. En effet, l'un d'eux selon une dépêche de l'A.F.P. datée de Beyrouth, consacrée au « casse », avait inscrit au crayon feutre sur le mur de la chambre forte dévalisée : « Faulte d'argent, c'est douleur sans pareille. » C'est ce que j'avais écrit, aussi en vieux français, dans ma prison...

Je m'en tiendrai à ce prénom de Fabrice que j'ai choisi pour l'occasion en souvenir de Fabrice del Dongo qui participa à la bataille de Waterloo sans y rien comprendre, comme moi dans l'affaire de la « Central bank ». Et en hommage à Stendhal découvert au cours de mes loisirs forcés et qui m'avait guéri de toute envie d'écrire. Sans l'insistance de Patricia et la mise au défi de ses amis, jamais je n'aurais commis ce « polar » où tout est vrai, où tout est faux, la gageure étant, tout en respectant l'essentiel de l'histoire, de ne trahir aucun nom, de ne livrer aucun fait qui autoriserait une police mal intentionnée ou avide d'un succès bruyant, à reprendre l'enquête.

« Maître Fabrice est un individu douteux, au passé trouble qui se permet de plastronner au lieu de raser les murs. » Voici ce que vous affirmeront tous mes confrères du Barreau de Paris jusqu'au jour où, ayant eu recours à mes services, ils se montreront plus nuancés dans leurs jugements.

D'où me vient une réputation aussi détestable dans une profession où les brebis galeuses ne manquent pas ? D'avoir été condamné à vingt ans de prison, de n'y être resté que le temps de passer une licence en droit, un doctorat et d'avoir découvert, en cette occasion, que les lois, comme certaines filles en apparence frigides, n'attendaient que d'être violées ? Aurais-je manqué aux règles de la profession en le proclamant si haut ?

En revanche, tous m'accordent la discrétion, qualité qui détermina, je pense, le choix du banquier Bouzoukian plus que les recommandations de sa fille sur le compte de qui il ne pouvait se faire d'illusions.

Quand, amnistié, je fus rétabli dans tous mes droits, et que l'on me rendit mes objets personnels, une lime à ongle et un porte-billets vide, on oublia d'y joindre mes illusions perdues. Depuis je m'en passe, mais j'ai décidé que le porte-billets ne serait plus jamais vide.

Par la suite, j'ai rendu tant de services, toujours discrets, toujours bien rémunérés, à des personnages proches des deux sources du pouvoir : l'argent et la politique, que l'on me dit intouchable. Je le serai aussi longtemps qu'on le croira.

Est-ce l'un d'eux qui renseigna Bouzoukian sur mon compte ? Personne, à l'exception de Patricia, ne m'ayant réclamé la commission qui est de règle, ce ne pouvait être l'une de mes pratiques habituelles. En effet quand l'un des maîtres du Barreau ou l'un de ces personnages obliques qui ratissent dans les allées du pouvoir, se trouve aux prises avec un problème difficile à résoudre dont il est préférable de tenir la police à l'écart, quand le risque tempère ses appétits d'honneur ou d'argent, alors il laisse tomber : « Mon cher, voyez Maître Fabrice. Non, il ne plaide pas. Comment le pourrait-il ? Dès qu'il se trouve devant un tribunal, il bégaie. En revanche il coûte très cher. Pas de chèques, rien que du liquide. Il accepte les paiements à l'étranger. Rompu aux tractations les plus litigieuses, il dispose d'un solide réseau d'informateurs, d'obligés et d'hommes de main. Si nécessité oblige, il n'hésite pas à utiliser certains moyens répréhensibles mais efficaces. Sa parfaite connaissance du code et de ses défaillances l'autorise à vivre en marge des lois, sa vanité à en tirer gloire, son manque de scrupules à en profiter sans risques grâce à ses protections. Comment le joindre ? Appelez ce numéro. Ne cherchez pas à en connaître plus. C'est un bureau de juristes où il ne met jamais les pieds. Une secrétaire notera votre message. N'oubliez surtout pas de vous recommander de moi, sinon il vous ignorera. »

Et pour cause. Ils ne manquaient jamais de réclamer leur commission en « cash », bien sûr. J'avais eu la sottise d'en parler à Patricia. J'ajouterai que j'habite à l'année dans l'un des hôtels les plus cotés de la capitale, qu'il n'est point de bonne table que je ne fréquente, que je roule en Porsche, que j'aime les jolies filles et que je ne rougis pas de les payer. Voilà cinq ans qu'un inspecteur du fisc, un certain Filochet, cherche à me coincer sur mon train de vie. Acharné à ma perte, il ignore que son patron, sans mon intervention, croupirait en taule pour une sombre affaire de fausses factures où il s'était laissé piéger. Si Filochet continue à me casser les pieds, il terminera sa carrière à Mende

(Lozère) où l'on enregistre le plus grand taux de mortalité parmi les agents du fisc.

N'en sachant guère plus, je pris l'avion pour Genève.

Après un déjeuner convenable au *Richmond,* après avoir débattu de la situation politique et financière du Liban, nous nous sommes réunis en conclave dans la suite de Bouzoukian. Ordre fut donné de ne transmettre aucune communication, décision héroïque pour un Libanais. Pierre Bouzoukian, un batracien petit et gros, tirait nerveusement sur un cigare dont la taille convenait à l'importance qu'il s'accordait. Agopian et Melkounian, maigres, noirs, sinistres comme des huissiers de justice, grillaient cigarette sur cigarette. Patricia feuilletait un magazine spécialisé dans les affaires de cœur des altesses, et des starlettes. Mais je la savais attentive et sur ses gardes.

Après avoir consulté du regard les deux joailliers, le banquier en vint au fait :

— Mon cher Fabrice, dit-il, je vous sais homme de parole. J'insisterai cependant sur l'absolue discrétion qui doit entourer notre entretien. Officiellement, je vous ai consulté sur un problème de droit commercial.

Patricia dénicha une Bible dans un tiroir de la table de nuit :

— On pourrait, proposa-t-elle, lui demander de prêter serment sur le Livre.

Le banquier se fâcha :

— Cesse de plaisanter. Tu sais pourtant combien la situation est délicate.

Avec adresse, elle balança la Bible dans la corbeille à papiers et reprit son magazine.

— Vous devez être étonné, continua-t-il, que ni la banque ni ses clients, depuis que nous savons que les

pierres et les bijoux volés ont quitté le Liban, n'aient songé à prévenir Interpol.
— En effet.
— Que Dieu nous en garde ! Nous avons même dissuadé les assurances qui nous couvraient, de poursuivre l'enquête, quitte à accepter leurs conditions sans les discuter.

Et après un long silence, tant l'aveu lui coûtait :
— Nous avions quelques raisons. Dans les coffres appartenant officiellement à des particuliers mais dont les intérêts sont étroitement liés à la banque, se trouvaient, en dehors de bijoux, de pierres précieuses dont la provenance était saine... certains diamants bruts originaires du Sierra Leone, du Zaïre, de Guinée, du Libéria, tous d'une qualité et d'une taille exceptionnelles. Et d'autant plus faciles à identifier que plainte a été déposée après leur disparition, le plus souvent par le ministre ou le président qui était de mèche et souhaitait se couvrir. Ces pierres aboutissaient à Beyrouth, au souk des orfèvres. Après expertise, elles étaient envoyées à Anvers et à Amsterdam pour y être taillées. Jusqu'à ce jour, ce réseau composé de Libanais, généralement arméniens, a parfaitement fonctionné. Il a implanté, sous diverses couvertures, ses filières dans tous les états diamantifères du continent africain.

Patricia ne put résister :
— A l'instigation de mon père, la Central Bank vient d'ouvrir, en grande pompe, une succursale à Genève, une autre à Zurich. Je suppose que tu as compris, Fabrice. La banque, à Beyrouth, finançait le réseau, elle servait d'intermédiaire et de garantie, et en tirait

de substantiels bénéfices. Elle compte poursuivre en Suisse ce genre d'activités.

Agacé, le banquier l'interrompit. Il aimait, en bon Oriental, demeurer dans l'imprécision, le flou, laissant à son interlocuteur le soin d'en tirer ses propres conclusions.

— Nous ne souhaitons pas, dit-il, que la police mette la main sur le produit du vol, les dégâts causés nous coûteraient plus que la perte des pierres. Les gouvernements africains pourraient, si on produisait les diamants, être tentés d'exploiter l'incident pour nous coller sur le dos les ennuis qu'ils connaissent, y compris la sécheresse.

Patricia revint à la charge, sans se soucier des regards furibonds de son père.

— Quant à la Central Bank, elle apparaîtrait sous son vrai visage, la caverne d'Ali Baba et des quarante-huit voleurs. Car il y avait bien, n'est-ce pas, quarante-huit coffres dans le deuxième sous-sol ? Adieu Genève, adieu Zurich.

Melkounian, le plus maigre des deux huissiers poussa un soupir à fendre l'âme :
— Nous risquons un pogrom à l'échelle d'un continent car on ne nous aime guère. Déjà on nous accuse de tous les péchés : monopoliser le commerce et pratiquer la concussion... Ah! ce racisme des noirs! Des ministres, connus pour les bonnes relations qu'ils entretiennent avec notre communauté, risqueraient la corde.

Le banquier hocha gravement la tête :
— En général, les plus intelligents, les seuls qui empêchent leur pays de basculer dans le fétichisme castro-stalinien et les guerres tribales.

Avec la même adresse, Patricia envoya le magazine

rejoindre la Bible dans la corbeille à papiers. Puis, avec la démarche ondulante d'une entraîneuse de bastringue en quête de client, elle vint s'installer sur le bras de mon fauteuil et battant des cils :
— Comme tu vois, mon petit Fabrice, on te demande, pour toi ce n'est pas nouveau, de défendre les nobles valeurs du libéralisme économique. Chez les nègres. Tu ne sais pas encore le meilleur.
— A vous, Agopian, ordonna sèchement le banquier, puisque vous êtes spécialement concerné. Pour les diamants, je n'ai jamais protesté. Ils étaient distraits à des organismes officiels avec la complicité des responsables ou rachetés à des pauvres mineurs exploités sauvagement par les compagnies qui les employaient. En ce qui concerne l'Arabie, en revanche, je n'ai cessé de vous mettre en garde. Vainement. Résultat : nous frôlons la catastrophe.

Agopian, les yeux au ciel, implora la divine Providence, et battit sa coulpe :
— Comment prévoir que les coffres seraient dévalisés avant que nous eussions complètement dispersé les bijoux.

Et comme je ne semblais pas comprendre, il expliqua :
— Quand le roi Saud d'Arabie succéda au grand Ibn-Séoud, qu'Allah ait son âme...
— Tu es chrétien, lui rappela Bouzoukian.
— A force de voyager en terre d'Islam ! Saud, de 1956 à 1963, encaissa chaque année 500 millions de dollars des revenus du pétrole et en dépensa, pour son compte personnel, trois cent soixante dont une partie en somptueuses parures pour ses favorites. Véritable fils du désert, il était d'un naturel généreux et acheta ce

qu'il y avait de plus beau, de plus cher au monde. Pour des dizaines et des dizaines de millions de dollars de l'époque !

Certaines de ces pierres, tels les diamants roses de Golconde, les rubis de Mogok, les émeraudes de Birmanie provenaient du trésor du maharadjah d'Haïderabad. Elles étaient venues en fraude des Indes car le gouvernement indien les avait répertoriées, photographiées, inscrites dans un inventaire et interdites à l'exportation.

Accablé, Bouzoukian laissa la cendre de son cigare se répandre sur son gilet :

— J'avais oublié que nous pourrions aussi nous mettre les Indes à dos.

— Epoque bénie, continua Melkounian pour tous les joailliers et les diamantaires du Moyen-Orient. Mais rapidement l'ampleur que prit le marché nous dépassa, et nous dûmes céder la place aux grandes firmes internationales. Une situation qui dura de 1958 à 1964, date à laquelle Saud fut déposé par son frère Fayçal, personnage austère qui réprouvait ses folles prodigalités.

Du jour au lendemain, Saud ne fut plus qu'un aveugle, exilé en Egypte, ses favorites furent rejetées par la famille royale et leurs biens confisqués. Certaines eurent la sagesse de nous vendre les parures. Officiellement elles ne leur appartenaient plus et revenaient au trésor royal.

Bon nombre de ces pièces avaient été achetées aux grands diamantaires : Winston, Van Cleef et d'autres. Ils sont encore aujourd'hui en mesure de les identifier. Ils n'ont pas de cadeau à nous faire car ils nous

accusent d'avoir copié leurs modèles et d'avoir vendu ces copies sous leur nom.
Nous avons toujours nié que les parures en question soient passées entre nos mains. La plupart ont été revendues, modifiées, transformées, si bien qu'elles ne sont plus reconnaissables et que personne n'ira les chercher où elles se trouvent, au fond du Texas. Malheureusement, quelques-unes d'entre elles, les plus remarquables, restées en notre possession, se trouvaient dans les coffres pillés. Elles risquent d'apparaître sur le marché.

— Alors que la Central Bank, très liée au gouvernement de Ryad, continua Bouzoukian, avait pour mission de les récupérer. Les Séoudiens n'aiment guère qu'on les berne.

Et, consterné :

— 70 % de nos dépôts sont séoudiens, le reste africain.

Je ne pus retenir un sifflement d'admiration. Les voleurs avaient réussi une fabuleuse opération, plus qu'ils ne pouvaient espérer. Mais le savaient-ils ?

Agopian sortit de son portefeuille une photographie en couleurs :

— Voici l'une de ces pièces, un bracelet de ma collection, disparue hélas. Un bracelet de reine ! Regardez bien : cinq émeraudes hexagonales le constituent, parfaites, une au centre, deux de chaque côté, reliées entre elles par des diamants marquises. L'émeraude centrale, d'une pureté exceptionnelle, pèse vingt carats, les autres quinze et dix carats de même qualité. Mettez le carat à 20 000 dollars, ajoutez les diamants, le travail exceptionnel de l'orfèvre. Nous atteignons pour ce seul bracelet le prix fabuleux d'un million de dollars.

— Si les Séoudiens apprennent son existence, combien nous en coûtera-t-il ? demanda le banquier. Je n'ose l'imaginer.

Je voulus rendre la photographie.

— Gardez-la, me conseilla Agopian. Si parmi les voleurs se trouve un homme suffisamment fou et amoureux pour l'offrir à une femme, elle ne pourra longtemps résister à l'envie de le porter, tant il est magnifique. Et ainsi vous retrouverez la trace du trésor.

J'empochai la photographie et je m'inquiétai de ce qu'on attendait de moi.

— Deux choses, dit le banquier : retrouvez tout d'abord les voleurs. Ils ne se sont pas manifestés depuis neuf mois ; nous surveillons tous les receleurs de New York, de Paris, d'Anvers et d'Amsterdam. Mais ils ne tarderont plus car ils doivent manquer d'argent et leurs complices s'impatienter. Patricia connaît très bien les milieux libanais de Paris et vous en ouvrira les portes. Laissez entendre que vous êtes intéressé par une transaction profitable aux deux parties. Le bruit se répandra et parviendra aux intéressés. Une fois le contact établi, et votre réputation aidant... agissez au mieux de nos intérêts.

Je vous autorise à offrir, aux voleurs, pour les pierres et les bijoux cinq millions de dollars ou l'équivalent dans une autre monnaie, versés dans le pays de leur choix. Mais marchandez. Votre prime n'en sera que plus élevée. Impunité et discrétion assurées. J'attends aussi que vous organisiez l'échange. Vous avez, je crois, déjà pratiqué ce genre de tractation.

— Une prime de cinq millions de dollars, pour cinquante millions, n'est-ce pas insuffisant ?

— Très raisonnable, au contraire et bien au-dessus des tarifs que pratiquent les assurances. Ramenons les prix à leur échelle véritable. Les cinquante millions représentent la valeur marchande des pierres et des bijoux, leur valeur réelle, coût du bijoutier, n'est plus que de moitié : soit vingt-cinq millions. Qu'offriraient les recéleurs, sans compter les dangers que présentent en général de telles transactions ? Huit millions tout au plus. S'ils prennent ce risque. Nous avons en effet laissé courir le bruit que l'origine de ces pierres était douteuse, qu'elle mettait en cause certaines organisations terroristes, que l'on redoute plus que la Maffia. De quoi décourager les recéleurs. On m'accorde un certain flair. Le fruit est mûr, je le sens.

— Il a consulté ses oracles, dit Patricia. Son devin sort d'ici. La conjonction des astres serait favorable.

Je répétais :
— Cinq millions de dollars ! Un bon prix à condition que les voleurs ignorent la valeur réelle de leur marchandise. Quel moyen de chantage !

Bouzoukian se fâcha :
— Vous exigez beaucoup d'argent pour vos services. Pourquoi croyez-vous que nous avons fait appel à vous ? Parce que, malgré votre réputation détestable, vous êtes discret, vous tenez votre parole et vous ne cherchez pas à doubler vos clients. Si vous avez fait de la prison, ce ne fut pas pour de l'argent. Preuve de votre naïveté.

— Une naïveté qui me vaut aujourd'hui votre confiance. Pourrais-je avoir une idée du poids et de la dimension du magot ?

Melkounian répondit :
— Le poids et la taille d'une valise Sansonite, d'un

modèle courant que l'on aurait remplie de livres ou de briques. Quarante kilos d'or gris ou rouge, titrant entre 18 et 22 carats, sous forme de chaînettes, de bracelets, de bagues, de croix, de pièces d'or. Du tout-venant. Le reste, moins de dix kilos.

— Qu'auriez-vous fait à la place des voleurs ?

— Je me serais débarrassé de l'or. Rien de plus facile. Des réfugiés libanais n'éveilleraient la méfiance de personne en les gageant au quart de prix. A condition de s'adresser à plusieurs banques et au Crédit municipal. De quoi vivre un an modestement, surtout s'ils sont nombreux. Aussi ne cherchez pas les voleurs dans les grands hôtels.

Je demandais :

— Devrais-je me rendre à Beyrouth pour reprendre l'enquête depuis ses débuts ?

— Inutile, m'assura le banquier.

Il me remit un dossier dans une chemise en carton gris comme les affectionnaient les notaires de mon enfance.

— Tous les renseignements s'y trouvent. Y compris le rapport des fabricants de la chambre forte, Chubb de Londres.

— Et qui conclut ?

— Qu'il était impossible de forcer la salle des coffres sans que le building tout entier s'écroule. Mais elle a été violée sans que soient utilisés les moyens habituels sinon, je le répète, l'immeuble s'écroulait.

— La technique des pharaons, déclara Patricia, mais améliorée par l'électronique.

— Que sait-on des complices ?

— Lisez le dossier. Furent-ils aidés par les deux groupes de miliciens, l'un chrétien, l'autre palestinien qui s'emparèrent de la banque pendant quelques heures ? On l'ignore. Passèrent-ils par un tunnel creusé à partir d'une église voisine ? On l'a raconté. Mais il ne reste plus de traces ni de l'église ni du tunnel. L'église qui servait de dépôt de munitions a sauté. Les miliciens s'attaquèrent exclusivement au premier sous-sol où étaient les espèces et les devises. Nous en avons retrouvé la trace. Mais ils ne touchèrent pas à la salle des coffres des particuliers. Avaient-ils eu la connaissance du danger ? Quand ils évacuèrent la banque, la salle était intacte ; le lendemain matin elle était vide.

— A-t-on interrogé les chefs de ces milices pour savoir s'ils avaient été en contact avec nos clients ?

— Sitôt que ce fut possible, et que le quartier eut cessé d'être un champ clos où tous s'affrontaient. La première personne qui réussit à les toucher fut un journaliste de l'Agence France-Presse. Il ne put rien en sortir. Comme il parlait couramment l'arabe, il interrogea des miliciens des deux camps. Sans plus de succès. Vous trouverez dans le dossier le double de toutes ses dépêches que fort obligeamment il nous communiqua. Ainsi que celles des autres agences, les articles de différents journaux dont l'un paru dans *Newsweek* et présenté comme la confession authentique de l'un des voleurs. Simple artifice journalistique ! Ce qui démontre que l'on ne peut faire confiance aux journaux même les plus sérieux.

Peu après le père Antoun, le chef de l'une des milices était victime d'un règlement de comptes entre clans maronites. Aucun rapport avec le pillage de la banque. Le second, le Palestinien, un certain Nayef dont ma fille vous entretiendra mieux que moi...

— Nayef était touchant de bonne foi révolutionnaire,

affirma Patricia. Les nœuds gordiens de notre époque, proclamait-il, se tranchent au plastic. Touchant mais pompier !

— Une grenade piégée déposée sous son lit, ajouta le banquier avec satisfaction, l'envoya rejoindre ses innombrables victimes. Pour cette raison, nous n'avons pu interroger ni l'un, ni l'autre. L'O.L.P. déclara que l'assassinat de Nayef était le fait des Israéliens, ce qui laissa penser aussitôt qu'il n'y était pas étranger. Il aurait pu encore être perpétré par les auteurs du vol. Une hypothèse qui n'est pas à dédaigner.

Encore Patricia :

— Tu mélanges tout, papa. Nayef est mort d'avoir voulu, avec les trois millions de livres qu'il avait barbotées, s'offrir une imprimerie et un journal alors que ses partisans exigeaient de se partager le fric.

— Antoun a probablement été liquidé par les phalangistes, ajouta le banquier. Ils étaient décidés, par les moyens les plus discutables, à rassembler sous leur drapeau tous les chrétiens. Nous autres Arméniens, nous avons eu à en pâtir. Nous sommes bien d'accord sur nos conditions, Maître Fabrice. Vingt mille dollars immédiatement, soixante-dix mille à la conclusion de la transaction. 1 % sur les sommes que vous nous économiserez. Voulez-vous un chèque ou que nous vous ouvrions un compte dans notre banque ?

Assez inquiet sur l'avenir de la banque et sous prétexte de couvrir mes premiers frais, je demandais que l'équivalent me soit versé en francs français à Paris. Et pour montrer que je n'étais pas étranger à la finance, je donnais le dernier cours du dollar :

— 5,60 je crois ?

— Cent huit mille francs seront déposés à votre hôtel, me promit Bouzoukian.
— Cent douze mille.
— Vous oubliez le courtage.
 Au moment où je sortais, Bouzoukian m'arrêta par le bras.
— Etes-vous baptisé ? me demanda-t-il.
— Pourquoi ?
— Les Juifs se mettent tellement à ressembler aux chrétiens ! Si l'on savait ma fille mariée à un juif mes affaires en pâtiraient. Déjà qu'on l'a crue communiste.
 Je le rassurais :
— J'ai été baptisé par mon oncle qui était évêque ; j'ai été élevé par les jésuites, je sais la messe en latin. Mais jamais je n'épouserai Patricia. La vie que je mène me convient, elle voudrait la changer. Comme toutes les gauchistes converties, elle ne rêve que de respectabilité et de confort. Des articles que je ne détiens plus. A bientôt, Monsieur Bouzoukian.
— Ma fille ne vous lâchera pas de toute l'enquête. Elle est ma seule héritière et il s'agit de son argent. Elle vient d'en découvrir les mérites. Cet évêque dans votre famille... ?
— Il a défroqué.

II

La Dame de Byblos

Tout commença à Achrafieh, le vieux quartier chrétien, dans un palais pseudo-byzantin où Pierre et Solange Khoury avaient donné un dîner aux chandelles. La mode en était née des fréquentes coupures de courant que Beyrouth subissait en ce mois de mars 1976. Pierre et Solange avaient restauré cette grande bâtisse avec tant d'amour et à si grands frais qu'ils étaient persuadés la tenir de lointains ancêtres. Alors qu'elle était encore habitée, avant 1900, par un vali ottoman, son harem et ses eunuques tandis que les Khoury gardaient leurs chèvres sur le Mont Liban. Mais Dionée leur pardonnait volontiers cette petite vanité. Ils avaient, à ses yeux, le rare mérite de rester fidèles en amitié, de la recevoir comme au temps de sa splendeur alors qu'elle n'était plus qu'une aventurière vieillissante aux ressources mal définies.

Dionée n'avait pas touché à une goutte d'alcool, elle avait refusé les minces cigarettes bourrées du chanvre doré de la Békaa. On buvait, on se droguait beaucoup au cours de ces interminables soirées, tandis que Beyrouth agonisait. Le dîner s'était achevé dans le bruit familier des chaises remuées, des froissements de robes, des exclamations sur l'excellence de la cuisine qui était détestable et la merveilleuse poésie qu'apportaient les lueurs vacillantes des chandelles alors qu'on se prenait les pieds dans les tapis qui avaient été roulés par précaution.

Dionée, restée cruellement lucide, s'était demandé combien de temps durerait la comédie avant que le décor ne s'écroulât.

Les Khoury et leurs semblables entretenaient leurs illusions, s'efforçant de mener une existence luxueuse, futile, insouciante, comme si, par cette conduite magique, enfantine, ils pouvaient ressusciter les heures bénies du passé.

Dionée s'y refusait. Elle savait le Liban condamné à disparaître et qu'elle devrait bientôt le quitter. Qu'elle en eût le cœur serré n'était pas une raison suffisante pour refuser la réalité.

Les Khoury invitaient tout ce qui portait un nom et passait par Beyrouth. Faute d'hommes politiques ou d'ambassadeurs, ils se rabattaient sur les journalistes étrangers, à qui, naïvement, ils demandaient de les rassurer.

Les invités s'étaient groupés autour de l'un d'eux et le pressaient de questions sur l'expédition dont il revenait dans ce qui était devenu une terre lointaine, pleine d'embûches et de périls : Beyrouth-Ouest, le Beyrouth des musulmans, des Palestiniens et de leurs alliés progressistes ou communistes.

— Qu'est-ce qu'il peut savoir de plus que nous qui vivons à l'Ouest ? avait demandé Dionée à Solange.

Solange avait protesté :

— Stan Vaucelles connaît le Moyen-Orient comme s'il y avait toujours vécu. Je crois savoir qu'il y est né.

Vaucelles avait arraché une page de son carnet et il

avait tracé un plan afin de mieux expliquer la situation confuse qui régnait au centre de la ville, dans le quartier des banques, un quartier qui intéressait tout le monde.

Dionée s'était approchée.

— Toute l'absurdité de cette guerre étalée sur quelques centaines de mètres carrés, avait-il déclaré d'une voix sèche, mordante qui convenait à son visage maigre de loup traqué, à ses cheveux grisonnants, taillés en brosse, à ses yeux avides, brillants de séducteur sur le retour qui ne se résigne pas aux démissions que l'âge entraîne. Dionée remarqua que son costume de bonne coupe était élimé.

— Ici, avait-il précisé, la Place des Changeurs où beaucoup tenaient boutique. J'ai oublié son nom arabe. Elle se trouve proche de la Place des Canons.

— La Place des Martyrs, avait rectifié Pierre Khoury dont un ancêtre y avait été pendu.

Stan avait haussé les épaules :

— J'oubliais. Toute indépendance réclame ses martyrs. Comme la France, sous son mandat, s'était gardée de vous en fournir, vous les avez trouvés chez les Turcs. Aujourd'hui, on s'y entre-tue. Les martyrs ne manqueront pas. A chacun d'y reconnaître les siens.

Il avait poursuivi, en s'aidant du plan :

— Au fond, la petite église de Mar Mikhaël, tenue par les Croisés du Cèdre, une poignée d'excités que commande le père Antoun. Inutile de vous le présenter. Il appartient au folklore libanais. Plus à l'aise avec le colt que le goupillon.

— Et dans la compagnie, des filles, manqua ajouter Dionée.

— A gauche, continua le journaliste, quelques murs

écroulés où sont installés les Feddaynes de Saladin. Où ont-ils déniché ce nom ? Le plus chevaleresque des Khalifes servant de couverture à une bande de voyous ! Leur « zaïm », leur chef, un ancien maquereau, se donne l'illusion de les commander, alors qu'il ne fait que les suivre. Sur leur gauche, dans un immeuble sans portes ni fenêtres, les Palestiniens dissidents et les gauchistes de toutes provenances du F.L.P.M.A.O., le Front de Libération progressiste des masses arabes opprimées de mon vieil ami Nayef. Il compte inverser le cours de l'histoire par des proclamations incendiaires ponctuées de l'éclatement des bombes. Beaucoup de cinéma.

Leurs caisses seraient vides, et ils cherchent un moyen de se les remplir pour publier enfin un journal qui viendra s'ajouter aux soixante-dix autres que personne ne lit. Et accessoirement pour se procurer des explosifs et des armes. En face de l'église, se dresse un grand building de verre et d'acier, la Central Bank of Middle East, la plus importante banque privée du Liban. L'armée régulière tient ses abords et occupe le rez-de-chaussée. Il serait plus juste de dire ce qu'il reste de cette armée après la défection du lieutenant Khattib qui entraîna celle de la plupart des musulmans. Le détachement se trouve réduit à une vingtaine d'officiers, de sous-officiers et quelques soldats. Comme le café et le sucre manquent, ils ne tarderont pas à détaler pour rejoindre le camp chrétien.

Les Feddaynes disposent d'un stock inépuisable de munitions et tirent dans tous les sens et à toutes occasions. Croisés du Cèdre et Palestiniens se montrent plus économes. Quant à l'armée libanaise, équipée de vieilles pétoires dont se servirent gaullistes et pétainistes pour s'entre-tuer en juin 1941, elle se tient prudemment à l'écart.

Que veulent les Feddaynes, les Croisés du Cèdre et les Palestiniens de Nayef ? Prendre la banque ? Ils n'y pensent même pas. Seulement s'emparer du souk des bijoutiers dont les premières arcades se devinent derrière l'église. Les Arméniens ont planqué leur or, leurs pierres précieuses dans la Central Bank et ils ne trouveront que des aiguières et des plats de cuivre argenté qu'on refilait aux touristes. Ils se seront battus entre eux pour une misérable pacotille, ignorant un trésor fabuleux aisément négociable et dont les gardiens s'apprêtaient à déguerpir.

Oui, des millions de dollars, avait répété Stan Vaucelles en levant vers Dionée son verre de cognac, comme pour les offrir, des millions dont personne ne se soucie.

— N'en croyez rien, avait protesté Pierre Bouzoukian, un riche et vieux banquier arménien. Que l'armée reste ou parte, ce trésor ne court aucun risque. Personne ne pourra forcer la chambre forte où il est entreposé. Je puis vous le garantir ; je suis l'un des administrateurs de la banque.

Stan avait ironisé :
— Est-ce le dieu Baal qui défend l'entrée de son temple ? Vous savez, ce bon vieux Baal, l'antique dieu phénicien de l'or et du profit qui exigeait des sacrifices humains en échange de sa protection.
— Des jeunes gens et des jeunes filles des meilleures familles, ajouta Pierre Khoury dont le fils, âgé de 17 ans, combattait dans les rangs des Phalanges. On dirait que l'histoire se répète.
— Il se pourrait que ce soit Baal, répéta le banquier en

tirant sur son cigare. Tout ce sang répandu depuis un mois l'aurait réveillé de son long sommeil.

Bouzoukian fréquentait les astrologues et les devins. Depuis que sa fille Patricia avait disparu, on disait qu'il n'avait plus sa tête à lui.

La soirée s'était terminée par les habituelles embrassades, les promesses de se revoir, par des rires forcés pour conjurer le danger qui guettait les invités à la porte. Les snipers « palestino-progressistes » prenaient parfois le palais sous leur tir.

Stan Vaucelles avait oublié le plan sur une table. Dionée l'enfouit précipitamment dans son sac, comme une voleuse. Un geste qu'elle ne s'expliquait pas. L'instinct, en elle, précédait toujours la réflexion.

Sous le porche, elle frissonna. La nuit était fraîche, humide, salée, la mer était proche. Stan Vaucelles l'avait rejointe :

— Vous habitez Beyrouth-Ouest ? lui demanda-t-il. Voulez-vous que je vous raccompagne ? J'ai un passe, une voiture et un chauffeur qui connaît tous les points dangereux.

Il ne cachait pas l'envie qu'il avait d'elle ; il la désirait avec insolence, la détaillant, s'approchant pour mieux la respirer. Dionée s'était écartée, en riant, d'un mouvement souple, un pas de danse. Ni un refus, ni une promesse.

— J'ai aussi une voiture avec une plaque diplomatique, un passe, et un chauffeur, lui avait-elle répondu de sa voix troublante, la plus belle voix de gorge de Beyrouth. Et des amis dans tous les camps.

Il insista :

— Le temps qu'on les prévienne et l'on vous aura égorgée.

— Après m'avoir violée ! Je crois en mon étoile. Si c'est écrit ! Mektoub, disons-nous en arabe.

A son grand étonnement, il avait poursuivi dans cette langue qu'il maniait à la perfection, comme un Libanais, s'il n'avait eu cet imperceptible accent des Grecs et des Juifs d'Alexandrie ou du Caire.

— J'aimerais te revoir, Dionée. Demain (1).

Elle hésita :

— Téléphone-moi au *Coral Beach*. Pas avant 7 h du soir. Je saurais alors si je puis me libérer. Mais j'en doute.

Stan lui prit le poignet, le baisa et rejoignit son véhicule, un vieux tacot brimbalant qui roulait tous feux éteints — c'était prudent — mais avec un horrible bruit de casserole — ça l'était moins. Un petit bonhomme barbu comme un évêque maronite, affublé d'une casquette à visière de la marine américaine, d'un jean déchiré et de baskets, lui ouvrit cérémonieusement la portière. Et moins cérémonieusement lui demanda dans l'arabe rugueux de la montagne : « Alors Stan pacha, t'embarques pas la fille ? Aurais-tu perdu la main par hasard ? »

Posément, Stan l'insulta avec la richesse de vocabulaire d'un traîne-savate de la banlieue de Khadé. A s'y méprendre.

Le genre d'individu, estima Dionée, suffisamment averti pour s'accommoder de situations difficiles, comme celles que nous connaissons. Etranger au pays, naviguant d'un camp à l'autre, il peut se révéler utile pour négocier discrètement certains arrangements. Voilà la raison de sa présence chez les Khoury. D'habi-

(1) L'arabe ignore le vouvoiement.

tude, ils se montraient plus difficiles dans le choix de leurs invités. De ce Vaucelles on ne disait pas grand bien, ni de ses fréquentations. Il connaissait Nayef, l'un des plus forcenés parmi les terroristes palestiniens sur lequel ni les Syriens ni Arafat n'exerçaient de contrôle, et le père Antoun qui n'écoutait, comme Jeanne d'Arc, que ses voix, rarement celles de la hiérarchie maronite. Dionée avait retenu le nom de son chauffeur, Jammal, avec qui le journaliste entretenait des rapports d'une surprenante familiarité. Druze, il n'éprouvait aucune difficulté à accompagner son maître dans un secteur tenu par les Phalanges où tout bon musulman risquait d'être égorgé.

Mais qu'étaient les Druzes, sinon les alliés et les ennemis de tout le monde ?

La voiture de Dionée avait franchi deux barrages sans encombre, l'un chrétien, l'autre palestinien, le chauffeur négociant le passage à chaque fois contre une poignée de livres, les seuls documents reconnus par les deux camps. Mais au troisième, des miliciens appartenant à un « Front » inconnu jusqu'alors ne voulurent rien entendre. Sales, débraillés, ils jugeaient insultants la beauté de Dionée, l'éclat de ses bijoux, sa réserve hautaine et ils voulurent la conduire au P.C. de leur organisation « pour vérification d'identité ». Le chauffeur eut beau invoquer tous les usages diplomatiques, ils voulaient la fille et la voiture.

Dionée les avait immédiatement évalués. Des petits voyous. Elle regretta d'avoir refusé l'offre du journaliste. Déjà, l'un des miliciens ouvrait la portière et tendait le bras pour l'arracher à son siège quand, fouillant dans son sac comme pour y prendre des

papiers, elle sortit un petit revolver à crosse de nacre dont elle appuya le canon à hauteur du cœur :
— Si tu me touches, dit-elle, je me tue. Mais je puis t'assurer qu'on te retrouvera et que tu finiras avec une balle dans la nuque. Abou Ammar (Yasser Arafat) n'apprécie guère qu'on viole, dépouille et assassine ses amis sur son territoire.
— Abou Ammar, je l'encule, dit un autre.
— Laissez-la passer, ordonna un troisième qui avait éclairé Dionée de sa lampe électrique. Pour se risquer en pleine nuit dans une telle bagnole, la fille dispose à coup sûr de solides protections. Rien qu'à voir sa tête elle est capable de se flinguer. Une vieille peau qui fait illusion grâce aux fards qu'elle s'est collés sur le museau, mais elle ne vaut pas les ennuis qu'elle nous coûterait.

Dionée se rejeta en arrière sur les coussins et du geste, elle ordonna au chauffeur de poursuivre sa route.

Des apprentis gangsters qui en étaient à leur coup d'essai. Quelques viols, quelques meurtres les aguerriraient. Bientôt d'autres bandes plus déterminées sillonneraient la ville. Il était temps de quitter Beyrouth.

La réflexion du jeune voyou l'avait à ce point touchée qu'elle avait oublié l'horreur que lui inspirait le contact de leurs pattes sales.

Une fois déjà elle avait connu pareille épreuve mais au moins avait-on jugé que sa jeunesse et sa beauté encore intacte méritaient les risques.

Leila, sa servante kurde, les paupières gonflées de sommeil, aida sa maîtresse à se déshabiller. Elle rangea soigneusement la tunique de soie blanche et le caftan brodé d'or dans une grande malle-cabine datant de l'ère des paquebots ; les bijoux dans une cassette de cuir rouge aux ferrures d'argent que Dionée ne manquait jamais de déposer dans le coffre de l'hôtel pour donner le change. Des copies. Les vrais, elle les avait mis en gage mais s'était arrangée pour qu'on l'ignorât.

— Laisse-moi maintenant, dit-elle à Leila en lui caressant ses cheveux bouclés qui dansaient autour de son front de jeune chevreau.

La servante s'éclipsa silencieuse sur ses pieds nus, avec une moue charmante, dépitée que l'on ait refusé ses tendres services.

Dionée s'examina sans indulgence devant un grand miroir. Sa dernière défense dans cette ville en folie venait de s'écrouler : son corps encore parfait, mais pour combien de temps ? son visage dont le savant maquillage dissimulait les atteintes de l'âge. Elle avait en horreur les tripotages auxquels se livraient certaines de ses amies : les seins que l'on remonte, les rides que l'on efface, le ventre qu'on remodèle à coups de greffes et de bistouri. Superstitieuse, elle estimait que c'était injurier Dieu qui avait suprêmement décidé de la beauté de chacun et du temps qu'elle durerait. Bien que chrétienne, elle avait acquis sur ce point le fatalisme des musulmans. Mais ne devrait-elle pas s'y résigner ? Une opération par un grand spécialiste américain ou brésilien coûtait une fortune et il ne pouvait être question de confier sa beauté, à laquelle elle tenait plus que la vie, aux mains maladroites d'un charlatan.

Dionée avouait trente-trois ans, elle en avait quarante-cinq et certains soirs, elle les paraissait. Le voyou du barrage ne s'y était pas trompé. Sa beauté tenait encore à sa chevelure, ce piège parfumé où s'étaient pris tant d'hommes et quelques femmes, une noire et somptueuse chevelure qui, dénouée, l'enveloppait tout entière et descendait jusqu'aux reins. Elle était l'écrin de ce corps mince et souple, à la peau ambrée, à la taille déliée que faisaient valoir ses seins lourds et fermes. Le ventre était plat, les cuisses longues, musclées sans excès. Un nez fin aux narines palpitantes se retroussait légèrement pour donner à ce visage hermétique aux yeux très larges, d'un bleu sombre, une touche d'insolence. Le front était haut, la bouche petite, ronde et charnue, le menton volontaire. Le cou très long se dégageant des épaules larges et minces, la souplesse de ses mouvements, le drapé savant de ses robes donnait à sa démarche la grâce d'une déesse amorçant les premiers pas d'une danse sacrée. Quand son vieil ami et confident, Amin le poète, avait abusé du vin et du haschich, il l'appelait la Baalat, la déesse de Byblos. C'était encore Amin qui l'avait amenée à changer son prénom de Nathalia en celui de Dionée qui convenait mieux à sa vraie nature. « Tu es une païenne, prétendait-il, égarée dans notre pauvre Liban, en ce siècle de misère où s'affrontent les sectateurs d'un Juif épileptique et ceux d'un chamelier d'Arabie à la cervelle dérangée. »

Mais les déesses ne vieillissaient pas, elles n'avaient pas ces fines rides près des yeux qui deviendraient des pattes d'oie, ces plis d'amertume au coin de la bouche si difficiles à déguiser. Leur teint ne perdait pas son éclat. Leur peau ne se fripait pas, des fils d'argent ne striaient pas leur chevelure.

Il existerait un jour un autre Liban livré au fanatisme, à la peur, à la misère, à la crasse, où le chant du muezzin étoufferait le son des cloches. Mais Dionée n'y aurait plus sa place. Certes, elle souffrirait de l'exil plus que d'autres mais elle oublierait sa patrie et sa peine. Sous des cieux différents, elle deviendrait une autre femme. A Beyrouth, on oubliait son âge et elle vivait de sa légende qui ne signifierait rien ailleurs. A moins qu'elle n'emportât avec elle de l'or, beaucoup d'or pour remodeler son corps, lisser son visage, s'entourer d'une nouvelle cour, s'inventer une autre légende, avoir toujours trente ans.

La solution raisonnable serait d'épouser l'Africain comme il le lui offrait, le suivre en Côte-d'Ivoire où elle le pousserait à liquider ses intérêts. Puis ce serait Paris, Londres ou New York. Une solution de sagesse qui lui déplaisait comme tout ce qui était raisonnable.

A cet instant lui vint, irrésistible, folle, la tentation de s'emparer de la chambre forte de la Central Bank et de ses millions de dollars. L'or de Baal, ne lui revenait-il pas ? N'était-elle pas née à Byblos, d'une des plus anciennes familles de la cité où le dieu avait été honoré pendant des siècles ? Ne portait-elle pas le nom de l'une des déesses, fille incestueuse de Baal et de sa sœur Astarté, l'Aphrodite des Grecs, la déesse orgiaque dont les prêtresses, comme elle, étaient des prostituées ?

Sans un complice, elle ne pouvait rien. En Orient, pour certaines entreprises, on accordait peu de confiance aux femmes. A tort mais il en était ainsi. Pourquoi ne pas s'associer à Stan Vaucelles qui avait évoqué Baal en la fixant. Il avait les lèvres brûlantes de cette fièvre des assoiffés qui rêvent de revanche. A s'en tenir à sa mise, sa situation financière ne paraissait guère brillante et l'un des convives, au dîner, avait laissé entendre qu'il avait connu, trois ans plus tôt, des ennuis qui n'avaient rien à voir avec la politique.

Dionée avait été frappée par son regard, le regard égaré des amoureux, des poètes, des rêveurs, des drogués, des joueurs, tous ceux qui espèrent échapper d'un coup d'aile à une réalité déplaisante. Le diable s'intéressait à ce genre d'individus. Mais au Liban le diable n'était-il pas Baal ?

Le projet ne valait que par Stan. Sans lui, autant renoncer, épouser l'Africain et son encombrante famille.

Sans plus attendre, elle décida d'en appeler aux bons et déloyaux services de Kamal. Selon les renseignements qu'il lui fournirait, elle dînerait avec le journaliste le soir même, elle coucherait avec lui pour assurer sa prise. Ou elle ne le reverrait plus.

A peine rendue dans sa chambre, elle décrocha le téléphone : « Allô Kamal... »

Comme il hésitait à répondre, elle insista, moqueuse :

— Que t'arrive-t-il ? Est-ce moi qui te mets dans ces états ? Ce serait flatteur si je ne connaissais tes goûts.

Il protesta sans conviction :

— Dionée, ma ché... é... eerie, comment peux-tu penser ? Sais-tu qu'il est 2 h du matin ?

— Personne ne dort cette nuit. Le canon gronde ; le ciel est rayé de balles traçantes.

Connaissant la peur maladive de Kamal, elle en rajouta :

— On dirait de petites mouches lumineuses et méchantes. Mais elles ne piquent pas, elles tuent. Je reviens d'Achrafieh par je ne sais combien de détours.

La ville est livrée à des bandes que personne ne contrôle plus. J'en ai fait la désagréable expérience.
— Que puis-je pour toi ? demanda Kamal sur un ton faussement désinvolte car il avait le ventre noué d'angoisse. Rien n'arrêtait Dionée dans ses folles entreprises où il ne pouvait que la suivre.

Elle ne manqua pas de le lui rappeler :
— Comment se nommait déjà cet agent du Shimbeth (1) que tu as un moment hébergé ?
— J'ignorais qu'il était juif.
— N'est-ce pas lui qui a conduit l'un des commandos israéliens débarqués devant Beyrouth et qui ont assassiné à domicile certains dirigeants palestiniens ? Si Abou Ammar l'apprenait, lui qui voit des traîtres partout et, au besoin, s'en invente.
— Il se faisait appeler Ahmed, il se disait arabe d'Hébron et il était si beau !
— As-tu toujours accès au fichier des journalistes étrangers ?

Kammal poussa un soupir de soulagement. Si ce n'était que cela ! Il retrouva son assurance et plastronna :
— Je suis chargé de le tenir à jour. Abou Ammar se repose entièrement sur moi de ce soin. Avec raison car rien ne m'échappe : les opinions, les habitudes, les problèmes familiaux, les tares physiques, morales, les vices de tous les correspondants de presse au Moyen-Orient. Ainsi que le prix auquel on peut les acheter et en quelle monnaie : le sexe, l'argent, la vanité, la drogue...

(1) Shimbeth, l'un des services secrets israéliens opérant à l'extérieur du territoire.

Elle arrêta son déballage :
— Je désire consulter une seule fiche.
— Si on l'apprenait, Dionée !
— Tant que tu me sers, tu ne risques rien, à moins que tu me trahisses...
— Le nom de ce journaliste ?
— Stan Vaucelles.
— Stan ! Mais il a quitté le Liban il y a plus de trois ans.
— Tes fiches sont mal tenues, Kamal ; j'ai dîné ce soir avec lui.
— Si je me souviens, il avait dû partir précipitamment. Une histoire idiote qui pouvait s'arranger s'il m'avait fait confiance. Dommage ! Le meilleur chef de poste que l'Agence ait jamais eu. Aujourd'hui, un flambeur sans un sou, sans aucun crédit, avec le poil gris ! En quoi peut-il t'intéresser ?

Il essaya d'en savoir plus :
— A moins qu'un de tes amis ne songe à l'utiliser ? Stan aurait été expédié en pénitence en Afrique. Tu es toujours avec ce gros marchand de soupe qui a fait fortune chez les nègres ?
— Une très grosse fortune ! Sache Kamal que je ne suis jamais avec personne même si j'autorise des hommes riches à subvenir temporairement à mes besoins. Ils s'affichent avec moi, ils jouent aux propriétaires de ce qu'ils ne pourront jamais acheter, tout juste louer. Le plus souvent leur vanité s'en satisfait. Demain à 6 h, au *Coral Beach*. Inutile de te faire annoncer par le portier. Il émarge à toutes les polices et à tous les partis. Viens directement chez moi. Pourquoi au *Coral Beach* ? J'ai dû abandonner mon appartement de la Corniche avant qu'il ne soit tranformé en position de mitrailleuses.

Sois exact. J'exige de mes amis exactitude et discrétion. Tu devrais le savoir depuis que nous nous connaissons, depuis que je t'ai prêté mille livres et procuré un faux passeport quand tu as débarqué de Syrie où avec ton manque de discernement habituel, tu avais joué la mauvaise carte. Sais-tu le bruit qui court ? L'armée syrienne entrerait au Liban pour aider les chrétiens contre les Palestiniens. Tu travailles avec les Palestiniens, tu as connu de sérieux ennuis avec les militaires syriens. Tu aurais tout intérêt à filer. Moi seule, je puis te faire passer en Jordanie, où je conserve des amis. A 6 h au *Coral Beach.*

Kamal eut un mouvement de recul comme un chien à qui l'on vient de passer un collier et quand Dionée eut raccroché, il lâcha, sans conviction, une bordée d'injures. Un éphèbe au corps sinueux sous la longue gandourah de coton blanc frôla Kamal :

— Qui est-ce ? demanda-t-il en jouant de ses longs cils.

— Dionée, fit-il à contrecœur.

— Cette salope ne peut pas te ficher la paix ? Elle n'a pas assez d'hommes dans son lit ?

Kamal, selon son habitude, réfléchissait à voix haute :

— Stan ne peut loger qu'au *Cavalier,* à côté de l'A.F.P. Qui connais-tu, Karim, dans cet hôtel ?

— Le cuisinier, répondit l'éphèbe en rougissant.

— D'où cette odeur de graillon qui te colle à la peau quand tu en reviens.

— Et aussi le portier.

— Voilà qui est mieux. N'est-ce pas lui qui sent le chypre ? Tâche de savoir qui Stan Vaucelles reçoit dans sa chambre et si ce Druze mal embouché lui sert toujours de chauffeur et de garde du corps.

Dionée avait sorti de son sac le revolver qui n'avait jamais été chargé et le plan froissé de Vaucelles qu'elle lissa du revers de la main. Elle l'étudia. Trop sommaire, il ne lui disait rien. Fiévreusement, elle fit le compte de ses atouts : le général Djezzar, son cousin, chef d'état-major adjoint de l'armée libanaise. Mais il n'y avait plus de chef d'état-major. Par lui, elle connaîtrait la date à laquelle l'armée évacuerait la banque ; Pierre Bouzoukian à qui elle arracherait le secret qui rendait inviolable la chambre forte. Il était trop âgé pour être encore sensible à ses charmes. Restaient les devins, les chiromanciens, les astrologues auxquels il s'adressait pour retrouver sa fille Patricia et que l'on pouvait se concilier. De son côté, Amin saurait convaincre le père Antoun de se joindre à eux sans qu'elle ait besoin de lui rappeler certains souvenirs, combien il s'était montré très en dessous de sa réputation. Ne manquait que le bâilleur de fonds. Pourquoi ne pas s'adresser à l'Africain ? Il dépensait des fortunes afin de soutenir les chrétiens, plus par gloriole que par conviction. Mais il commençait à trouver la note trop salée. Dionée lui présenterait l'opération comme un moyen de renflouer, à peu de frais, le trésor de guerre des Phalanges. Il était aussi rusé en affaires que naïf en politique. Rien ne l'empêcherait de l'épouser par la suite si le projet échouait. L'inconnu ? Les cartes que détenait de son côté Stan Vaucelles. Pas question qu'il menât la partie. Un associé pas un maître.

Dionée s'était endormie rêvant d'or, de sang, de pierres précieuses, d'émeraudes des Indes, de rubis de Mogok, de diamants de Golconde, du dieu Baal et de la déesse Astarté qui dansaient nus sur la petite jetée du port de Byblos. Comme elle avait dansé sur une plage déserte de Jordanie, près d'Akaba, avec Georges, son frère, son amant, avant qu'on ne le tue parce que, comme Adonis, né lui aussi à Byblos, il était trop beau.

Amin s'en était inspiré dans une pièce de théâtre mais il n'avait rien compris. Ce faux païen était en réalité un authentique chrétien dévoré par la crainte du péché et la peur de l'au-delà. Ses blasphèmes n'y changeaient rien.

III

La femme de pique

Vincent Gauthier dirigeait depuis trois ans le bureau de l'Agence France-Presse à Beyrouth qui assurait la couverture de tout le Moyen-Orient. A l'exception du Liban, l'Agence n'entretenait que des correspondants locaux, des « stringers », par économie autant que par nécessité. S'ils disparaissaient, on n'en faisait pas une affaire d'Etat.

Gauthier avait la peau grise, les bajoues pendantes et les yeux tristes d'un vieil épagneul égaré par ses maîtres en terre inconnue.

Stan s'était installé sur un fauteuil, en face de lui, étendant avec peine ses longues jambes de vieux cowboy. Il souffrait d'une arthrite du genou.

— Tu veux un café ? lui demanda Gauthier. Comment le prends-tu ? Très sucré, sans sucre ? Le planton s'en souviendra. Tous ici se souviennent de toi. Quant à moi sitôt remplacé, j'aurai cessé d'exister. Quoi de nouveau ?

— Comme tu sais, sur la Corniche dans le quartier des hôtels, les Palestiniens avaient chassé les Phalangistes de l'*Holiday Inn*. N'étant pas censés intervenir dans les affaires intérieures du Liban, ils avaient refilé l'hôtel à une bande de gauchistes barbus, du B.A.A.S.

irakien. Pour fêter une victoire qui ne leur avait rien coûté, nos Baasistes ont vidé la cave et se sont offert une cuite mémorable. La dernière de leur existence, car les Phalangistes sont revenus.

Ils ont récupéré les armes après avoir égorgé les ivrognes et ils se sont retranchés au *Hilton* aussitôt que les Palestiniens ont rappliqué avec des blindés. D'où les sortent-ils ? Le *Hilton* ne résistera plus très longtemps et les Palestiniens seront bientôt maîtres du secteur.

Gauthier soupira :
— Déjà qu'ils n'arrivent pas à s'entendre entre eux ! Ajoute une dizaine de milices libanaises qui ont chacune leur programme pour refaire le Liban, tout en cherchant à se remplir les poches. Sais-tu la meilleure ? Il serait question, pour protéger les banques, de remplacer l'armée par la gendarmerie. Pour n'inquiéter personne, les gendarmes ne seraient pas armés, leurs étuis à revolver resteraient vides. A se demander si les auteurs de ce projet ne sont pas tombés sur la tête !

Stan navré par une telle naïveté, lui expliqua :
— Rien qu'une combine pour soutirer du fric aux banquiers. Il n'est pas question que l'armée, pour l'instant, quitte le quartier des banques. Le Liban ne tient plus que par sa monnaie. En revanche, inquiéter les banquiers pourrait se révéler à l'usage une source de profits pour ce brave général Djezzar par exemple avant qu'il ne prenne le même chemin que son supérieur, la France, via la Suisse.

Les banquiers crachent le temps de mettre sur pied d'autres accords avec d'autres partenaires. Car demain, il n'y aura plus d'armée libanaise. Les Libanais qui ont toujours considéré la politique comme un rackett ont enfin découvert le moyen de transformer la guerre en commerce. Admirable !

Gauthier secoua ses bajoues :
— Tu devrais être à ma place, Stan. Je n'ai ni ta subtilité, ni ton cynisme, ni ta connaissance du pays. Je souffre de voir ce peuple intelligent se détruire en se prêtant à de pareilles manœuvres. Je ne peux m'empêcher de le répéter. Résultat : les Palestiniens me boudent, les Phalangistes refusent tout contact, les progressistes de Joumblatt m'accusent de renseigner la C.I.A., la Syrie, la S.D.E.C.E. Et tous assurent que je suis une barbouze israélienne.
— Tu n'as pas la manière, Vincent. On peut tout dire aux Libanais, à condition de savoir s'y prendre. Question de ton. Le regard complice, la bonne grosse flatterie qui accompagne la vacherie. Il faut éviter toute manifestation publique de mauvaise conscience. Eux savent admirablement l'utiliser à leur profit, alors qu'ils se soucient de leur conscience comme d'une guigne. En Orient, il n'y a pas d'innocent car tu ne peux le rester. Cherche bien autour de toi. Crois-tu l'être encore ?
— Stan ! malgré cette stupide histoire, tu aurais pu rester à Beyrouth.
— On a eu raison de me vider et probablement tort de me demander de revenir.
— C'est moi qui t'ai réclamé.
— Je le sais et je ne pouvais refuser. D'un côté, l'amitié, toi et Julien Combelles, de l'autre le fisc et les pensions alimentaires.

On appela Gauthier. Le correspondant de Damas le réclamait sur une autre ligne.

— Les Syriens interviendront, lui prédit Stan.
— Les Syriens alliés des chrétiens ? Impensable ?
— Tu oublies que la Syrie vit sous la botte d'une dictature militaire se réclamant d'un parti laïc, le B.A.A.S. et d'une secte minoritaire et hérétique, les Alaouites, que l'Islam intégriste menace plus encore que les chrétiens.

Stan ouvrit le couvercle cabossé de sa vieille machine à écrire achetée vingt-quatre ans plus tôt dans un P.X. américain de Turquie et il y glissa une feuille de papier.

Julien Combelles l'avait convoqué deux jours plus tôt alors qu'il se trouvait encore à Paris au siège de l'Agence, Place de la Bourse et qu'il gagnait le « desk » Moyen-Orient où il avait été relégué. Promu directeur de la rédaction, Julien trônait désormais dans un somptueux bureau à moquette tabac, table de verre, fichiers fonctionnels et téléphones camouflés. Un décor qui lui allait aussi mal que sa cravate de club-man et son costume sombre de P.-D.G., dont la boutonnière s'ornait d'une rosette toute fraîche de la Légion d'Honneur.

Il se grattait la tête comme un chimpanzé, un tic quand il n'était pas à l'aise. D'emblée, il attaqua :
— Stan, tes deux anciennes épouses ont fait saisir ton traitement. L'huissier sort d'ici. Depuis trois mois tu n'aurais pas payé les pensions alimentaires.

Ces escarmouches d'arrière-garde, propres aux couples divorcés, importunaient Stan ; il trouvait déplaisant que Julien s'en mêlât. Il s'était défendu.
— Elles ont l'une et l'autre dix fois plus de fric que moi. Je les ai très bien remariées, la première à un

banquier, la seconde à un seigneur de la frippe. Chacune dispose d'une voiture et d'un chauffeur. Mais le mois dernier elles m'ont obligé à vendre ma vieille 2 CV.
— Enfin Stan, tu as eu deux gosses avec chacune d'elles. La loi t'oblige à leur verser une pension.

Julien avait pris un ton moralisateur qui lui allait aussi mal que son nouvel environnement, et Stan avait souri, de ce mince sourire qui découvrait les dents. Il fixait ostensiblement la Légion d'Honneur qui rangeait ce sacripant de Combelles, son compagnon des mauvais jours, dans le camp des juges, des percepteurs et des épouses. Julien avait rougi et desserré son nœud de cravate. Mais il s'était vite repris :
— Et puis tu m'emmerdes, Stan. Le bon vieux temps est terminé pour toi, pour moi. Ou tu deviens un fonctionnaire comme les autres ou il ne te reste plus qu'à crever dans ton coin, claquant ta retraite minable dans un bistrot de village en racontant tes exploits de Rouletabille, dont tout le monde se fout. Voilà ce qui t'attend.

Comme Stan manifestait l'intention de se retirer, il l'arrêta en le saisissant par le revers de la veste.
— J'ai pas fini. Le fisc réclame, de son côté, une partie de ton salaire. Tu n'aurais pas payé tes deux tiers provisionnels et les amendes assorties.

Stan alluma une cigarette sous le nez de Julien qui s'efforçait de ne plus fumer depuis qu'il s'était cru atteint d'un cancer du poumon. Dix ans plus tôt, il ignorait ces prudences et jouait encore sa vie à la roulette russe. En lui lançant une bouffée de fumée au visage, il lui demanda :
— Sais-tu combien il me resterait si je payais tout le

monde ? Trois mille balles. A peine de quoi régler ma chambre d'hôtel et m'offrir un repas par jour dans un chinois où les raviolis sont farçis avec de la pâtée pour chiens. Voilà qui me donne de furieuses envies de luxe : une suite au *Ritz,* un dîner au caviar et à la vodka avec une pute de haute volée suivis d'un banco fabuleux à Monte-Carlo où m'aurait déposé un avion-taxi.

Gêné, Julien avait rejoint son bureau et trié du courrier. Il n'y tint plus.

— Mais bon dieu, qu'est-ce que tu trouves au jeu, Stan ?

— La petite poussée d'adrénaline qui accélère pendant quelques minutes les battements de mon cœur. D'autres la demandent à la drogue, à l'alcool, au danger. Sur moi, ils sont sans effets.

— Qu'est-ce qui pourrait t'empêcher de flamber ?

Stan avait réfléchi. Une question qu'il ne s'était jamais posée.

— Devenir très riche, dit-il enfin, tellement riche que perdre au jeu me laisserait indifférent. Pour vraiment flamber, Julien, tu dois risquer plus que tu ne possèdes.

— En souhaitant perdre pour te perdre ? Hein ?

— En dehors de ces quelques bonnes nouvelles dont le caissier aurait pu très bien m'avertir sans que tu t'en mêles, qu'est-ce qui me vaut l'honneur de cette convocation à ce point urgente qu'un planton me guettait à l'entrée de la boîte ?

— La situation se dégrade à Beyrouth.

— Toutes les dépêches provenant du Moyen-Orient me passent entre les mains depuis que je suis revenu d'Afrique. Je corrige les erreurs de lieux, de noms. Voilà à quoi me sert de connaître l'arabe comme un uléma. Puis avec une paire de ciseaux et de la colle, je retape ces mêmes dépêches. Je termine ma carrière comme je l'ai débutée avec de la colle et des ciseaux. Mes vingt-cinq ans d'ancienneté m'évitent seulement le service de nuit.

— Gauthier est épuisé ; il est vulnérable, sa femme, ses gosses ! Une bombe a explosé sur le palier de l'Agence, à l'immeuble Najjar, une autre devant son appartement près d'Hamra. Il réclame de l'aide, mais il ne veut que toi, Stan.

— Tu voudrais me renvoyer à Beyrouth après ce qui s'est passé ?

— Il ne s'est rien passé.

— Un chef de poste a fauché 60 000 livres dans la caisse pour régler une dette de jeu.

— Je me souviens maintenant. Une certaine organisation lui aurait même offert d'éponger cette dette en échange d'une meilleure compréhension envers sa cause. Mais ce chef de poste a choisi de risquer la taule plutôt que compromettre l'indépendance de l'Agence. Par orgueil, car il ne se prenait pas pour une merde ? Par fidélité à une boîte où l'on était assez fier de lui ?

— Il connaissait aussi les règles du jeu. Si j'avais mis le doigt dans l'engrenage, ils ne m'auraient jamais plus lâché. J'aurais fini par poser des bombes à Jérusalem. Mais j'ignorais que le prix serait aussi élevé. Pour rembourser l'Agence, il m'a fallu vendre une maison à Patmos, à laquelle je tenais, tout ce que m'avait laissé ma mère.

— Il t'en a coûté aussi ton titre de rédacteur en chef. Quand j'aurais pris ma retraite, tu m'aurais succédé. Stan, je t'ai sorti du pétrin contre l'avis du grand patron qui exigeait un exemple. Gauthier et toute la vieille équipe ont fait bloc derrière moi et il s'est incliné. En souvenir, je te demande de retourner à Beyrouth.

— Quand donc aurai-je fini de payer ? Quand donc serai-je en règle ?

— L'Agence a besoin sur place d'un correspondant dont personne n'osera se vanter de l'avoir acheté, ou de l'influencer. Les explications de Gauthier sur l'origine des bombes ne sont pas convaincantes. Je crains qu'il ne se soit laissé impressionner. Sa femme, ses enfants ! Je n'aimerais pas qu'on se serve de lui encore moins qu'on le sache. Soyons pratiques. Je pourrais à Beyrouth te payer tes frais sans que tes ex-épouses ou le fisc fassent tes poches, juste le temps de ramasser ta pelote que tu claqueras dans le premier tripot venu. Si c'est ta façon de prendre ton pied, ça te regarde. Accepte pour Gauthier, pour moi, pour l'Agence.

Stan avait soigneusement écrasé son mégot dans un cendrier qui n'avait jamais servi. Personne n'osait plus fumer en présence de Combelles.

— J'accepte. Un journaliste perdu dans un pays foutu, ça va ensemble. Et il me faut du fric.

Stan terminait son article quand Jammal apparut traînant la savate et mâchouillant un sandwich aux oignons et à la tomate dégoulinant d'huile. Il n'avait plus remis les pieds à l'Agence depuis trois ans et s'intéressait aux changements qui étaient advenus. La porte était blindée et munie d'un judas. Quand Stan dirigeait l'Agence, on y entrait comme dans un moulin.

— Tu as eu des renseignements sur la fille d'hier au soir ? lui demanda Stan.

Il se rengorgea :

— Suffisamment, Stan pacha, pour te conseiller de laisser tomber. Elle n'est pas pour toi. Une putain, mais très chère et qui se loue au mois.

Il se gratta la barbe de ses ongles sales :
— Dangereuse avec ça ! Elle attire le sang. Son frère assassiné à Jbail (Byblos) ! Il était trop beau. Son mari flingué dans la Bekaa, une affaire de drogue : il était très con. Des histoires à Tripoli qui se sont réglées à la grenade et à la mitraillette. Mais c'est la ville qui veut ça. Pour l'instant, elle est en main. Elle a mis le grappin sur un gros maronite qui a ramassé une fortune en Afrique. Si tu y tiens absolument, on peut te débarrasser de lui. Il casque afin de permettre aux Phalanges d'acheter très cher aux Israéliens des vieux canons et des chars tout juste bons pour la ferraille. Il suffirait de prévenir les tueurs de Nayef ou d'Habache pour qu'on n'en parle plus. Aujourd'hui, tout le monde enlève tout le monde, égorge tout le monde et la plaque diplomatique qu'il a achetée ne le protègera pas, alors que les ambassadeurs et les consuls, les vrais, se font flinguer en priorité.
— Rien d'autre ?
— Je sais encore que cette Dionée est toujours fourrée avec un poète minable, Amin Adlou qui marche pieds nus parce qu'il n'a pas de quoi s'acheter des godasses.
— Tu n'y comprends rien ; il veut sentir sous ses pieds la terre sacrée des anciens dieux de Phénicie.
— A ce qu'il dit.

Jammal renifla l'odeur de papier, d'encre d'imprimerie, il prêta l'oreille au cliquetis des téléscripteurs et esquissa une grimace :
— Qu'est-ce qu'on fout ici ? Les Druzes de Joumblatt, que Dieu nous le garde, et les Palestiniens qui l'ap-

puient, qu'ils crèvent tous, occuperont bientôt les crêtes au-dessus de Jounieh. Les chrétiens ne pourront plus être ravitaillés par la mer, ni filer par Chypre. L'aéroport vient de fermer. Des mortiers sont tombés sur la piste. Tu sais ce qu'a déclaré Joumblatt à un journaliste américain : « Nous massacrerons un tiers des chrétiens, nous obligerons un autre tiers à émigrer et nous garderons le dernier tiers pour nous cirer les bottes. » Mais qu'est-ce qui t'arrive Stan pacha ? Où est celui que j'ai connu, il y a quatre ans ? Il serait déjà à Zahlé que les Druzes et les Palestiniens encerclent, ou auprès de Joumblatt.

— Fais le plein d'essence, Jammal procure-toi des laissez-passer et attends-moi dans la bagnole sans aller repérer dans les boutiques des chrétiens d'Hamra ce que tu pourrais faucher demain.

Jammal eut un haut-le-corps :

— Des laissez-passer ? A quoi bon ? Aurais-tu oublié que j'étais druze, que mon père était un « ukkal », l'un des chefs religieux qui ont seuls accès aux « Lettres de Sagesse » ? (1).

— Je n'ai rien oublié, ni qu'il t'a foutu dehors en te prévenant, s'il te revoyait, qu'il te lâcherait une décharge de plombs dans les fesses.

— On s'est réconcilié depuis. La guerre a du bon. N'es-tu pas l'ami de Joumblatt, ce qui vaut tous les papiers ?

— J'étais son ami.

— Tu l'es resté. Personne n'ignore comment tu as perdu tes 100 000 livres au Casino du Liban. Un coup

(1) Le livre secret des Druzes que connaissent seuls les initiés de la secte. Il serait écrit en kurde.

des Gemayel pour t'obliger à quitter le pays car tu en savais trop sur leurs magouilles avec Israël.

— Je n'ai perdu que 60 000 livres, Jammal, le croupier était chypriote, la roulette n'avait pas été truquée par Béchir Gémayel et le directeur du casino, un Arménien, m'avait prévenu de ne compter sur aucun crédit. J'ai pris le risque et j'ai perdu. Les Palestiniens ont sauté sur l'occasion pour chercher à m'acheter.

— Ils ne voulaient que t'aider. Kamal me l'a assuré et que vous vous étiez mal compris. Pour le F.A.T.H., 100 000 livres ce n'est rien alors qu'il dispose des millions de dollars des Emirats et de l'Arabie saoudite. Qui n'a pas piqué 100 000 livres dans sa vie s'il en a eu l'occasion et le besoin ? Tiens, l'ancien président Chamoun, c'est par dizaine de millions qu'il s'est servi dans les caisses de l'Etat. Qui le lui reproche ?

— Quand tu franchis une certaine barre, mon petit Jammal, le million de dollars, par exemple, alors tu ne risques plus grand-chose.

— Donc il faut piquer des millions de dollars.

— Tu sais où les trouver ?

— Là où ils sont, dans les banques. Personne ne se trimbale avec autant de fric dans ses poches surtout en des temps pareils.

Jammal se cura les dents avec l'ongle de son petit doigt démesurément long.

— Il était temps que tu reviennes, Stan pacha, dit-il enfin, pour que je te remette les idées en place. Le Liban n'est plus celui que tu as connu. Rien qu'un bazar, un souk où tu prends ce qui te plaît. Au lieu de payer, à la sortie, tu montres ta mitraillette.

— Qu'est-ce que tu fiches avec moi ? Tu n'as pas de mitraillette ?

— Je te procure autant de Kalachnikov que tu le souhaites à 400 livres le modèle chinois l'A.K. 47, à 600 livres le soviétique et à 1 200 livres le dernier modèle à crosse pliante des parachutistes. Avec trois chargeurs en prime. Mais je ne vais pas me mouiller pour des clopinettes. Bien avant que tu n'en parles, j'avais déjà rêvé d'une banque. Je ne suis pas exigeant, une petite banque de quartier avec deux ou trois millions de livres.

— Pour te retirer ensuite dans le Chouf, prendre femme et élever des chèvres et des moutards ?

— J'ai d'autres projets. Je connais à Tripoli un bateau à vendre. Il ressemble à un petit chalutier et il tient bien la mer. Mais construit à Taïwan, il file vingt nœuds par tous les temps, avec une autonomie de 2 000 miles. Tu peux embarquer à bord des armes achetées à Alger, Marseille ou Gênes et les revendre au Liban, au Yemen, au Dhofar. Ou trafiquer des « tolas » d'or entre Dhoubai et les Indes. A chaque voyage, tu doubles ton capital.

— Tu serais le premier Druze à devenir pirate. Des brigands, il y en a déjà tellement !

— Comment crois-tu que j'ai vécu quand tu m'as laissé tomber ?

— Gauthier souhaitait te garder.

— Pour conduire sa femme au marché et ses enfants à la messe ? J'ai préféré naviguer sur le bateau en question. Son propriétaire n'ose plus sortir du port depuis que la marine israélienne patrouille au large. Il céderait l'*Altaïr* pour une bouchée de pain, enfin une grosse bouchée. On pourrait conserver l'équipage, de vrais marins ! Un capitaine crétois qui connaît la Méditerrannée comme sa poche et deux Malabars de la Côte des Pirates.

— Tu as trop d'imagination, Jammal.

Jammal venait de s'éclipser quand Gauthier revint perplexe :

— Stan, Djaber, notre correspondant à Damas semble te donner raison. Il affirme que l'armée syrienne interviendra au Liban si Joumblatt et ses Palestiniens tentent de s'emparer de l'enclave chrétienne. Mais Joumblatt cédera. Arafat l'y obligera. Il redoute trop une invasion syrienne.

— Tu connais mal Joumblatt, Vincent ! Comme moi, c'est un flambeur et je crois le deviner. Il est disposé à tout pour empocher une mise hors de sa portée : devenir le premier président druze de la république libanaise. Mais le pacte national, d'où est sorti le Liban moderne, le lui interdit. Plutôt que se résigner, il détruira un pays qu'il aime pourtant sincèrement. Si tu es d'accord, je verrais Joumblatt, et je lui demanderais une déclaration.

— Pourquoi as-tu besoin de mon autorisation ?

— Tu es le chef de poste, tu es responsable de toutes les dépêches et je suis sous tes ordres. Tâche de ne pas l'oublier.

— Comme tu aimes te torturer, Stan !

— Je souhaite seulement que nos rapports demeurent clairs. Connaîtrais-tu une fille de fière allure, une certaine Dionée ou qui se fait appeler ainsi, car ce n'est ni un prénom chrétien ni un prénom musulman ?

— Par ce qu'on en dit. Il y a trois ans, quand tu as quitté Beyrouth, elle était à peu près inconnue. Mariée à un riche propriétaire de la Beeka beaucoup plus âgé, qui élevait des chevaux et qu'elle dressait. Le mari a été assassiné, le hara incendié. Drogue, politique, vendetta ? Un amant éconduit ou un autre trop bien accueilli et qui se serait débarrassé du gêneur ? Ce meurtre n'a jamais été éclairci. Personnage intéressant et controversé. La moitié de Beyrouth refuse de la recevoir, l'autre moitié s'en targue. Vivrait de commissions, de combines plus ou moins douteuses, à la libanaise où la politique, les affaires et le sexe se confondent. D'une excellente famille grecque orthodoxe qui a connu des revers de fortune. Très liée avec ton ami Amin, l'aède de Byblos ainsi que le surnomment ses compatriotes qui ont l'emphase facile.

Et avec une pointe de jalousie, il demanda :
— Que vaut sa poésie ?
— Pas grand-chose en arabe, excellente en français. Il a écrit une pièce qui mériterait d'être montée dans un grand théâtre avec des acteurs de qualité sur une musique digne d'elle. Le mythe d'Adonis adapté à notre époque. Genre d'entreprise qui me divertirait si j'étais riche, très riche. On se ruine facilement au théâtre. Comme tu vois, j'ai toujours rêvé très au-dessus de mes moyens.

Connaissant les démangeaisons littéraires de son ami, il en rajouta, non sans une certaine perfidie :
— Amin, ce clochard céleste, finira avec le Nobel. A Stockholm ils sont toujours en quête de candidats exotiques. Mais revenons à Dionée.
— Si tu veux en connaître plus, alors adresse-toi à Amin, ton grand ami.
— L'est-il resté ?
— Tu te crois marqué au front d'un signe infamant comme jadis les galériens. Pur masochisme ! A Beyrouth, on a oublié ton petit écart. Depuis, les Libanais ont eu d'autres chats à fouetter.

— Si tu savais comme je m'en fous aujourd'hui. Sais-tu où habite Amin ?

— Dans une petite maison, sur le port de Byblos que Dionée lui loue... une livre par mois. Il est devenu le chantre officiel des Croisés du Cèdre.

— C'est bien de lui ! Je serai de retour en fin de journée avec, je l'espère, la déclaration de Joumblatt.

— Viens dîner à la maison.

— Un autre soir.

Stan se racla la gorge. Autant en finir avec ces foutues bombes.

— Vincent, installe au plus vite ta femme et tes gosses en secteur chrétien. A Jounieh de préférence d'où il te sera facile de les expédier vers Chypre si ça tourne mal. Tu te sentiras les coudées plus franches vis-à-vis de Kamal et de ses maîtres. Car c'est bien lui, n'est-ce pas, qui t'a fait chanter ? Laisse-moi m'en occuper. Je connais ses faiblesses. Il a peur et traîne pas mal de casseroles aux fesses.

Il referma le couvercle de sa machine à écrire et rangea avec soin le double de ses télégrammes. Dans son travail, il était maniaque comme une vieille fille autant qu'il était désordonné dans son existence.

Gauthier ne savait comment lui manifester sa reconnaissance :

— Méfie-toi, lui conseilla-t-il. Le jour, les routes de montagnes ne sont pas sûres et la nuit les routes de la côte. J'aurais de la peine s'il t'arrivait malheur.

Les deux mains appuyées sur son bureau, Stan le fixa de ses yeux couleur de sable clair, des yeux d'aveugle. Seuls le cliquetis de la bille de la roulette et la voix du croupier y allumaient encore une lueur.

— Souhaite-moi plutôt d'être flingué au Liban, dit-il

de sa voix aussi impersonnelle, en cet instant, que son regard. Les assurances paieraient le fisc, les pensions alimentaires. J'aurais droit à un éloge funèbre de notre bon vieux Combelles qui exalterait mes qualités de bon père et de bon époux, lui qui, en Indochine et en Algérie, aurait troussé une guenon. Avec l'âge, il est devenu désespérément honorable et souhaiterait que les autres lui ressemblent.

Gauthier regarda Stan s'éloigner de ce pas nerveux, pressé, silhouette élégante et mince. Pourquoi lui rappelait-il ces photos couleur sépia que l'on tirait au début du siècle ? Stan n'avait que cinquante-cinq ans, cinq ans de plus que lui. Mais il semblait appartenir à cette génération d'enfants perdus, de têtes brûlées qui, revenus trop jeunes des tranchées, jouaient leurs derniers billets de mille dans les casinos rococo de la Côte d'Azur. Puis ils se tiraient, comme le père de Gauthier, une balle dans la tête tandis qu'une belle maîtresse pour laquelle ils s'étaient ruinés, les attendait dans une Hispano de louage.

IV

Un aède phénicien

Stan Vaucelles dut attendre que Kamal Joumblatt eût terminé son heure de méditation transcendentale en compagnie de son gourou : un jeune hippie belge à l'accent américain et aux jeans crasseux. Insoucieux du confort, le leader druze s'était installé dans les communs d'une grande villa désertée par ses propriétaires, abandonnant les salons et la salle à manger surchargés de dorures aux chefs palestiniens qui avaient des exigences de parvenus.

De la terrasse, Stan découvrait l'admirable paysage de la baie de Beyrouth. Un soleil lumineux jouait sur la mer, « la mer aux mille sourires » de son enfance grecque. Trapu, un navire de guerre y traçait un sillon. Les barques de pêcheurs n'étaient que des points noirs minuscules et une mince frange d'écume soulignait les contours déchiquetés de la Côte.

Jammal jouait aux dés avec les servants d'un orgue de Staline, un Katioucha, qui venait de prendre position. Stan s'attarda, troublé, respirant les odeurs de résine et de bois mouillé qui, dans son souvenir, restaient liées au printemps dans l'île de Patmos. Le jeu l'en avait chassé, le jeu se rappela à lui par le crissement des dés que les parieurs agitaient. Il rejoignit Jammal et entra dans la partie. Il gagnait 300 livres quand Joumblatt le fit mander.

Joumblatt avait le regard lointain et la voix inspirée. Même Stan qui le pratiquait depuis des années ne pouvait dire s'il était sincère ou non, tant le personnage, un parfait acteur, était multiple et insaisissable. Une file de partisans barbus, farouches, coiffés de turbans qui s'effilochaient et bardés de cartouchières, se pressaient pour lui baiser la main avant de partir au combat. Indifférent, il se prêtait à cette adoration. Leader du camp progressiste, otage autant qu'allié des communistes, tortueux et implacable, il rayonnait pour l'instant d'une telle spiritualité que Stan jugea indécent d'aborder d'emblée le sujet qui l'amenait.

Comme s'il reprenait une conversation interrompue la veille, Joumblatt l'entreprit sur la métempsycose et les mérites qui s'acquièrent au cours des vies antérieures par une stricte observation des enseignements de Bouddha (1).

Tout proche, le canon grondait, bombardant les positions chrétiennes. Stan se prêta un temps à la comédie et s'estimant quitte, il lui rapporta les propos qu'Hafez el Assad, le dictateur syrien, avait tenus la veille et dont l'écho en était déjà arrivé à Beyrouth : « Joumblatt est un traître à la cause arabe, le Mouvement national qu'il prétend diriger n'est qu'un rassemblement hétéroclite de gauchistes et de marchands de révolution qui ne savent pas où ils vont, ni ce qu'ils veulent. »

(1) Joumblatt avait reçu en 1972 le prix Lénine de la paix anciennement prix Staline, qui classa définitivement ce grand féodal parmi les progressistes et ce chef d'une secte guerrière parmi les colombes.

Joumblatt tremblait de colère mais ce fut d'une voix assourdie et sur le ton de la confidence qu'il répondit :
— La Syrie n'a jamais accepté l'existence du Liban. Assad, bien qu'il le cache, est l'allié des Phalangistes, eux-mêmes soutenus par Israël. Nous devons faire face à un complot visant à partager le Liban entre les deux larrons, Israël et la Syrie et en même temps à liquider la résistance palestinienne.
— Kamal bey, poursuivras-tu la guerre malgré la mise en garde de Damas ?

Joumblatt serra ses lèvres et retrouvant l'accent rugueux du Chouf, il martela ses mots :
— Jusqu'à ce que nous ayons rejeté tous les chrétiens à la mer, jusqu'à ce que nous ayons écrasé les milices fascistes des Gemayel. Avec toutes les forces nationales et progressistes, nous nous opposerons par les armes à l'entrée de l'armée syrienne au Liban.
— Tu mesures bien la portée de tes propos, insista le journaliste.
— Je sais que je mets ma tête dans la balance (1).
— Puis-je en faire état dans ma dépêche ?
— N'es-tu point venu pour cela ?
— Comment puis-je rejoindre Jbail ? (Byblos)
— Attends avec nous. Nous y serons bientôt. J'oubliais que tu devais envoyer ta dépêche, pour toi de la routine, pour moi, qui sait ? Ma sentence de mort.
— Tu aimes trop le jeu Kamal bey.
— Et toi, Stan ? Mais je vise plus haut, et je prends plus de risques.

(1) Le 27 mai 1976, en guise d'avertissement, la sœur de Joumblatt était assassinée et comme il n'en tint aucun compte, il fut liquidé par les Syriens le 16 mars 1977.

Il montra un groupe de miliciens en uniforme qui astiquaient leurs armes.

— Ils appartiennent à toutes les factions du Mouvement national et ils constituent ma garde du corps. Lequel sera chargé de m'exécuter ?

Une jeep accompagna le véhicule de Stan et de Jammal jusqu'aux dernières positions que tenaient des Palestiniens équipés d'un armement soviétique flambant neuf. A quelques centaines de mètres, commençaient les avant-postes chrétiens défendus par deux chars embusqués derrière des rochers. On n'apercevait que le frein de bouche des canons.

— On essaye de passer ? demanda Stan à Jammal. En reprenant le même chemin, par la montagne, nous ne risquons rien. Nous gagnerons même du temps. Mais en empruntant la route côtière à nos risques et périls, nous témoignerons à Joumblatt qui, probablement s'en fout, d'une certaine solidarité dans la dinguerie. Que peut Joumblatt contre l'armée syrienne ? Rien. Et nous contre un char ? Rien non plus.

Jammal cassa une branche d'arbre, il emprunta à un Palestinien un morceau de tissu blanc sur lequel il traça une croix avec du goudron dont un pot traînait et tendit à Stan ce drapeau improvisé tandis qu'il s'installait au volant.

L'accélérateur au plancher, Jammal fonça sur la portion de route en corniche, huit cents mètres parsemés de nids de poules et de fondrières. Le canon du char se déplaça pour prendre le véhicule dans sa ligne de tir.

— Tout se jouera dans les secondes à venir, se dit Stan, la vie ou la mort, la découverte du grand secret, ou le

vide absolu, le noir, le silence. Jamais je n'aurais pu croire que j'arriverais à m'en foutre autant.
Ils passèrent.
Des Phalangistes très jeunes, le visage amaigri, les yeux rouges, les traits tirés, les entourèrent menaçants. Ils brandissaient un armement hétéroclite : vieux Enfields, carabines américaines, quelques M.16 et des mitraillettes Houzi. Stan sortit ses cartes de presse tandis qu'on fouillait la voiture.
Un capitaine apparut en uniforme de l'armée régulière. Il se présenta :
— Farouk Habib, déserteur d'une armée qui ne compte plus que des déserteurs depuis que chacun a rejoint son parti. Etant maronite, celui-ci est le mien.
Stan le connaissait de vue, ce qui arrangea leurs affaires.
Le capitaine leur offrit du vin. Jeune, fringant, désinvolte, il portait une fine moustache, ses bottes reluisaient comme son ceinturon et son baudrier. Il ne lui manquait que les éperons et le monocle pour donner l'image parfaite et anachronique de l'officier de tradition, façon Saumur. Tenait-il à se distinguer des milices chrétiennes aux tenues débraillées ? Autant les miliciens se montraient insolents, brutaux, autant il en rajoutait dans la courtoisie et les bonnes manières.
— Vous avez eu beaucoup de chance, dit-il à Stan en levant son verre. Une première fois que le char ne puisse vous tirer dessus...
— Pourquoi ? demanda Stan. Le canonnier ne savait pas se servir de la lunette de visée ? A moins qu'il n'ait aperçu mon drapeau.
— Dans ce genre de guerre, le drapeau blanc n'est plus de mise. Le char est israélien et nous avions reçu des

obus français pour A.M.X. Inutilisables ! Heureusement qu'on l'ignore chez Joumblatt. Une seconde fois que je me trouve sur place. Pur hasard ! Je n'étais là que pour préparer la mise à feu d'une mine qui doit rendre la route impraticable au cas où ceux d'en face poursuivraient leur avance. Une troisième fois enfin que je connaisse la guimbarde de l'ami Joumblatt dans laquelle il transporte habituellement des journalistes. Un temps, j'ai été porte-parole à l'état-major ce qui m'amena à les fréquenter. J'ai pu donner à temps l'ordre aux mitrailleuses de ne pas ouvrir le feu. Les mitrailleuses, au moins, étaient approvisionnées. Puis-je me permettre de vous poser une question ? N'êtes-vous pas complètement fous ?

— Je ne risquais rien, protesta Stan, puisque je venais de gagner trois cents livres aux dés. Si j'avais perdu, je serais revenu par la montagne. La chance a des humeurs. Je m'efforce de profiter des bonnes, de me défier des mauvaises.

— Je la courtise sans grand succès et depuis longtemps, avoua le capitaine. Quand je crois la saisir, elle se dérobe. Buvons quand même en son honneur, ne serait-ce que pour se la concilier.

Le capitaine Farouk leur demanda de le ramener à Byblos et en cours de trajet, Stan que le personnage intriguait, eut tout loisir de l'interroger.

— J'étais, raconta le capitaine, le dixième enfant d'une remuante famille de montagnards du Chouf, toujours prêt à en découdre avec les Druzes, pour une question d'honneur ou pour passer le temps. Ces Druzes, il est vrai, sont impossibles !

Jammal, qui s'apprêtait à réagir, sur un signe de Stan, resta silencieux. Le capitaine poursuivit :
— L'église prit en charge mes études mais je refusais de devenir prêtre ou moine. J'optais pour l'armée à condition d'y apprendre un métier pour ne pas dépendre exclusivement de ma solde. Aussi, ai-je choisi le Génie, une arme technique. Stages en France, aux Etats-Unis ; un brevet d'ingénieur militaire, spécialité « Explosifs ». Avant que notre vaillante armée ne cesse d'exister, je dirigeais le service des poudres, sous les ordres d'un gros colonel analphabète, et concussionnaire. Fort mal payé ainsi que la plupart des militaires, je trouvais un second emploi dans ma spécialité. Pour le compte d'entreprises de Travaux publics, je détruisais les obstacles naturels et les immeubles vétustes, utilisant des procédés plus modernes et moins coûteux que les anciens carriers. Je me constituais une clientèle. De grandes firmes, des banques me demandèrent de tester la résistance des blindages des chambres fortes qu'elles construisaient. Je devins expert en la matière. La fortune enfin me souriait et j'envisageais de m'établir à mon compte. J'avais même rédigé ma lettre de démission quand survinrent les événements que vous connaissez.
— Tu pourrais forcer les coffres d'une banque ? demanda Jammal soudain intéressé.
— J'ai des principes, protesta Farouk. Je défends l'ordre maronite, l'establishment chrétien et les banques qui en sont les plus solides piliers. Bien que m'étant endetté auprès d'elles, que je leur doive beaucoup d'argent et que leur taux d'intérêt soient abusifs ! Rien pourtant ne me serait plus facile.

— Tu te vantes, dit Jammal. Je connais bien les chrétiens du Chouf ; ils sont tous comme toi.

Farouk piqué qu'on mît en doute ses capacités s'expliqua :

— Aucun blindage d'aucune banque ne peut résister à une disposition harmonieuse et bien calculée de charges creuses combinées avec certains explosifs brisants récemment mis au point. Sauf une seule.

— La Central Bank, dit Stan. On m'en a parlé. Avez-vous testé ses défenses ?

— Inutile. Des aciers spéciaux fabriqués chez Chubb à Londres, les meilleurs du monde. La chambre forte serait de plus assortie d'un secret qui la rendrait inviolable.

En spécialiste toujours soucieux de m'instruire, je m'y suis intéressé. J'entrais même en contact avec l'ingénieur britannique supervisant les travaux. Sans succès. J'habite Byblos, M. Vaucelles, et me voici arrivé. Ma sœur m'héberge entre deux missions du genre de celles qui me procura le plaisir de vous connaître. Si vous appréciez la cuisine libanaise, je serais heureux de vous avoir à dîner.

Le capitaine griffonna une adresse et un numéro de téléphone. Puis il récupéra la musette contenant son attirail d'artificier et le revolver qu'il avait glissé sous un coussin, à portée de la main. Il s'en était excusé : « On fait parfois d'étranges rencontres sur des routes que l'on croit tenues par des amis. Dégainer assis pose des problèmes. Il serait stupide que, champion de tir de ma brigade, je sois descendu par un malotru à qui l'on vient tout juste d'apprendre par quel bout tenir son pistolet. »

Puis il disparut au tournant d'une ruelle.

— Qu'est-ce que tu penses de ce capitaine ? demanda Jammal.
— Qu'il trompe son monde.
— Que lui trouves-tu ?
— Il est courageux mais avisé. Il prend ses précautions. Le revolver ! Je le soupçonne de connaître des ennuis plus graves qu'il ne l'avoue. As-tu remarqué ses yeux ?
— Ils sont comme les tiens et c'est bien ce qui m'inquiète.

Stan se fit indiquer la demeure du poète et envoya Jammal l'attendre dans un restaurant à mézzès qui avait la réputation de servir le meilleur arak de contrebande.

Amin Adlou existait-il ? N'était-il pas le double immatériel, tant il paraissait fragile, transparent, d'un autre Amin depuis longtemps disparu ? Une feuille d'automne arrachée par le vent et qui tourbillonnait au hasard des courants. Pendant des mois, Amin vivait insouciant, s'en remettant au hasard, aux rencontres. Soudain, sans raison, il se passionnait pour une cause, il devenait véhément, de mauvaise foi, soucieux de son image. Il s'achetait une cravate, amidonnait ses cols de chemise et s'inquiétait de manquer d'argent. Alors il courait les banques pour emprunter sur d'hypothétiques héritages. Puis, une autre brise l'emportait dans un autre siècle, ou vers une autre planète habitée d'êtres de sa sorte, insoucieux du lendemain.

Il serra Stan contre lui et, à l'orientale, le couvrit d'éloges. Il avait une petite voix de tête à laquelle on devait s'habituer.

— Mon cher, tu n'as pas changé. Toujours aussi mince, aussi élégant ; la distance, l'hiératisme d'un tétrarque byzantin de retour dans son apanage. Comme je suis heureux de te revoir ! Sans toi, le Liban n'était plus le même. Qu'allons-nous boire pour fêter ton retour ? Les barques reviennent de la pêche. Regarde-les, voguant sur la mer violette et débordant la jetée de pierres ocre tandis que le ciel vire au rose. Il est l'heure d'honorer Bacchus.

Te voilà à Byblos, ô voyageur, dans la plus ancienne cité du monde. Ces barques pourraient être les lourdes felouques des pharaons d'Egypte, venant quérir le cèdre et le pourpre. Ou des trirèmes romaines. A l'avant, un César glabre, casqué d'argent, son large manteau rouge découvrant sa cuirasse. Ou encore un baron franc debout sur le château arrière d'une galiote génoise, la barbe blonde, les cheveux longs, tenant son heaume sous le bras...

— Arrête, le supplia Stan, succombant sous un délire poétique dont il avait perdu l'habitude.

La maison disposait d'une petite terrasse recouverte de canisses avec une treille ornée de premières pousses, d'un vert tendre. Les rayons du soleil éclataient en taches d'or sur la table grossière et les deux bancs de bois. Léger, sautillant, aérien, Amin disparut et revint avec une cruche de vin, deux verres et un bol d'olives noires baignant dans l'huile.

— Et maintenant, parlons de toi, dit-il. Depuis que je te sais de retour, tout est bien. Il en va tout autrement de mes affaires. Tu n'ignores pas que ma pièce, *Adonis 70*, malgré les cabales de ces imbéciles de moines de Kaslik, devait être jouée au Festival de Baalbeck. Aujourd'hui de grossiers Syriens occupent l'antique Heliopolis et au lieu de vénérer le mythe éternel du bel adolescent, symbole de toutes les morts et de toutes les renaissances, ils dansent leur horrible bourrée, la bedké, entre hommes en se dandinant comme des ours. J'ai envoyé ma pièce à quatre théâtres parisiens dont j'ai reçu des réponses flatteuses. Tous intéressés. Ils ne posaient qu'une seule condition . que je participe aux frais. L'un me réclamait quatre millions de francs ; les plus raisonnables, deux millions, alors que je vis d'une maigre pension de mille livres par mois, à peine deux mille francs. Ils sont persuadés que les Libanais sont tous milliardaires et je porte, hélas, le nom de l'un d'entre eux, le plus riche, le plus célèbre que je n'ai jamais rencontré : Joseph Adlou.

Ses mains se tordaient, suppliantes, il était au bord des larmes :

— Mon dieu, mon dieu ! Et si ma pièce ne valait rien ? Voilà dix ans qu'on me promet de la jouer.

Stan le rassura.

— Me défiant de mon jugement, je l'ai donnée à lire à ma mère Théodora. Savais-tu qu'à Alexandrie, le grand Cavafys, alors ignoré de tous, minable scribouillard dans une administration, quand elle était encore jeune fille, venait lui soumettre ses poèmes. Si elle esquissait une moue il les déchirait. Elle a adoré ta pièce.

Amin lui saisit le bras.

— Ecoute Stan, ma pièce doit être jouée dans l'année qui vient.

— Qu'est-ce qui te presse tant ?

— Cet imbécile de Robert Aboussouan, tu sais, le médecin. J'étais venu lui emprunter quelque argent pour finir le mois. Ah ! le jeu, mon cher ! Pourtant, n'est-ce pas une façon de sacrifier à la Fortune ? Ce n'est pas à toi que je l'apprendrai. Robert exigea auparavant que je me déshabille. Encore une de ces lubies de médecin, ai-je pensé. Il m'ausculta longuement, il me passa à la radio, il essaya sur moi un appareil qui lui venait d'Amérique dont il était très fier et qui transcrivait sur une feuille de papier les battements du cœur. Enfin, en sortant, il me tendit 500 livres. Il était d'habitude moins généreux.

« Si tu tiens à me les rendre un jour, dit-il, tu dois arrêter de boire du vin, de fumer des cigarettes. Je ne parle pas du haschich. Au lieu de passer tes nuits dans des bouges enfumés en compagnie de voyous, d'ivrognes, de drogués et de filles, au lieu de t'enivrer avec eux, tu devras désormais te coucher sagement comme un bon chrétien que tu n'es plus. Sinon... ton cœur te lâchera. Il n'est plus, dans sa cage, qu'un petit oiseau malade. Je te répète, si tu ne changes pas d'existence, il te reste un an à vivre.
— Qu'as-tu répondu ?
— Que je continuerai, sans rien changer à mon mode d'existence. Mais je souhaiterais avant de disparaître, avant de rejoindre dans l'oubli les anciens dieux de Phénicie, que ma pièce fût jouée. Je ne voudrais pas quitter ce monde complètement inconnu, sans avoir laissé dans le souvenir des hommes au moins un mince sillage.
Stan le prit par l'épaule, tendrement comme avec un enfant :
— Vois-tu Amin, si je disposais de la somme qu'on te réclame, je te l'avancerais.
— Je t'aime, Stan, sais-tu pourquoi ? Tu serais assez fou pour prendre ce risque et moi assez égoïste pour l'accepter. Mais revenons sur cette terre de misère. As-

tu vu dans quel état se trouve notre pauvre Liban que veulent annexer les Arabes ?
— Je l'ai toujours cru arabe.
— Il ne le fut jamais ; il est l'héritier de l'ancienne Phénicie qui régna sur la Méditerranée. Il donna à l'Egypte ses plus grands dieux, Isis et Osiris, Aphrodite et Adonis à la Grèce. Je te l'accorde, le Liban fut grec, romain, byzantin, franc, mais ce n'est que récemment, au XVIIe siècle, qu'il se laissa dominer par les Bédouins. Selon le Père Antoun qu'il faut absolument que tu rencontres, cette guerre lui permettra de renaître de ses cendres, de retrouver sa vocation phénicienne : une mosaïque unique au monde de races et de religions où les anciens dieux auront enseigné à leurs successeurs, la beauté, la sagesse, le mystère, l'audace en affaires, le courage des armes et le culte du bonheur.
— Parle-moi de Dionée, Amin.
— Vous vous ressemblez. Vous êtes durs, incommodes et follement généreux. Vous avez vos lois, mais vous êtes tellement orgueilleux que vous ne vous souciez pas assez de celles des autres. Loyaux à votre manière, vous acceptez de payer le prix d'une telle attitude. Comme Dionée, tu l'as prouvé. En quoi t'intéresse-t-elle ?
— Elle t'aurait servi de modèle dans ta pièce, ce serait la sœur, l'amante d'Adonis. N'est-ce pas suffisant pour souhaiter la connaître ?
— Je sais, je sais. On a raconté que Dionée et son frère Georges... Mensonge ! Mais ils étaient si beaux, ils s'entendaient si bien ensemble ! Tu aurais dû les voir danser. Un seul être à la fois homme et femme, l'Hermaphrodite cher à Platon, si bien qu'on a pu penser...

— Pourquoi son frère a-t-il été assassiné ? Pourquoi a-t-elle suivi son assassin dans la Bekaa ? Pourquoi l'a-t-elle épousé alors qu'il était beaucoup plus âgé qu'elle ?

— Arrête. Ceci est dans ma pièce mais la vérité est bien différente. Georges, son frère, a été mortellement blessé dans une rixe qu'il avait provoquée. Quand il était ivre, il aimait se battre et ce soir-là, il l'était plus que de coutume. Dionée n'a jamais tué son mari et si elle eut des aventures, celles-ci furent discrètes. Michel, vu son âge, était suffisamment intelligent pour fermer les yeux. Il avait trente ans de plus qu'elle et il l'aimait. Ils avaient les mêmes goûts, ils manifestaient la même indifférence vis-à-vis de l'opinion. En revanche, je puis te raconter comment elle l'a vengé, selon la grande et noble tradition libanaise de nos montagnes qui lui valut le respect de tous, quelle que fût sa conduite par la suite.

Les terres de Michel Haddad étaient convoitées par un riche et puissant trafiquant de haschich de Tripoli. Il lui en offrit une fortune mais se heurta à un refus méprisant. Alors, il engagea une bande de tueurs. Tout fut détruit, Michel Haddad égorgé et Dionée dut subir la loi de ces sauvages, après avoir abattu de sa main deux d'entre eux.

Un mois plus tard, accompagnée seulement de trois amis, trois de ses anciens amants, a-t-on raconté, et dont elle aurait exigé ce service, elle gagna Tripoli. Déguisée en musulmane du peuple, voilée, ses formes dissimulées sous une longue djellabah, elle portait un couffin à la main. Les garçons arboraient la robe brune et le turban noir des mollahs chiites. Le couffin contenait des grenades dissimulées par des légumes et

les trois garçons, sous leur robe, cachaient des mitraillettes. Ils se glissèrent jusqu'à la résidence du « zaïm » tripolitain de la drogue. Dionée balança ses grenades dans la pièce où il festoyait et protégée par le feu de ses amants, elle put s'enfuir dans la montagne, jusqu'à Zgortha où personne ne s'avisa de la poursuivre.
Un an plus tard, elle s'installait à Beyrouth et en digne fille de la Baalaat de Byblos...
— Elle devint une pute.
— Voyons, mon cher, elle permit seulement à certains hommes fortunés de lui offrir de cet or qui revenait de droit à la prêtresse du dieu Baal et de la déesse Astarté. Reste dîner ce soir. Nous achèterons des rougets aux pêcheurs et je te préparerai moi-même l'oumous, le taboulé à la menthe fraîche, le riz aux raisins secs. Nous boirons tant de vin de Ksara que nous deviendrons les égaux des dieux.
— Je regrette Amin, mais je dois rentrer à Beyrouth afin de transmettre une déclaration importante de Joumblatt.
— De ce traître qui s'est rangé du côté des Palestiniens ? Tu exerces un curieux métier, tu sers d'écho à des voix qui devraient se taire, pour le compte d'une Agence qui t'a abandonné dans l'adversité. Quand veux-tu connaître Dionée ? Elle vient après-demain.
— Je t'appellerai.
— Tu sais pourtant que je suis le seul Libanais qui n'ait pas le téléphone.

— Je n'ignore plus rien de notre capitaine, annonça triomphalement Jammal alors qu'ils roulaient vers Beyrouth. Une meute de créanciers lui court aux fesses, des huissiers, des banquiers, des avocats. S'il n'était pas l'un des rares spécialistes qui osent désamorcer n'importe quelle bombe, n'importe quel obus non explosé, n'importe quelle voiture piégée, il connaîtrait de sérieux ennuis. Pour son malheur, Farouk s'est cru un grand homme d'affaires. Il a monté toutes sortes de sociétés pour fabriquer de l'or avec des cailloux, de l'essence avec de la flotte. Elles lui ont coûté ses économies et le reste. Sans la guerre, il aurait été chassé de l'armée, mis en prison ou obligé d'émigrer. Lui, ce n'est pas 100 000 livres qu'il doit ! A part ça, tout le monde l'estime.

Il se gratta la barbe :

— Farouk n'habite pas chez sa sœur comme il te l'a raconté. Sa famille a été massacrée dans le Chouf par des Palestiniens et la fille avec laquelle il vit est une Palestinienne.

La fesse petite, moulée par un jean savamment décoloré, les épaules larges mises en valeur par un tee-shirt à l'emblème d'une université américaine, les cheveux courts et frisés, le nez droit, Kamal rappelait les beaux athlètes de la statuaire grecque. Il entretenait soigneusement sa forme dans les gymnases et les saunas où il trouvait son compte de jeunes garçons à la sexualité ambiguë. Oiseau nocturne, son bronzage ne devait rien au soleil, tout aux lampes à ultra-violet. Sa paresse et la veulerie qui se lisait dans son regard perpétuellement inquiet, le condamnaient, alors qu'il était intelligent, subtil, cultivé, aux expédients et aux besognes subalternes.

Il arriva par la plage et se glissa dans l'appartement de Dionée. Installée sur le balcon, elle fixait la mer de ses larges yeux, indifférente à l'éclat des derniers rayons du soleil qui jouaient sur les vagues. Kamal jura contre la lumière, et réclama un coca que lui apporta Leila, la servante. Silencieuse, discrète, elle se retira sur ses pieds nus.

— Dort-elle toujours en se suçant le pouce ? demanda-t-il. Je connais une excellente façon de l'en guérir.

Dionée le rembarra sèchement :

— Garde ce genre de remède pour ton giton. Il engraisse, il enlaidit. Jadis, tu en changeais plus souvent. Décidément, tu vieillis mal... comme tous ceux qui vieillissent. Tu as la fiche ?

Kamal extirpa de son tee-shirt une enveloppe en plastic. Le premier volet se présentait comme une fiche de police et comportait les indications habituelles : « Stanislas, Evanghelios, Vaucelles, journaliste professionnel de nationalité française, carte de presse 28 675, appartenant depuis 1951 à l'Agence France-Presse. Siège : Place de la Bourse à Paris.

Né le 17 novembre 1923 à Alexandrie, Egypte. »

Suivaient deux photos d'identité, l'une de face, l'autre de profil, vieilles de cinq ans. Obsédée par les ravages de l'âge, Dionée trouva que Stan n'avait guère changé. Les hommes seraient-ils privilégiés en ce domaine ? Taille 1 m 83, Dionée se souvint de sa silhouette efflanquée, de ses mains noueuses de marin ou de paysan méditerranéen, de son visage, aux traits accusés où tranchaient des yeux très clairs et des dents éclatantes. Menton carré. Signe d'obstination ou de volonté ? Cheveux grisonnants, taillés en brosse comme les portaient les « marines » américains. Dionée avait connu un colonel de « marines » qui lui avait produit le même effet. Comme lui, Stan semblait appartenir à une humanité différente, être en visite chez des martiens et pressé de rejoindre sa planète.

A l'abri d'un magazine de mode, Kamal la surveillait.

« Le père de Stan, officier de la marine de guerre française, démissionne afin d'épouser Théodora Hélèna Stavropoulos. Il entre comme pilote à la Compagnie du canal de Suez. La famille Stavropoulos, originaire de l'île grecque de Patmos, s'était établie un demi-siècle plus tôt à Alexandrie où elle se livrait au commerce du coton et des fruits secs.

« Le commandant Vaucelles décède à Ismaïlia le 26 août 1956, un mois après que Nasser a nationalisé le Canal. Ses biens, comme ceux des Stavropoulos sont confisqués et Théodora, sa veuve, s'installe à Salonique où elle demeura jusqu'à sa mort, vivant d'une petite pension, passant ses nuits à jouer aux cartes, le reste du temps à maudire Nasser, et pleurer Alexandrie son paradis perdu. »

— Finirais-je comme Théodora, se demanda Dionée avec effroi, regrettant Beyrouth en faisant des réussites dans un deux-pièces, derrière l'avenue Foch, sans mari, sans enfants avec la télévision pour seule compagnie. Jamais, jura-t-elle.

Dionée attaqua le deuxième volet : « Stanislas Vaucelles a été élevé par une nourrice égyptienne très pieuse qui le conduisait à la mosquée ; elle lui enseigna, avec des rudiments de Coran, l'arabe populaire. Il parla grec avec sa mère, anglais durant ses études, français le reste du temps. En 1942, Stan rejoint, en Tripolitaine, une unité de la France Libre. Deux fois blessé, trois citations, il termine la guerre comme sous-lieutenant. »

Le texte d'une de ses citations mérite d'être retenu : « Jeune officier dont le courage et le sang-froid n'ont d'égale que la témérité. S'est emparé seul, sans en avoir reçu l'ordre, d'un blockhaus ennemi qui retardait l'avance d'une unité de chars américains. Il l'escalada pieds nus, en pleine nuit et grenada l'intérieur par les cheminées d'aération. » Une note avait été ajoutée de l'écriture appliquée de Kamal : « A se demander si la guerre et plus tard l'existence qu'il mena n'ont jamais été pour Stan Vaucelles qu'un jeu excitant et périlleux ? N'a-t-on pas décoré un flambeur plus qu'un héros ?

« Stan reçoit des Américains la Silver Star et grâce à cette distinction il obtiendra, comme certains anciens combattants, une bourse d'études de trois ans à l'université de Princeton. Diplômes : Master of Economics, maîtrise d'arabe et de persan. Stan envisage de se fixer aux Etats-Unis ; il est engagé au *Washington Post.* Sa mère qui l'a rejoint ne peut s'habituer au mode de vie américain et le presse de revenir en Europe.

« En 1951, de retour en France il entre à l'A.F.P. en même temps que Vincent Gauthier qui lui succédera à Beyrouth et Julien Combelles qui deviendra directeur de la rédaction.

« Stan Vaucelles se fait une haute idée de l'indépendance de la presse et bien que tout le destinât à devenir un agent, il refuse de se compromettre dans des " barbouzeries douteuses ", termes qu'il emploie quand un de ses anciens collègues agissant pour notre compte et afin de l'éprouver lui offre de collaborer avec certains services secrets qui nous sont hostiles. Envoyé au Pakistan puis aux Indes où il rencontrera sa première épouse : Julienne Berthelet, secrétaire-interprête à l'ambassade de France de New Delhi. De cette union mal assortie naît une fille en 1953, un garçon en 1954. Le couple se sépare l'année suivante. Julienne Berthelet bien qu'ayant convolé avec un riche banquier, poursuivra son ancien époux d'une haine vigilante. Elle ne lui pardonne pas de l'avoir ridiculisée en couchant sous son toit avec " des filles de couleur ". »

Kamal s'agitait, brûlant d'envie de descendre au sauna, l'un de ses terrains de chasse préférés.

— Reste, lui ordonna Dionée. J'aimerais en savoir plus sur ce Vaucelles que tu sembles avoir bien connu et peu apprécié.

Elle replongea le nez dans les fiches mais comme la lumière du jour baissait, elle dut chausser des lunettes. Kamal la félicita perfidement du choix de la monture.

« A Paris, Stan devient responsable de la section Moyen-Orient, puis il retourne sur sa demande en Turquie au Pakistan et en Syrie. Il dirige un an le bureau de Tel Aviv ; il apprend l'hébreu. Sa maîtresse, une juive appartenant au Shimbeth, est chargée de l'endoctriner. Elle lui procure d'excellents contacts dans l'armée israélienne sur laquelle il publie une série d'articles qui attire notre attention.

« Stan Vaucelles passe dès lors pour l'un des meilleurs spécialistes d'Orient. Le gagner à la cause palestinienne devenait à nos yeux un objectif prioritaire d'autant que les Sionistes risquaient de nous griller.

« Huit mois avant d'être nommé à Beyrouth, âgé de 44 ans, il rencontre Geneviève Puitton 19 ans, ravissante, blonde, qui pose dans les magazines de mode. Après la naissance d'un garçon, elle le rejoindra à Beyrouth où elle connaîtra un vif succès. Une fille naîtra l'année suivante. Elle noue une liaison avec un conseiller de l'ambassade italienne, liaison qui défraie la chronique locale. Notre organisation qui cherche à se concilier Stan lui offre de se débarrasser de l'Italien. Quelques lettres de menaces assorties d'une charge de T.N.T. explosant dans son garage suffiraient. »

Dionée releva la tête et demanda :

— Est-ce toi Kamal qui fut chargé de lui transmettre une telle proposition ?

— Oui, et Stan l'a très mal reçue. Une bête dangereuse, sais-tu ? Stan embarque sa blonde épouse, ses deux enfants, leurs valises et il les dépose dans la villa de l'Italien où celui-ci vivait déjà avec sa femme et une nichée de cinq bambinos. Il lui a souhaité beaucoup de bonheur en lui conseillant de se convertir à l'Islam, une religion qui s'accommode d'une telle situation.

— L'Italien n'a pas protesté ?

— Stan lui avait proposé une autre solution : le tuer.

— L'aurait-il fait ?

— Bien sûr. Il n'est pas de ceux qu'un meurtre gênerait et il serait assez habile pour ne pas être pris. A la suite de ces deux malheureuses expériences, il est devenu franchement misogyne. Il ne fréquente plus que les filles faciles et qui se payent.

— Dans mon genre ?

— Tu n'as rien de facile.

Dionée aborda le troisième volet où l'on s'attachait à certaines particularités pouvant faciliter une filature ou une élimination rapide :

« ... Peut se déguiser en arabe des villes, en montagnard syrien ou libanais... difficile à filer, toujours aux aguets... Ne porte jamais d'arme sur lui mais dans un camp d'entraînement palestinien où nous l'avions invité, il a démontré ses qualités de tireur tant au fusil d'assaut qu'au revolver ou à la mitraillette. Une arme est certainement dissimulée dans la voiture de Jammal, son chauffeur druze et son garde du corps. Il ne conduit jamais depuis qu'un grave accident dont il était responsable coûta la vie à un enfant.

... Le décès de sa mère et son divorce avec sa deuxième épouse l'éprouvent bien qu'il n'en laisse rien paraître. Désormais, en compagnie du poète Amin Adlou, de Byblos, il passe ses nuits au Casino du Liban où il mise des sommes de plus en plus importantes jusqu'au soir où il perd un banco de 60 000 livres et tape dans la caisse pour honorer sa dette. Le lendemain il devait verser les salaires des employés et payer les abonnements du téléphone et des téléscripteurs. Plus de 80 000 livres. Au nom du Fath, je lui propose notre aide. Il me jette dehors. Le comptable, avise aussitôt l'administration centrale de l'A.F.P. Stan Vaucelles, qui refuse de s'expliquer, est rappelé à Paris. »

Pour clore le dossier, Kamal avait ajouté quelques appréciations de son cru :

« Personnage utile par sa connaissance de la langue arabe, politiquement peu influençable. Aime l'argent pour ce qu'il apporte. Il a des goûts de luxe qu'il souffre de ne pouvoir satisfaire. Son orgueil lui interdit cependant toutes les compromissions. Joueur effréné. Il rend l'humanité entière responsable de sa carrière brisée, une erreur de parcours que son intransigeance a transformée en catastrophe.

... Ne présente plus aucun intérêt pour notre cause. Il n'est pas achetable, il est suffisamment averti de nos méthodes et il ne jouit plus d'aucune influence. »

Stan était bien l'associé que cherchait Dionée. Elle ne put dissimuler un sourire de satisfaction que surprit Kamal.

Dans dix minutes, Stan l'appellerait. Avant de congédier Kamal, elle lui posa une dernière question :

— Quels risques prendrait Stan Vaucelles pour se sortir de la situation dans laquelle il se trouve ?

— Tous. A condition de respecter certaines formes.

— Explique-toi mieux.

— Ne lui demande pas de voler une voiture, si ce n'est pas une Rolls, de dépouiller une femme de ses bijoux, si ce n'est pas une maharanée, d'assassiner un homme qui ne soit pas un chef d'Etat.

Cinquante millions de dollars suffiront-ils à le décider de piller une banque ? se demanda Dionée. A condition de battre le record du siècle.

— Qu'est-ce qui t'amuse ? s'inquiéta Kamal.

— Tes réflexions à propos de Stan. Tu peux disposer. Si j'ai besoin de tes services, je te préviendrai. Ah ! oui, les Syriens. Je m'occuperai de ton passeport le moment venu.

Elle lui tendit un billet de cent dollars.

— Pour tes frais.

Le pourboire était insultant. Kamal lui baisa la main avec l'envie de la mordre et il se retira. Mais il voulait en connaître plus des projets de Dionée et par un détour, il revint sous le balcon. Le téléphone sonna. Leila apporta l'appareil à sa maîtresse pour lui éviter de se déranger, et il entendit :

— Stan Vaucelles ? Allô, oui, ici Dionée.

Un rire, le fameux rire de gorge, puis :

— Il se trouve que je suis libre ce soir. Où dîner ? Seuls les restaurants des grands hôtels demeurent ouverts après le couvre-feu. Venez donc chez moi, au *Coral Beach*.

V
Le vin d'Esculape

Comme un mannequin à une présentation de mode, Dionée passait et repassait devant Stan, installé dans un fauteuil un verre à la main. Elle lui demanda :
— Comment me trouves-tu ?
— Belle, séduisante.
— Mais tapée.
— J'aime les femmes que la vie a marquées.
— A condition qu'elles aient conservé un visage, une silhouette de vingt ans. Et l'apparente naïveté de leurs vingt ans. Quarante ans pour une femme, elle trichait de cinq ans, cinquante ans pour un homme — elle accordait à Stan trois ans de moins — mon âge, le tien, voilà que sonne l'heure de vérité. Plus que dix ans à vivre sans devoir s'appuyer sur des béquilles. Ensuite, ça ne m'intéresse plus : on appelle ce temps la vieillesse.
— Pourquoi cette amertume ?
— Mes bijoux sont faux ; j'ai dû vendre mon appartement de la Corniche. Une chance, avant qu'il ne soit détruit ; une malchance, que mon acheteur ait été tué si bien que je ne toucherai jamais ce qu'il me doit. Chassée de Beyrouth, ce qui m'attend, je devrai recommencer ailleurs une autre existence sans pouvoir utili-

ser les armes qu'on me prête encore ici par habitude : la jeunesse, la beauté, une certaine fierté. Une solution s'offre à moi : épouser un bon, gros et riche marchand qui sent le poto-poto, le marécage africain dont il sort et où il compte m'entraîner.

Stan sourit devant cette franchise et cette véhémence inhabituelles en Orient. Dionée déjà lui plaisait ; elle gagna son estime, un sentiment dont il était avare avec les femmes. Il la rassura :

— Il te reste Dionée, l'espoir de te créer ailleurs une nouvelle vie.

— Pas comme je le souhaiterais.

— Pourquoi t'être adressée à Kamal afin de te renseigner sur mon compte ? Il a commis la maladresse de téléphoner à l'Agence pour connaître les raisons de mon retour et ensuite il est venu te retrouver à l'hôtel. Le portier l'a repéré et m'en a averti. J'ai toujours été en bons termes avec les portiers d'hôtel.

— Tu connais l'Orient. On ne peut s'y passer d'intermédiaires. La politesse et la coutume l'exigent.

On apporta le dîner sur une table roulante. Dionée congédia le garçon et ce fut la gracieuse Leila qui les servit.

— Qui est-ce ? demanda Stan.

Dionée lui répondit en français :

— Une jeune Kurde. Un chat maigre, tremblant de peur et de haine, quand je l'ai rachetée.

— A qui ?

— A un souteneur qui l'obligeait à se prostituer. Elle a conservé vis-à-vis des hommes une horreur dont j'essaie de la guérir.

— Elle t'est attachée par la reconnaissance ?

— Au début peut-être, maintenant, par l'amour. La

reconnaissance est un sentiment tiède qui se dissout comme le sucre dans le thé. L'amour, tant qu'il dure, est violent, exclusif, capable de tous les sacrifices. Je puis demander à Leila de mourir pour moi.

Et revenant à l'arabe :
— Leila, montre-nous.

La jeune Kurde brandit un poignard courbe qu'elle portait dans un étui de cuir sous le bras. Et bondissant sur ses pieds nus, elle se mit en garde, les lèvres retroussées.

Puis, elle s'inclina, remit l'arme en place et servit du vin à Stan, un vin lourd, épais, à l'odeur âcre, parfumé à la résine.
— Un vin de l'île de Cos, l'avertit Dionée. Un ami grec m'en laissa quelques bouteilles, le vin d'Esculape, disait-il.
— Assez surprenant, reconnut Stan, en vidant le verre.

Leila le resservit. Stan sentait une ivresse légère le gagner, une ivresse qu'il n'avait jamais ressentie. Soudain, tout semblait possible ; l'existence n'était plus ce rocher battu par les flots, hérissée d'arêtes tranchantes, où il s'était tant de fois déchiré.
— Je me sens bien, dit-il, en repoussant son assiette, où tiédissait un loup surgelé et mal cuit. J'aime ta voix, Dionée, et que tu sois gardée par une belle esclave qui, entre parenthèses, tient très mal son poignard.

Dionée le fixait de ses larges yeux. Elle lui resservit du vin :
— Connais-tu le conte d'Aladin et de la lampe merveilleuse ? demanda-t-elle soudain.
— Oublierais-tu que je suis né en Egypte, que ma nourrice était arabe ? Kamal a dû te l'apprendre.

— Imagine que l'éfrit, le génie de la lampe, soit à ton service. Que lui demanderais-tu ?
— Pour l'instant de passer son chemin puisque je suis heureux.
— Formule quand même un vœu, n'mporte lequel.
— Rien ne me vient à l'esprit et ce que je demanderais à l'éfrit, toi seule tu peux me l'accorder.
— Veux-tu, en Chine, un palais de faïence bleue ou chantent des fontaines, des filles ravissantes pour te servir, des devins pour te prédire l'avenir que tu souhaites, sinon tu leurs coupes le cou. Une princesse de quinze ans se tue d'amour pour toi parce que tu lui as préféré un rossignol ?
— Je n'ai, hélas, jamais eu cette sagesse de préférer un oiseau à une fille.
— Veux-tu des plages de corail blanc ? Un yacht dans les Caraïbes où tu inviteras de blondes call-girls, des rois découronnés qui courent le cachet ? Veux-tu un hôtel particulier à Paris où tu recevras des êtres raffinés, qui attendent en frémissant l'arrivée des barbares ? A Beyrouth, ils sont déjà arrivés.
— Ils sont passés de mode, Dionée. Résignés ennuyeux, craignant l'aventure et l'air du large, ils se terrent et leurs fils calculent, à vingt ans, leurs points de retraite. J'ai un fils de vingt ans, je le sais.
— Veux-tu un « mews » à Londres, un « loft » à New York ?
— Je suis trop vieux pour m'expatrier. A vingt ans, on choisit sa patrie. A cinquante, elle vous colle à la peau.
— Veux-tu une roulette dont l'éfrit sera le croupier et où sortira à chaque fois le numéro que tu auras misé ?
— Surtout pas. Je changerais de casino. Mais si tu insistes, je demanderais à l'éfrit de monter la pièce

d'Amin, dans l'ancien théâtre grec d'Epidaure, une nuit d'août où pleuvent les étoiles, avec les meilleurs acteurs, les meilleurs musiciens de notre temps, pour une seule représentation dont nous serions les premiers et les derniers spectateurs. Quand les acteurs auraient quitté la scène, les musiciens rangé leurs instruments, nous embarquerions sur un grand voilier blanc. Alors se lèverait la tempête qui nous engloutirait, tous trois ivres de poésie, d'amour et de vin.

— Est-ce le vin de Cos qui t'inspire ? Sois sérieux, Stan, et imagine ce que tu pourrais obtenir avec cinquante millions de dollars.

Stan prit le plan que Dionée avait laissé en évidence sur la table. Il répéta :

— Cinquante millions de dollars en or, pierres précieuses, colliers, bracelets, entreposés dans les quarante-huit coffres de la chambre forte de la Central Bank, au deuxième sous-sol.

— Comment es-tu si bien renseigné ?

— Avant de te rejoindre, je suis passé chez Agopian. Ma seconde épouse était l'une de ses pratiques. Je me suis enquis, comme si c'était pour elle que l'on sait riche, d'une parure en rubis, émeraudes et diamants, montés sur platine, un modèle que j'avais remarqué dans une revue, à bord de l'avion. J'ai demandé à voir les pierres. Il était navré de ne pouvoir me satisfaire. Comme la plupart des grands joailliers de Beyrouth, il n'avait plus rien chez lui, tout se trouvant dans son coffre de la Central Bank. J'ai joué la surprise. Ne craignait-il pas que la banque fût pillée ? Il m'affirma n'avoir rien à redouter de semblable. Pourtant, il n'était pas assuré. Il jugeait en effet imprudent de révéler l'état de sa fortune en ces temps troubles où chaque camp pratique l'enlèvement et l'extorsion de fonds. Un stock d'or, gris ou rouge en lingots, des pierres non serties, des diamants non taillés, impossibles à identifier en cas de vol, ne pouvaient être couverts par une assurance. Mais des blindages, avec le secret dont ils étaient assortis, rendaient inviolables la chambre des coffres. Et qui se risquerait à pareille entreprise ? L'homme de confiance de Khadafi, un certain Morshen, affirmait-on, avait loué un coffre pour y entreposer l'argent avec lequel le Libyen alimentait la guerre civile ainsi que certains documents qui y avaient trait. Tout le monde ayant touché, personne n'aurait intérêt à ce qu'on le sache.

Agopian, en veine de confidence, m'a décrit la chambre forte. Dix mètres de large, vingt de long. Occupant les deux tiers du second sous-sol, elle est fermée par deux grilles actionnées électroniquement et deux portes blindées, chacune épaisse de quarante centimètres. Sans compter le secret.

— Avoue que tu as pensé à piller la banque ?
— A quoi ne rêve-t-on pas et qu'on ne réalise jamais : assassiner la femme qui vous pèse, son percepteur, son patron, voler un Vermeer ? Imagine, Dionée, que tu t'empares de ce trésor, que tu trouves l'éfrit qui te permettra d'entrer dans la salle des coffres. Ensuite, il te faudra contacter des receleurs, les « fourgues » en terme de métier. Les seuls susceptibles d'écouler un tel stock n'intéressant que d'autres joailliers, se trouvent à Amsterdam, à Anvers, ou à New York. Comment y amener le trésor ? Et que de complicités, devras-tu disposer, en pleine guerre civile ! Les complicités de ce genre coûtent très cher.

— Cinquante millions de dollars, deux cents millions de livres libanaises !

— Sois sérieuse, Dionée. Passe encore de se débarrasser d'un trafiquant de drogue à Tripoli, car moi aussi je me suis renseigné sur ton compte. Mais s'emparer d'une banque que garde l'armée !

— Plus pour longtemps.

— Qu'encerclent trois à quatre cents énergumènes qui ne demandent qu'à en découdre.

Il lui agita le plan sous le nez et lui désignant un carré marqué de noir :

— Dont ceux-ci, par exemple : les Feddaynes de Saladin, une centaine de pillards, capables de s'entre-tuer pour vingt piastres. En contact avec la pègre de Beyrouth, sans chefs, sans organisation, ils sont pressés de ramasser une poignée de fric avant de disparaître. Même s'ils savent mal s'en servir, ils disposent d'armes en quantité, volées dans une caserne. Tu les vois assistant sans broncher au casse d'une banque. Car il s'agit bien de cela dans ton esprit : un casse.

Dionée, de son bâton de rouge à lèvres, raya les Feddaynes du plan :

— Il suffit de s'en débarrasser, dit-elle.

— Comment ?

— Le père Antoun et Nayef. Chacun, à sa manière, se bat pour une cause honorable. Ils ne portent pas ces voyous dans leur cœur. Occupe-toi de Nayef. Laisse-nous Antoun à Amin et à moi.

— Amin ! Tu envisages d'entraîner notre poète dans cette aventure rocambolesque ?

— Après tout, ne veut-il pas qu'on joue sa pièce ? Qu'il prenne des risques lui aussi. Son médecin, à moins que ce ne soit pour l'empêcher de boire et de fumer, l'a

averti qu'il était atteint d'un mal incurable. Amin ne manque ni de courage ni d'imagination. Le père Antoun prend ses sornettes phéniciennes pour paroles d'Evangile.
— Et toi ?
— Je suis bonne chrétienne mais il ne me déplaît pas qu'on me compare à une déesse. Ce détail étant réglé, raconte-moi comment est Paris ce printemps.
— Je ne supporte Paris qu'en automne. Le printemps y est toujours raté.

Dionée ne toucha pas à la nourriture mais poussa Stan à boire. Une autre bouteille du vin grec était apparue. Elle poursuivait son idée avec obstination et Stan, dans l'euphorie qui le gagnait, commençait à croire à son projet insensé. Il flottait dans un univers apaisé, conciliant, où tout paraissait possible.
— Voyons, dit-elle, pour un tel casse, sur qui pourrais-tu compter ? Jammal ?
— A tous les coups, il cherche deux à trois millions de livres pour s'acheter un rafiot et trafiquer des armes. Piller une banque lui paraît la meilleure solution pour se procurer cet argent.
— Qui encore ?
— Peut-être un certain capitaine Farouk, rencontré dans l'après-midi. Pourri de dettes. Sa spécialité nous intéresse : les explosifs. Disponible, à mon avis, pour n'importe quelle connerie afin de quitter au plus vite le Liban avec la femme qu'il aime : une Palestinienne.
— Qui encore ?
— Nayef qui tient à publier un journal. L'un des rares qui croit encore à l'avenir de la galaxie Gutenberg alors que tous misent déjà sur l'audio-visuel. Idéologi-

quement opposé aux banques, modernes cavernes de brigands. Mais toi, Dionée, qui nous amènerais-tu ?
— Kamal, dit-elle. Il peut se révéler utile à condition qu'il ignore nos véritables intentions. Il est très gourmand mais à ma merci.
— Comme les anguilles, il te glissera entre les doigts.
— Je le tiens par ce qu'il a de plus cher au monde : sa vie. Et je sais qu'il a peur de toi. J'amènerai aussi le bâilleur de fonds qui couvrira nos premières dépenses, l'Africain qui compte m'épouser. Je m'y résignerai si tu renonces à m'aider. L'idée de cambrioler Khadafi pour le plus grand profit des Phalanges et du Front libanais, à condition qu'il ne risque rien, ne peut que le séduire. Et il veut tellement m'étonner ! Mais je ne compte vraiment que sur toi, sur Amin et moi.
— Le plus grand casse de l'histoire avec pour auteurs...
— Une catin, un poète et un flambeur. N'est-ce pas magnifique ?
Stan partit d'un fou rire inextinguible :
— Tellement absurde ! Quia absurdum ! Comme disent les fidèles de l'Eglise de Rome, nous croyons à la sainte Trinité, à la virginité de Marie parce que c'est absurde.
Il répétait :
— Je crois en ce casse parce qu'il est absurde.

Il se réveilla le lendemain dans sa chambre d'hôtel avec une horrible gueule de bois. Il se souvenait qu'après le dîner, Dionée s'était assise près de lui, qu'il lui avait caressé le bras, lui avait dit combien sa beauté était troublante.
Elle avait ri avec amertume :

— Une beauté qui ne tardera pas à se défaire. Je ne connais qu'un onguent pour la prolonger : l'or.

Lui échappant elle avait défait sa lourde ceinture d'argent, incrustée de pierres de couleur, elle avait rejeté sa longue robe de soie au savant drapé, pour apparaître entièrement nue, dans l'écrin sombre de ses cheveux dénoués, déesse venue vers lui de l'antique Phénicie.

Ivre, l'esprit troublé, il s'était agenouillé à ses pieds, il l'avait enserrée dans ses bras, il avait respiré l'odeur de musc et de cannelle qui montait du plus secret d'elle-même.

— Voudrais-tu, lui avait-elle encore demandé, que ce corps s'effrite comme une mauvaise statue de plâtre, avant que ne vienne l'heure ?

Il l'avait rassurée, il lui avait promis qu'elle serait immortelle, que rien, jamais, ne pourrait détruire sa beauté dont il serait le prêtre et le gardien.

— Alors, donne-moi de l'or, lui avait-elle répété, l'or de la banque.

Et il avait juré.

Il lui avait fait l'amour avec la violence désespérée et la hantise d'un condamné à qui l'âge, ce juge inexorable, accorde une dernière grâce.

Alors qu'il la croyait éteinte, son ardeur renaissait aussi violente, tant le corps admirable de Dionée sans cesse offert et refusé se prêtait à toutes les audaces. Mais le visage restait calme, serein comme celui d'Astarté, la grande prostituée divine, quand elle se prêtait à l'adoration de ses fidèles, ses amants.

Il avait usé de toutes les ruses, de toutes les caresses enseignées par ses maîtresses les plus expertes, pour amener sur ces traits parfaits, trop parfaits, une crispation des lèvres, un frémissement des narines, une plainte même contenue qui annonceraient le plaisir.

Elle gardait, au contraire, les yeux grands ouverts, des yeux larges, magnifiques lagons bleus, dont rien ne venait troubler la paix.

— N'oublie pas que tu as juré, lui avait-elle rappelé quand il la quitta. Et souviens-toi : je ne serai vraiment à toi que le jour où nous aurons cet or.

Tu es un très bon amant, Stan, mais j'en ai connu d'autres qui te valaient. Je veux que nous nous perdions ou que nous nous sauvions ensemble. Alors, peut-être naîtra de nos étreintes cette communion dont Amin prétend qu'elle rend les hommes égaux des dieux. Amin est souvent moins fou qu'on ne le dit.

Leila, la jeune Kurde, l'avait guidé par la main jusqu'à la sortie de l'hôtel car la tête lui tournait :
— N'est-ce pas qu'elle est belle ma maîtresse ? lui avait-elle demandé avec fierté. Mais aucun homme depuis Tripoli ne lui a procuré le plaisir qui éclairerait son visage.
— Qu'en sais-tu ?
— Je suis toujours là, dans l'ombre, qui veille sur elle.
— Moi, j'y parviendrai, affirma Stan, devrais-je braquer une banque.

Jammal l'attendait, dormant selon son habitude dans la voiture. Il n'avait pas d'autre domicile.
— Alors, Stan pacha, demanda-t-il, c'était bien ? Combien t'a-t-elle demandé ?
— La lune, Jammal et je la lui ai promise.
— Elle t'a fait crédit ? On voit qu'elle ne te connaît pas.

Stan réclama une bouteille d'eau minérale et un

grand pot de café. Il prit trois cachets d'aspirine, sans réussir à chasser son mal de tête, ni cette saveur âcre, désagréable, qu'il gardait dans la bouche.

Le vin était drogué, pensa-t-il. Avec du haschich probablement, de l'opium peut-être. La boisson des Haschachins, des Assassins, que le Vieux de la montagne, avant qu'il ne les envoie poignarder ses ennemis, donnait à boire à ses affidés. Alors ils entrevoyaient le paradis puis ils se retrouvaient sur terre avec, comme moi, une gueule de bois insupportable, si bien qu'elle leur donnait l'envie d'en finir au plus vite. Mais voilà que je déraille. Le vin était fort, la fille excitante : frigide, brûlante et complètement cinglée ; les meilleures amoureuses.

Le téléphone sonna, insistant, et la sonnerie résonnait dans sa tête comme un battant de cloche. C'était Gauthier.

— Place des Changeurs, dit-il, où tu étais avant-hier, se déroule en ce moment un violent accrochage. Au moins une cinquantaine de blessés et de morts. Plus peut-être. Les Feddaynes de Saladin ont été chassés des lieux par les Palestiniens de Nayef ou les Croisés du Cèdre ; on ne sait pas très bien. Probablement pour leur faucher les armes ou leur interdire le souk des orfèvres, bien que tu prétendes qu'il n'y ait plus rien. Pourrais-tu t'y rendre ? Je t'en prie, ne prends pas cela pour un ordre, seulement une suggestion. Tu connais les lieux et tu es le seul que chrétiens et Palestiniens accepteront. Surtout ne prends pas de risques, l'endroit est insalubre.

Stan m'avoua, plus tard, qu'en joueur superstitieux il avait vu dans cette élimination « spontanée » des Feddaynes de Saladin, un signe du destin, un clin d'œil de la chance, ce qui le décida à accepter les propositions de Dionée, à entreprendre et réussir avec elle le « casse du siècle ». De son côté, Dionée m'affirma que la décision de Stan était prise depuis le matin où il s'était rendu sur la petite place des Changeurs. Il avait alors persuadé le père Antoun et Nayef de se débarrasser des feddaynes, leur révélant l'importance du stock d'armes qu'ils détenaient et leur intention de se rendre seuls maîtres du souk des orfèvres. Ce n'est qu'à sa deuxième visite après que les feddaynes aient été éliminés, qu'il leur apprit que le souk était vide. Redoutant un échec, dont son orgueil n'aurait pu s'accommoder, il lui avait accordé l'initiative du projet.

Ainsi Dionée avait plaidé pour une cause déjà entendue et à cette occasion, elle était devenue la maîtresse de Stan, ce qui n'était pas nécessaire. Le regrettait-elle ? Elle n'allait jamais plus loin dans ses confidences.

Pour Amin, tout était venu du vin de Cos auquel Dionée, bien qu'elle s'en défendît, aurait mêlé, selon une recette que se transmettent les filles de Byblos depuis la haute Antiquité, le chanvre indien et le suc des pavots. Il me cita à ce propos, en grec, un passage de l'Odyssée qu'il négligea de me traduire. Le jour se levait, maussade, dans le dernier bar ouvert du quartier Saint-Germain. Je croulais de fatigue et je n'insistais pas. Le lendemain, par pneumatique — il refusait d'utiliser le téléphone — Amin m'envoyait la références[6]: Odyssée IV-5.

J'avais rencontré Dionée, Stan et Amin au cours de l'un de ces dîners qu'affectionnent les Libanais de Paris et qui commencent à l'heure où les Parisiens se couchent. Patricia m'y avait entraîné.

— Le genre de réunion, m'avait-elle affirmé, où lancer tes filets.

Un entresol dans une grande avenue près de l'Etoile un somptueux buffet. Les femmes arborent un peu trop de bijoux, les hommes un peu trop de gourmettes en or, de médailles et de croix. Une ambiance de Bohémiens de luxe. On revient de New York, on part pour Londres ou São Paulo. Des oiseaux qui par bandes, apparemment sans raison, quittent un champ pour un autre. Mais ils savent toujours où trouver les graines dont ils se nourrissent : l'or.

Cigares qui ne peuvent être que des Davidoff, parfums de Patou. Mais quelle gentillesse, quelle chaleur ! Le compliment est toujours flatteur, la vacherie enrobée de sucre. Les Libanais sont les seuls à avoir conservé le goût de la fête dans cette capitale morose qui l'a perdu.

Patricia me présente à Dionée Haddad qu'accompagne Stan Vaucelles, le journaliste de l'A.F.P., dont les dépêches constituaient l'essentiel du dossier que m'a remis son père, puis au poète Amin Adlou. Un funambule, un clown, un elfe, que seuls ses lourds vêtements de velours empêchent de s'envoler. Le supplément littéraire du *Monde*, bible des snobs tiersmondistes, lui a consacré récemment trois pages. Il est célèbre, il le restera quelques semaines.

Stan attaque par phrases brèves, méchantes. D'une belle voix grave, avec une fausse indulgence, Dionée achève la victime. Un beau couple de prédateurs. Est-ce le désir, l'amour, l'amitié, la complicité qui les unissent ? Le policier et le voleur attachés l'un à l'autre par une même menotte ? Mais qui est le flic et qui est le brigand ?

— Dionée, une déesse égyptienne, m'avait promis Patricia, une déesse un peu tapée mais de l'allure, de beaux restes. Bien qu'elle s'en défende, elle devra un jour restaurer la façade. Comme elle est bien fichue, elle y gagnera dix ans. Mais l'argent lui manque. Stan est un loup maigre, un vieux Grec qui vieillira en se desséchant, sur une île des Sporades buvant de l'ouzo et jouant au tric-trac. L'hérédité ! Sa mère était grecque, il est né à Alexandrie et s'ennuie à Paris.

J'entrepris Stan sur le « casse » de la Central Bank. Pourquoi cette lueur amusée dans les yeux de Patricia ? Avait-elle couché avec lui ? Eprouvait-elle ce plaisir pervers propre à toutes les jolies filles, en présentant un amant à un autre ?

— A quel titre, me demanda-t-il, vous intéressez-vous à ce cambriolage ? Il y en eut d'autres depuis.

— Selon le *Guiness book* aucun n'a approché ce record. J'ai l'esprit sportif. J'ajouterais que les administrateurs de la Central Bank, représentés par M. Bouzoukian, et le syndicat des bijoutiers arméniens de Beyrouth m'ont chargé de récupérer les bijoux et les pierres précieuses dérobés dans la salle des coffres.

— Il y avait aussi de l'or ?

— Ils ne s'en soucient pas. Passé aux profits et pertes. Ils ne s'intéressent qu'aux pierres et aux bijoux. Dans l'une de vos dépêches, vous estimiez le butin à vingt millions de dollars.

— J'étais très au-dessous de la vérité. Le chiffre de cinquante millions me paraît plus juste. En quoi puis-je vous être utile ? Je ne sais rien de plus que ce que j'ai publié. Vous êtes un ami de Patricia, employé par son père. Est-ce lui qui vous a conseillé de vous adresser à moi ?

— J'ai étudié le dossier tout l'après-midi. J'aimerais vérifier, avec vous, certains détails. De mon côté, je pourrais peut-être vous fournir des éléments que vous ignorez comme le rapport de Chubb sur le vol. Vous êtes journaliste ?

— Un vieux journaliste près de la retraite, qui a cessé de s'inquiéter de ses semblables et de leurs aventures.

Dionée nous rejoignit et, de sa voix de gorge, me demanda :

— Comment pensez-vous arriver à vos fins ? Je souhaiterais vous aider. Autant qu'à Patricia, vous me devez d'avoir été chargé de cette mission et je me sens responsable. La semaine dernière, je passais par Genève et je n'ai pu résister au plaisir de saluer mon vieil ami, Pierre Bouzoukian. Le vol avait eu lieu en avril, je crois.

— Dans la nuit du samedi 12 au dimanche 13 avril, précisa Stan, en me fixant de ses yeux étranges, des yeux sans tain comme des miroirs où rien ne se reflète.

— Nous sommes en décembre, poursuivit Dionée, et depuis avril aucune nouvelle. Pierre était disposé à renoncer quand je l'ai assuré que les pierres et les bijoux se trouvaient en France, probablement à Paris.

— Comment le saviez-vous ?

— Une intuition. Si un Libanais, obligé de quitter son pays, se lance dans les affaires, il ira aux Etats-Unis, jouer en bourse à Londres, garer ses fonds, à Genève. En revanche, s'il souhaite se distraire, se reposer, attendre, il restera à Paris. Pierre croit beaucoup à mes intuitions.

— Ne joue pas à la Pythie, la supplia Stan. Tu avais en mains d'autres éléments qui décidèrent Bouzoukian à reprendre l'enquête, aux frais de ses clients, les joailliers arméniens, car je le vois mal payant de sa poche.

Et revenant à moi :

— Les auteurs du casse, selon les informations que j'avais recueillies sur place, avaient disposé de nombreuses complicités. Ils devront un jour ou l'autre les rétribuer. Deux furent déterminantes : celle du chef palestinien Nayef, et celle de l'animateur des Croisés du Cèdre, le père Antoun, tous deux disparus.

Le père Antoun m'avait promis : « Nous passerons Noël ensemble à Paris. Je n'y fêterai pas hélas ! la naissance du Christ, mais j'irai sacrifier au veau d'or. » Je n'ai pas relaté cette réflexion dans mes dépêches, n'en voyant pas sur le moment l'intérêt. J'y ai réfléchi depuis, d'autant que Nayef envisageait lui aussi de se rendre à Paris, à la même date.

— Et vous en concluez ?

— Qu'aux environs de Noël, tous les complices de ce casse, qui sont encore vivants, se retrouveront pour se partager le butin. Les chefs du gang doivent d'ici là réaliser les bijoux et les pierres qui sortiront donc sur le marché.

— Me conseillez-vous de m'intéresser aux recéleurs ?

— Je crois les voleurs plus subtils. Ils n'ignorent pas que les seuls recéleurs auxquels ils pourraient s'adresser sont étroitement surveillés par des gens de la partie, des bijoutiers, eux-mêmes recéleurs à l'occasion.

— Aussi, reprit Dionée, je suggérai à Pierre Bouzoukian de racheter à un prix convenable leur butin. C'est alors que Patrica proposa vos services. Venez donc à notre table, mon cher Fabrice.

Amin se matérialisa sur la chaise voisine de la mienne et dès lors, le vin et le champagne aidant, la conversation dériva vers l'antique Phénicie, ses rites étranges et sanglants, le culte de Baal, d'Adonis et d'Astarté.

Comme je m'en désintéressais, Stan me le reprocha :
— Vous avez tort. L'une des clefs de l'énigme que vous avez à résoudre se trouve peut-être dans l'histoire la plus ancienne du Liban, dans sa mythologie à laquelle juifs et chrétiens empruntèrent tant. La Central Bank n'était-elle pas défendue par un procédé connu des pharaons.
— Me conseillez-vous de sacrifier à Baal et Astarté ?
— Ils sont libanais. Au moins leur promettre une commission.

Et il éclata de rire.

En quittant Dionée et Stan, je les priais de répandre discrètement autour d'eux la rumeur selon laquelle j'étais mandaté pour racheter, à un prix raisonnable, le trésor de la Central Bank.
— Les Libanais aiment les chiffres, dit Dionée. J'ai conseillé à Pierre Bouzoukian de ne pas lésiner et d'offrir jusqu'à cinq millions de dollars. Exact ?
— Il souhaiterait marchander.
— On marchande un manteau de fourrure, un appartement, une voiture, jamais les bijoux des reines d'Arabie. Ou les diamants bruts du Sierra Leone, quand ils risquent de se révéler plus dangereux que de la dynamite.
— Comment le savez-vous ?

— Patricia voyons. Elle a toujours été bavarde et n'a pu résister au plaisir de se confier à une vieille complice comme moi.
— Espérons seulement que les voleurs n'en seront pas avertis.
— Vous les croyez stupides au point de ne pas se rendre compte de la valeur de la monnaie d'échange qu'ils détiennent ? Comment, dans ce cas, auraient-ils réussi un exploit que tous s'entendent à reconnaître comme exceptionnel ?

Dionée me parut pressée d'en terminer avec ce genre de propos :
— Je vous ferais signe, promit-elle, si j'apprends du nouveau.

Patricia jouant à plus saoûle qu'elle ne l'était, mit sur le compte de l'ivresse ses indiscrétions. Elle réclama de l'Alka Seltzer et s'endormit sur mon lit. Jamais un seul instant au cours du dîner, elle n'avait perdu son contrôle, mais sciemment elle avait révélé à ses amis ce qui devait rester secret.

Dans quel but ?

J'allais cueillir Stan à la sortie de son Agence. Il n'en fut pas surpris.
— Je quitte l'A.F.P. à la fin de l'année, m'apprit-il. Après vingt-cinq ans de bons et loyaux services, on m'offre d'avancer la date de ma retraite.
— Des projets ?

Ses dents brillèrent :
— Pas encore.

Patricia m'avait révélé ses goûts de luxe et sa gourmandise. Je l'invitais chez *Taillevent*. Il fut sensible à l'attention.

— Deux sujets me préoccupent, dis-je, Patricia et la Central Bank.
— Dans quel ordre, les abordons-nous ? Patricia ? Je n'ai jamais été son amant, mais cette petite garce s'efforce de le laisser croire. Ses rapports avec Dionée, un temps au moins, ont été plus sulfureux. Les hommes sont stupides. Ils devraient se montrer plus jaloux de leurs vraies rivales, les femmes.
— Les disparitions du père Antoun et de Nayef sont-elles liées au cambriolage de la banque ?
— Dans tout autre pays qu'au Liban, ce serait évident.
— Vos dépêches ?
— Je me suis borné à relater certains faits venus à ma connaissance, en évitant de griller mes sources et de compromettre la sécurité de l'Agence. Déjà les Palestiniens avaient placé une bombe devant l'entrée ; les Phalangistes l'auraient posée sous nos bureaux. Que révèle le rapport de Chubb ?
— Ses conclusions sont formelles : on ne pouvait pénétrer de force dans la salle des coffres sans que l'immeuble s'effondrât.
— Comment ?
— Grâce à un système simple mais imparable qui interdisait même que l'on forçât les coffres de la salle. Mais il n'a pas fonctionné. Trois hypothèses s'offrent à nous : — Les présidents, gardiens du secret étaient complices. A écarter. Ils ne me payeraient pas pour retrouver ce qu'ils ont volé. — Les voleurs, de remarquables électroniciens, ont reproduit les cartes magnétiques servant à ouvrir les portes. Chubb est formel. Impossible.
— Alors ?
— Il ne reste qu'à le demander aux voleurs quand

nous les connaîtrons. Où comptez-vous prendre votre retraite ?

— Partout où se trouvent des casinos, en Italie, en France, en Amérique. J'aime leur ambiance et la compagnie des flambeurs mes frères. Le reste du temps dans l'île de Patmos dont ma mère est originaire. Je vivrai sur ma retraite améliorée par la roulette, le baccara, le chemin de fer, le black-jack et quelques collaborations que m'offrent des journaux de langue anglaise. Le récit du casse de la Central Bank paru dans *Newsweek* était de moi.

— Je l'ai lu, il se trouvait dans le dossier. Vous l'aviez présenté comme la confession de l'un des voleurs.

— Et si cela était ? Dionée souhaite vous rencontrer. Téléphonez-lui. Son numéro ? Le même que le mien. Vous comptez me déposer chez moi ? Il n'en est pas question. Je ne tiens pas à inquiéter ma concierge. Une Porsche ! Qu'irait-elle imaginer ?

Réflexe professionnel, j'ai filé Stan. Un véhicule déglingué l'attendait. Le conducteur barbu, dépenaillé portait, malgré l'hiver, des baskets et arborait une casquette d'amiral américain. Il se précipita pour lui ouvrir la portière et gueula : « Eh ! Stan pacha, tu as bien bouffé au moins ? »

A peine de retour dans ma chambre, je reçus un coup de téléphone de Stan :

— Je n'aime pas être filé, surtout aussi maladroitement. Je déteste conduire. Mon chauffeur se nomme Jammal, il est druze et depuis des années il me sert à crédit. Pourquoi ? Je l'amuse et je le nourris. Un bon conseil. Si vous tenez à retrouver le magot de la Central Bank, ne vous livrez plus à ce genre de plaisanterie.

VI

Le moine et le commissaire

Le père Antoun appartenait à un autre siècle. C'était un prêtre ligueur, haut en couleur, plus à l'aise dans le tumulte des armes que dans la célébration des offices, bien qu'il lui arrivât de concilier les deux. En effet, au cours d'une messe de Requiem qu'il célébrait à la mémoire d'un membre décédé de sa communauté, une altercation mit aux prises, sur le parvis de l'église, deux clans maronites opposés, le sien et celui d'un pistolero promis à de hautes fonctions. L'altercation dégénéra en affrontement armé qui se poursuivit dans le sanctuaire lui-même. On vit alors le célébrant sortir deux colts de dessous sa chasuble et, abrité par le maître-autel, vider ses chargeurs sur son rival, dissimulé derrière un pilier. Bilan : trente morts, dont la veuve éplorée (1).

(1) A ce propos, je tiens a rappeler que *l'Or de Baal* est un roman de pure fiction. Seuls de mauvais esprits pourraient confondre les aventures que je prête au père Antoun avec d'autres événements qui se déroulèrent à Miazara près de Zgortha. La preuve : ils ne firent que 27 morts, le célébrant le père Douheiby n'avait qu'un colt et son challenger Sleimane Frangie qui allait devenir président de la République, ne s'abritait pas derrière un pilier mais derrière le baptistère.

Sa barbe poivre et sel s'étalait, foisonnante sur un battle-dress de l'armée américaine qui se continuait par un pantalon à soufflets de même origine et des demi-bottes de parachutistes. Seule sa croix pectorale, cadeau de ses partisans, et la tonsure, rappelaient sa première vocation. Le père Antoun était d'une stature imposante et, à soixante ans, malgré un appétit légendaire, il conservait une taille de demoiselle dont il était très fier et qu'il soulignait pas un large ceinturon de cuir, clouté d'argent. N'y manquait que la large épée à double tranchant des Croisées dont il se réclamait. Avec ça, des yeux vifs, malins, le nez fort, la bouche large, gourmande et une voix tonnante de bateleur quand il invitait les chalands à entrer dans sa baraque. Il y offrait un christianisme purgé de tous les mauvais effluves des récents conciles, assorti d'un Liban phénicien, dernier bastion de l'Occident en terre d'Islam. Sa bonne santé, sa joyeuse humeur, aidaient à oublier ses outrances et qu'il avait la gachette si facile.

Le père Antoun se défiait des journalistes qui l'avaient malmené dans leurs articles et refusait de les recevoir. Une seule exception : Stan, qui l'avait écorché autant que les autres, mais l'avait un jour sorti d'un mauvais pas, à Baalbeck, en l'aidant à quitter la ville caché sous une couverture, à l'arrière de sa voiture. Le frère jaloux d'une jeune veuve que, par charité chrétienne, il s'était évertué à consoler, l'avait poursuivi à coups de fusil jusque dans les ruines.

Planté au milieu de la petite église de Mar Mikhael, les mains sur les hanches, il considérait avec satisfaction les armes récupérées au cours des combats de la matinée. On les avait rangées contre l'un des murs, sous des statues de saints écornées par les balles.

Les vitraux avaient volé en éclats ; le portail avait été remplacé par des sacs de sable et de l'autel, il ne restait que trois marches. Les précédents occupants, appartenant à une milice chiite, avaient tout fait sauter après s'être livrés à une joyeuse sarabande en habits sacerdotaux.

Ils auraient même pissé dans les calices et se seraient torchés avec les nappes du maître-autel. Ce qui était faux, les tissus brodés ne valant rien pour cet usage et ils n'allaient pas souiller bêtement, au risque de les déprécier, calices, ostensoirs et chandeliers qu'en bons marchands libanais, ils espéraient revendre, à un juste prix, aux seuls acquéreurs possibles, des chrétiens.

Dès qu'il vit apparaître Stan, le père Antoun leva les deux bras :

— Je t'arrête, mon fils. Je tiens tout d'abord à te préciser, comme hier encore...

Il désigna un être falot, aux longues oreilles sortant d'un passe-montagne et qui tripotait un lance-grenade :

— Que le chef des Croisés du Cèdre est Etienne que voici, qu'il a été élu démocratiquement et que dans toutes ses démarches, il est assisté par un directoire de douze membres choisis parmi ses pairs, les chefs de quartier et de région.

Je ne suis que l'aumônier du mouvement et s'il m'arrive d'assister aux réunions, je ne participe pas aux votes.

Dans ces assemblées, j'apporte la caution du Christ, le vrai, celui des origines comme notre ami commun, le poète Amin, celle de l'histoire, une histoire vieille de 6000 ans. A part ça, quel bon vent t'amène à nouveau ?

Stan montra les armes :

— J'aimerais savoir d'où elles proviennent.

Le moine énuméra :

— Soixante M.16, huit mitrailleuses légères, six mitrailleuses lourdes, huit mortiers de 4.5 pouces avec chacun trois unités de feu, quatre canons sans recul de 75 et leurs munitions. Du matériel neuf ; la plupart de ces armes n'ont jamais servi. L'armée libanaise venait de les recevoir des Américains quand elle a détalé de sa caserne, abandonnant tout cet attirail à peine sorti des caisses. Les feddaynes n'ont eu qu'à se servir.

Pouvait-on laisser ces armes entre les mains de ces voyous, de ces assassins, leur permettre de s'emparer du souk des orfèvres, occupé en majorité par des Arméniens, de bons chrétiens comme nous mais dont la tiédeur à l'égard de notre cause, me peine ?

— Pour venir jusqu'à toi, dit Stan, j'ai dû traverser la place où, profitant d'une trêve, les secouristes de la Croix rouge ramassaient les morts. Aucun blessé comme me le fit remarquer un médecin qui les accompagnait, un vieux boy-scout monté en graine à qui il ne fallait pas en conter. Il m'a promené d'un macchabée à l'autre et m'a prié de remarquer que la plupart d'entre eux, s'ils portaient des blessures, avaient tous reçu une balle dans la tête, tirée à bout portant.

— Tu m'étonnes !

— Selon lui, tous les blessés qui n'avaient pu s'enfuir, auraient été achevés. Ce n'est pas tout. Le toubib en a déduit d'après la position des cadavres et leurs blessures qu'ils avaient été pris entre deux feux. Or, l'armée, j'en ai eu la confirmation, n'avait pas bougé.

— Et tu en conclus ?

— Que tu t'es entendu avec Nayef pour liquider les feddaynes de Saladin.

Gêné, le moine se racla la gorge.

— Pas de sermon, cette fois, le supplia Stan. Tu auras bientôt une meute de journalistes sur le dos. Il te faudra expliquer comment les Croisés qui ont juré de poursuivre le combat jusqu'au départ du dernier des Palestiniens, de purger le pays de la racaille progressiste, ont pu s'allier aux pires d'entre eux.

— Les feddaynes nous ont attaqués...

— Nayef et toi, ensemble ! A d'autres...

— Nayef n'est pas le pire. Il est chrétien, né à Bettléem, un nom qui doit rappeler quelque chose à un mécréant comme toi. Même s'il est par la suite devenu athée, communiste, trotskiste, anarchiste, il en reste quelque chose et il finira avec le chapelet et le long (1). Plus d'un tiers de ses partisans sont de jeunes chrétiens libanais égarés sur la voie mauvaise...

Tu n'étais plus à Beyrouth en mai 1975 quand les feddaynes de Saladin se sont faits connaître. Ils ont massacré une cinquantaine de maronites qui s'en revenaient d'un mariage dans la montagne. Ils ont abandonné leurs corps sur la ligne de démarcation, entre l'est et l'ouest, en bordure d'un cimetière musulman, le sexe coupé et enfoncé dans la bouche.

— En quoi cela regardait-il Nayef et son Front de Libération ?

— Parmi les morts atrocement mutilés se trouvaient de ses partisans.

— Je connais Nayef. Puisque les feddaynes ont rejoint le camp islamo-palestino-progressiste, au nom de l'idéologie et de l'efficacité révolutionnaire, il se sera accommodé de ce massacre imbécile et odieux.

(1) Le rosaire.

— Non, il n'a rien oublié. Un des miens avait un cousin dans le camp d'en face. Tu sais comment ça se passe ici ? On se bat le matin, l'après-midi, on prend le café.

Par son entremise, j'ai pris contact avec Nayef et nous nous sommes entendus pour en terminer avec ces assassins qui ternissaient l'image du Liban et déshonoraient la cause palestinienne.

— Ils avaient les armes qui vous manquaient et vous vouliez être seuls à vous partager les richesses du souk des bijoutiers.

— A l'aube, les Croisés ont amorcé une attaque en direction des souks comme pour s'en emparer. Les feddaynes ont aussitôt réagi comme nous le souhaitions et ils sont sortis de leurs trous pour se lancer à notre poursuite. Les miliciens de Nayef ont alors occupé leurs positions. Quand les feddaynes ont découvert la ruse et qu'ils ont voulu réoccuper leurs tas de gravats, ils ont été tirés comme des lapins. Le gros a détalé ; les autres ont payé pour mai 1975.

— Puis, vous vous êtes partagé les armes ?

Le moine partit d'un grand rire :

— Mais j'ai roulé Nayef. Ces petits révolutionnaires ne font pas le poids en face de la Sainte Église, quand elle renoue avec ses plus anciennes traditions. Viens.

Il l'entraîna au fond du chœur. Derrière un pilier s'amorçait un escalier très raide qui débouchait dans une petite crypte humide, rongée par le salpêtre.

De sa lampe-torche, le moine éclaira trois longues caisses de bois, peintes en gris, semblables à des cercueils de pauvres, marquées chacune de têtes de morts et en lettres au pochoir « Explosives ».

— De l'hexogène, dit le prêtre. Trois fois la puissance

du T.N.T. Nous les avons fauchées sous le nez de Nayef, sans qu'il s'en aperçoive.

Tu imagines comment un fou pareil aurait pu les utiliser ? En dynamitant d'abord la moitié des organisations palestiniennes avec lesquelles il est en désaccord. Je ne suis pas contre. Mais ensuite serait venu le tour des chrétiens.

— Si je comprends bien, conclut Stan, tes principes ayant été remisés à la sacristie, il ne reste plus qu'à t'entendre avec Nayef pour piller le souk des Arméniens. De bons chrétiens, certes, mais... comment disais-tu ? tièdes, si tièdes à l'égard de la bonne cause, si bien qu'ils refusent de cracher au bassinet.

— Nayef, comme nous, a été mis au ban des organisations que soutiennent le pétrole arabe ou les services secrets des grandes puissances occidentales. Nous n'avions pas d'armes ; nous n'avons pas d'argent.

Il leva la main comme pour prononcer un serment :
— Ce qui ne vous empêchera pas, une fois réglés ces détails d'intendance, de reprendre chacun notre combat avec une vigueur accrue.

Stan remarqua au fond de la crypte une ouverture basse, fermée par une grille rouillée. Il demanda :
— Où cela mène-t-il ?

Le prêtre haussa les épaules :
— Nulle part. L'amorce d'un souterrain qui jadis conduisait dans les caves d'un couvent détruit, là où se dresse aujourd'hui le building de la Central Bank. Si je m'en tiens aux dires du curé qui est venu jeter un coup d'œil sur les dégâts après que nous ayons repris son église.

Stan sentit les battements de son cœur s'accélérer

comme lorsque la bille de la roulette s'arrêtait sur le numéro qu'il avait misé.

Arrachant à Antoun sa lampe, il éclaira la grille. On distinguait l'arrondi d'une voûte, puis un amoncellement de blocs de pierres qui obstruaient le passage.
— Le souk des orfèvres est vide, dit-il. Vous ne retirerez pas mille livres de la ferraille abandonnée. Tout a été remisé, l'or, les bijoux, dans les coffres de la Central Bank. Le reste, l'argenterie de quelque valeur, a été emporté.
— Non ce n'est pas possible, dit le prêtre. Comment vais-je payer mes hommes ?
— Parce que la foi ne leur suffit pas ?
— Ils ont des femmes, des enfants à nourrir. Ils rejoindront les Phalanges ou les brigades de Chamoun qui versent à leurs partisans des soldes régulières.
— Après le pillage du port auquel ils se livrent ils ne manqueront pas de fonds.

Stan ouvrit l'une des caisses où les pains d'hexogène étaient rangés, enveloppés dans du papier huilé. Il joua avec l'un des pains :
— Voilà de quoi raser tout un quartier de Beyrouth. Quelle chambre forte y résisterait ?

Il revint vers la grille :
— Déblayer les blocs qui obstruent le souterrain ne peut guère poser de problèmes.

Ayant semé la graine, Stan n'avait plus qu'à la laisser germer. Il enverrait Amin pour l'arroser afin qu'elle pousse plus vite. En prenant congé du père Antoun, il lui conseilla de s'en tenir à la thèse d'une attaque désordonnée d'une partie des feddaynes pour s'emparer du souk et d'un règlement de comptes entre eux.

Les secouristes, ayant terminé leur moisson de cadavres, étaient repartis avec leurs ambulances. Stan resta un long moment seul, immobile, planté au milieu de la petite place à contempler le grand building de ciment, de verre et d'acier de la Central Bank. Les premiers rayons de soleil illuminaient ses vitres.
— A tout va, dit-il.

Puis il gagna les positions de Nayef à pas comptés pour que les guetteurs ne s'affolent pas, ne tirent pas avant de l'avoir identifié. Jammal terminait sa conférence de presse.
— Qu'est-ce qu'il a raconté ? demanda-t-il à Nayef.
— Combien tu étais insensé, répondit le Palestinien sur un ton sévère et le doigt accusateur. Hier, tu as joué ta vie en revenant de chez Joumblatt, dont l'attitude, j'aimerais y revenir, me paraît tout autant suicidaire. Sans raison, comme on mise sur une carte dans un tripot. Alors que tant de nobles et belles causes manquent d'hommes déterminés comme toi.

Nayef employait un français appliqué, désuet qui, selon son humeur, attendrissait ou exaspérait Stan. Ce matin, il avait le don de l'irriter.
— Tes nobles causes m'emmerdent, dit-il. Je ne crois qu'à ma liberté, un droit que j'exerce comme il me plaît.
— La liberté, protesta Nayef. Laquelle ? Lénine disait : « Dans une société fondée sur le pouvoir de l'argent, dans une société où les masses laborieuses végètent dans la misère. »
— Abrège.
— On n'abrège pas Lénine... « tandis que quelques poignées de riches ne savent être que des parasites,

il ne peut y avoir de liberté réelle et véritable (1) ».

Nayef avait du professeur de l'ancienne école, la réprimande sentencieuse et la manie de l'ordre. En revanche dans son esprit, régnait une invraisemblable confusion où Lénine voisinait avec Proudhon, Trotsky avec Che Guevara, Saint-Just, Robespierre, Rousseau, saint Ignace de Loyola et Mao Tsé-Toung. Mais sur la minuscule table derrière laquelle il se tenait, étaient rangés, à côté d'un plan de Beyrouth, une série de crayons soigneusement taillés, deux stylos feutre, une gomme, une règle, un vieux chronomètre et une paire de jumelles d'artillerie, de fabrication soviétique.

Nayef mesurait à peine 1 m 60. Par manie du secret, il cachait son âge, 40 ans ; sa véritable identité et son lieu de naissance que personne n'ignorait plus. Bien qu'il le détestât pour ses pitreries, il s'efforçait d'imiter Arafat en laissant planer le mystère sur ses origines. Les ongles sales, les cheveux pelliculeux, il portait des lunettes de myope à verres très épais. Sans elles, il était aussi aveugle qu'un oiseau de nuit pris dans les phares d'une voiture. Sa mise était celle d'un clown passé par un magasin d'habillement d'une guérilla sud-américaine : une veste en tissu camouflé qui lui descendait jusqu'aux genoux, des pantalons qui boudinaient jusqu'à ses pataugas lacés avec des ficelles.

Un revolver de gros calibre, de provenance indéterminée, était accroché à un ceinturon de toile trop large qui, sous le poids, descendait jusqu'à la naissance de la cuisse si bien que l'arme lui battait la jambe. Une

---

(1) Lénine : *L'organisation et la dictature du parti*. Œuvres complètes T VIII p. 388, dans l'édition russe s'entend.

casquette à la Castro et une barbiche à la Hô Chi Minh complétaient l'ensemble.

On lui imputait une cinquantaine d'attentats dont heureusement peu avaient réussi. Il s'en attribuait une centaine, si bien que les Israéliens, sans trop le croire, avaient mis sa tête à prix. Ils ne pouvaient lui offrir meilleur cadeau.

— Alors voilà que tu coopères avec les moines les plus réactionnaires du Liban, ironisa Stan.

— Toutes les voies sont bonnes, répliqua Nayef piqué, pourvu qu'elles mènent à la révolution. Je n'ai conclu avec les Croisés du Cèdre, tenants d'un ordre anachronique et condamné par l'histoire, qu'une alliance tactique et temporaire.

— Pour venger tes partisans massacrés en mai 1975 ?

— Non, fit-il étonné.

Il n'y avait vraisemblablement jamais pensé. Il poursuivit sentencieux :

— Nous avions un besoin impératif d'armes et d'argent, d'argent surtout. Ces voyous détenaient des armes dont ils auraient usé dans des desseins contre-révolutionnaires et jamais ils n'auraient accepté un partage équitable des objets de valeur récupérés dans le souk des orfèvres. Avec le père Antoun, à la rigueur, on peut l'envisager. Il se réclame des Croisés, et se doit de respecter sa parole.

— Il n'empêche qu'Antoun t'a roulé dans la farine. Il t'a barboté sous le nez 150 kg d'hexogène, à toi dont la dialectique révolutionnaire s'appuie sur la bombe et l'explosif.

— Il le croit. Mais je détiens les détonateurs sans lesquels la mise à feu n'est pas possible, les crayons à retard, les commutateurs à distance, tout un attirail sophistiqué que les impérialistes américains, alliés des sionistes, avaient envoyé au 2ᵉ bureau de l'Armée libanaise afin qu'il se livre à ses habituelles provocations. Nous arriverons à un échange.

— Sans une nouvelle alliance tactique et temporaire, tu ne pourras pas faire sauter, Arafat et le quartier général de l'O.L.P., avoue que ça te démange, comme au père Antoun de se payer les Gemayel et les Phalanges qui veulent absorber son mouvement.

Vous avez l'un et l'autre un besoin urgent de fonds, sinon vos partisans rejoindront le F.a.t.h., ou les Forces Libanaises.

Antoun souhaite créer dans la montagne un camp d'entraînement et de repos pour ses recrues. Des Croisés du Cèdre, sans cèdres ! Il veut des cèdres, comme toi un journal qui véhicule tes idées et te permette de ratisser plus large parmi tous les mécontents du Front du refus.

— Analyse correcte. Le souk des orfèvres...

— Est vide. Pas d'argent, pas de Suisse.

— Quels Suisses ? Et que me chantes-tu à propos du souk ?

Stan obligea Nayef à sortir de son gourbi et lui montra le building de la banque.

— Tout est là, dans les coffres.

— L'armée veille sur eux.

— Plus pour longtemps. Pour l'instant, vous êtes, Antoun et toi, maîtres du terrain. Mais les gros requins ne tarderont pas à rappliquer : Arafat, Habache, les Gemayel, Chamoun. Ils vous chasseront, ils se partageront le trésor de la banque et vos miliciens les rejoindront.

Stan fit mine de s'éloigner, puis revint sur ses pas.

— A ce propos, comme tu me l'avais demandé dans ta dernière lettre, je me suis inquiété de te trouver du matériel d'imprimerie. Les Allemands ont mis au point une imprimerie miniature qui, grâce à un ordinateur par composition instantanée, permet de sortir un journal à peu de frais. Cette petite merveille n'exige pas un personnel spécialisé et même tes bougres sauraient s'en servir.
— Le prix ?
— 800 000 dollars, un peu plus de trois millions de livres.
— Où les trouver ?
— Certainement pas dans le souk des orfèvres. Combien as-tu perdu d'hommes ce matin ?
— Quatre et une dizaine de blessés.
— Autant chez les Croisés du Cèdre, sans compter les feddaynes. Cinquante-huit morts, pour un tas de ferraille. Quel gâchis !
— Combattre, c'est bien, reconnut Nayef ; expliquer les raisons de son combat mieux encore. Aussi me faut-il ce journal. Mais où trouver l'argent ?
— La banque. A condition d'agir vite avant que d'autres n'y pensent. A bientôt Nayef. Mao Tsé-Toung n'a-t-il pas dit : « La guerre est la forme suprême de la lutte pour résoudre, à une étape déterminée de leur développement, les contradictions entre classes, entre nations, entre Etats ou blocs politiques (1). »
— Tu as encore inventé cette citation ?
— Pas cette fois. Tu devrais te pencher sur ce pro-

---

(1) « Problèmes stratégiques de la guerre révolutionnaire en Chine — décembre 1936 — Œuvres choisies de Mao Tsé Toung. » T I — Editions en langue étrangère Pékin 1967.

blème, objectivement. Comment mener une guerre, même révolutionnaire, sans argent, donc sans soldats et sans armes ?

— Je dois réunir mon Comité central pour en débattre.

— Pour autant qu'il existe, il est dispersé dans tout le Liban et la Jordanie. Dans trois jours, en principe, l'armée quittera la banque pour être remplacée par des gendarmes dont l'étui de pistolet sera vide. Un coup d'escopette et ils s'envoleront, tels des moineaux.

— Veux-tu que nous en discutions demain ?

— Des mots, toujours des mots. Appelle-moi à l'Agence. J'aurais peut-être du nouveau.

— Quoi ?

— Les Syriens pourraient intervenir. Dans ce cas, ils rafleraient le magot. Comme tu n'es pas en odeur de sainteté à Damas, tu serais obligé de déguerpir.

Stan lui tapota l'épaule comme un médecin à un malade à qui il annonce qu'il est perdu. Jammal, à regret, lui emboîta le pas. Il avait troqué une montre contre un pistolet tchèque et négociait une bouteille d'arak contre deux gilets pare-balles.

Ils rejoignirent leur guimbarde par des chemins détournés.

Partout des carcasses de voitures brûlées, aux tôles noircies, des arbres et des poteaux télégraphiques abattus, des matelas éventrés, des chicanes constituées de fûts d'essence emplis de sable.

Ils n'eurent que le temps de se planquer sous un porche quand trois jeeps, équipées de mitrailleuses lourdes, dévalèrent la rue en lâchant de longues rafales vers un ciel où n'apparaissait aucun avion israélien.

— Encore ces connards de Palestiniens, dit Jammal. Ils en font toujours trop et finissent par se rendre intolérables. Alors tout le monde leur tape dessus. Et sais-tu qui leur a troublé la cervelle, Stan pacha ? La presse, la télé, des types dans ton genre. Je t'ai vu à l'œuvre avec Nayef. Si encore je savais où tu voulais en venir...

Tir cassant des fusils, crachement rageur des mitraillettes ponctués des éclatements de mortiers, du grondement de l'artillerie.

— Des 155 américains, dit Jammal. Ce sont les chrétiens qui tirent, les autres ont des 130 soviétiques. Ça pète plus sec. Tiens, les voilà qui répondent.

Ils essuyèrent le feu des « snipers » qui tiraient sur tout ce qui se présentait. Heureusement, ils visaient très mal.

— Des gamins, soupira Jammal, indulgent. Ils ont piqué des armes et ils les essaient sur ce qui bouge. C'est tellement mieux que sur des boîtes de conserve. Le prix des gilets pare-balles va augmenter. Si tu ne m'avais pas autant pressé, j'aurais réussi une bonne affaire.

De retour à l'Agence, Stan trouva Gauthier effondré devant sa machine à écrire.

— Ça ne va pas ? lui demanda-t-il.

— Je viens de boucler mes comptes.

— Tu as découvert un trou dans la caisse ? Cette fois, je n'y suis pour rien.

— Le compte des morts. On dépasse le chiffre de vingt mille, officiellement recensés.

— Bah ! fit Stan. Partis comme nous le sommes, nous finirons le mois avec vingt-cinq mille.

Il rédigea son propre télégramme :

« De violents combats ont mis aux prises dans le

quartier des banques et autour de l'église de Mar Mikhaël des milices se réclamant des deux camps. Leur objectif : s'assurer le contrôle du souk des bijoutiers. Une trêve est intervenue en fin de matinée. Une soixantaine de morts ont été recensés. »

Puis il téléphona au *Coral Beach* et demanda Dionée. Le portier reconnut sa voix :

— Ah ! c'est vous, monsieur Stan. Mme Dionée a laissé un message à votre intention : « Rejoins-moi ce soir chez notre ami de Byblos. »

Il trouva le même message quand il rentra à l'hôtel. Une journée épuisante. Il avait été témoin de la folie des Beyrouthins, s'employant à détruire frénétiquement, en quelques heures, ce qu'ils avaient mis des années à bâtir. Jammal, qui l'avait accompagné dans sa chambre, se confectionnait sans façon un joint de hasch.

— Du nouveau ? demanda-t-il, tandis que Stan se douchait, afin de se débarrasser de cette odeur pénétrante, insupportable de plâtre, de gravats, d'eau sale et de charogne dont il était imprégné, une odeur de fin du monde.

— Nous dormons ce soir à Byblos, annonça-t-il. Tu ramasseras le plus de renseignements possibles sur le capitaine Farouk et sa Palestinienne. Tu as toute la nuit. Je dînerais chez Amin et j'y coucherai.

— Les renseignements se payent. Tu m'ouvres un crédit ?

— 500 livres. Normalement tu devrais y être de ta poche, ta participation aux frais. Je t'offre de devenir le premier amiral de la marine druze.

— Hein ?

— Le moyen de t'acheter ton rafiot.

— Es-tu sérieux, Stan pacha ? Tu as les yeux vides comme au casino quand la roulette tourne. Mais cette fois, la mise est la plus grosse que tu aies jamais risquée. Laisse-moi deviner ? La Central Bank.

VI

La danse d'Astarté

Quand Stan le rejoignit sur la petite terrasse de la maison de Byblos, il trouva Amin gesticulant et protestant avec véhémence contre les imparfaits du subjonctif.
— Je les déteste, disait-il... que je vinsse, que je le suivisse, que je troublasse... Ils nuisent à la musique aérienne de la langue française et lui donnent un cul de plomb.
Dionée s'étonnait de son indignation car elle n'utilisait jamais ces vestiges d'une grammaire oubliée. Vêtue d'un jean, d'une chemise d'homme rouge sombre, aux manches retroussées, elle était chaussée de minces sandales et un fichu de paysanne cachait ses cheveux. Elle paraissait si jeune, si fragile, si désarmée que Stan voulut la prendre dans ses bras. Le comprit-elle ? Elle s'écarta et rejoignit Leila, la petite Kurde qui, d'un éventail de paille attisait un feu de charbon de bois où cuisaient des brochettes.
— Tu as vraiment mis Amin au courant de nos projets ? lui demanda Stan, surpris de l'irréalité de leurs propos.
La voix, déjà aiguë du poète, monta d'un ton.
— Bien sûr et comment ne serais-je pas d'accord ?

— Il s'agit de dévaliser une banque, Amin, pas d'une plaisanterie.

— Voyons, mon cher, seulement distraire de son temple un peu de l'or de Baal afin de mieux célébrer à Paris, la nouvelle Athènes, par la musique et la poésie, le dieu le plus pathétique de son panthéon : Adonis. Quand jouera-t-on ma pièce ? Tu sais combien le temps me presse !

— A la saison prochaine, promit Stan, si la chance nous sert et si tu nous aides.

— Demande. Que veux-tu ?

— Que tu persuades sans attendre le Père Antoun de collaborer avec nous afin de s'emparer de la banque.

— Je reçois à l'instant de lui un message désespéré. Il comptait renflouer ses caisses en dévalisant le souk des bijoutiers et il a appris de toi qu'il était vide. Il avait promis à chacun de ses miliciens 600 livres pour la fin de la semaine. Ils sont une centaine. Fais le compte : 60 000 livres. Ajoute la nourriture, les vêtements, les médicaments et les funérailles des partisans qu'il vient de perdre. Il leur doit un enterrement décent avec veillées, messes et agapes suivies de l'inhumation dans la montagne, à l'ombre des cèdres, accompagnée de salves d'honneur. Il n'a plus rien en poche.

Dans deux jours, si Antoun ne veut pas que ses Croisés se débandent, il lui faut cent mille livres. Il m'appelle au secours. Je ne peux pas me déguiser en frère mendiant pour les trouver en allant, pieds nus, jusqu'à Rome. Que veux-tu que je lui réponde ?

— Qu'il aura ses cent mille livres en même temps que Nayef.

— Le Palestinien ?

— Dont nous avons besoin autant qu'Antoun. L'un et

l'autre se trouvent dans la même position inconfortable. Les Phalanges refusent d'aider Antoun tant qu'il n'accepte pas de passer sous le commandement unique des Gemayel et des défections se sont produites parmi les troupes de Nayef. A l'origine, le souk vide. Lâché par ses fidèles qui iront grossir les différentes milices gauchistes ou palestiniennes, Nayef, sans défense, sera accusé d'avoir la gale, d'être un agent isréalien; il sera abattu. Le père Antoun se retrouvera dans un couvent. On ne le sortira de sa cellule que pour chanter matines. Nous allons les sauver car tel est notre intérêt, toute sympathie mise à part, afin qu'ils se maintiennent sur leurs positions jusqu'à ce que nous en ayons terminé avec la banque. Il nous en coûtera deux cent mille livres.
— Où les trouver ?
Stan désigna Dionée :
— Simple problème d'intendance : ça la regarde.
Il s'étendit sur une chaise longue vermoulue, et les yeux fermés, entrecoupant chacune de ses phrases de longs silence, pour que ses interlocuteurs aient tout le loisir d'en peser les conséquences, il leur rapporta ce qu'il avait appris dans la journée, sans déguiser les difficultés de l'entreprise.
— Un souterrain part de la crypte de l'église Mar Mikhaël et se poursuit sur plus de cent mètres jusqu'aux fondations de la banque, à hauteur, je pense, du premier sous-sol. Le déblayer exige que les miliciens de Nayef collaborent avec les Croisés d'Antoun. Une besogne difficile, à laquelle rien ne les a préparés. Ils acceptent à la rigueur de mourir mais pas de se fatiguer. Le souterrain, comme une galerie de mine abandonnée, devra être étayé par des poteaux. Où les

trouver ? Pour ne pas donner l'éveil, les déblais devront être dispersés discrètement autour de l'église.

Dans la journée, les miliciens de Nayef et d'Antoun continueront à se tirer dessus, la nuit venue, des équipes mixtes s'emploieront à dégager les blocs de pierre, puis à les évacuer. Ils se retrouveront tous les soirs pour travailler ensemble alors que depuis un an, on leur apprend à s'entre-tuer. Est-ce possible ?

Le terrain ne va-t-il pas s'effondrer ? Est-ce qu'on n'a pas déjà coulé du béton dans le souterrain ? Faudra-t-il utiliser des compresseurs et des marteaux piqueurs, barrer la rue avec la signalisation habituelle « Travaux », quand tout Beyrouth est à feu et à sang ? Seul un spécialiste peut nous l'apprendre, le capitaine Farouk Habib dont rien, pour l'instant, ne laisse supposer qu'il collaborera avec nous.

— Où est-il ? demanda Dionée, en dépiautant délicatement de ses ongles vernis la chair croustillante d'une brochette.

— Jammal s'en occupe. A condition de savoir le manier, nous disposons déjà de 150 kg d'hexogène, un explosif, très puissant, susceptible de pratiquer une ouverture dans la muraille de ciment et d'acier qui constitue la défense extérieure et souterraine de la banque. Oublions, pour l'instant, la chambre des coffres qui pose d'autres problèmes. Tout dépend de la décision de Farouk, de son humeur, de ses ennuis. Je crains qu'il n'ait, lui aussi, de pressants besoins d'argent. Vous me suivez ?

— Mal, dit Amin.

— Très bien, dit Dionée.

— Dans le même temps devra être mise sur pieds une autre opération. Par le biais d'une société libérienne ou panaméenne que nous rachèterons, Jammal se portera acquéreur de l'*Altaïr*, un petit chalutier de vingt mètres, rapide, doté d'une grande autonomie et susceptible de traverser la Méditerranée.

— Qu'en ferons-nous ? demanda Dionée, surprise.

— Réfléchis, lui demanda Stan, les yeux toujours clos comme s'il suivait sur un écran imaginaire les péripéties d'un film qu'il inventait à mesure. Comment sortir du Liban le contenu des quarante-huit coffres dont nous ignorons les dimensions et le poids ? Cinquante millions de dollars ne se trimbalent pas dans un sac de plage. Cent, deux cents kilos ? L'aéroport est fermé, les pistes sous le feu des canons. Un seul moyen nous reste : le bateau.

— Où l'ancrer ? s'inquiéta Dionée. Le port est en flammes, Jounieh contrôlé par les Phalanges qui prélèvent des taxes sur tout ce qui vient, sur tout ce qui part. Il en va de même dans toutes les petites criques de la côte, que tiennent les partisans de Chamoun, grands maîtres de la contrebande.

— J'ajouterais, dit Stan, qu'au large, ça ne vaut pas mieux. Les vedettes israéliennes croisent pour protéger les cargos débarquant les armes. En revanche, le littoral entre Saïda et Tyr est mal gardé par les Palestiniens, et pour l'instant les Israéliens s'en désintéressent. Jammal en connaît les moindres recoins ; il y a des amis. Il m'a parlé d'une vieille pêcherie désaffectée donnant sur la mer, avec une jetée facile à remettre en état.

Voici mon idée. Le bateau, la nuit où nous nous emparerons de la banque, se tiendra au large. A l'heure convenue, il gagnera le point d'embarquement, la jetée en question. Le temps de charger la marchandise et il cinglera vers un pays d'Europe qu'il nous reste à déterminer.

Car sitôt le vol connu, et son ampleur, nous aurons à nos trousses tout ce qui porte Kalachnikov ou M.16 : les chrétiens comme les Palestiniens, les gauchistes comme les Syriens. A l'exception de la police qui n'existe plus.

Il est essentiel que le butin se trouve déjà en haute mer quand se produira tout ce remue-ménage. Et que personne ne puisse nous soupçonner. Voilà la raison pour laquelle, ma chère Dionée, nous devons disposer d'un bateau rapide, du type de ceux qu'utilisent les contrebandiers d'armes et les trafiquants de drogue. Coût de l'*Altaïr*, deux à trois millions de livres. Jammal se fait fort, en versant 10 % de la somme exigée, de disposer aussitôt du bateau, le solde payable en douze mois étant garanti par... une banque. Jammal compte d'ailleurs exploiter par la suite les possibilités de l'*Altaïr*. Ce sera sa part de butin.

— Deux cent mille livres d'acompte, dit Dionée, est un prix raisonnable. Je connais ce genre de faux « cruiser ».

— Auxquelles tu devras ajouter, pour l'équipage, le fuel qui s'achète au marché noir, et le changement de pavillon, encore cinquante mille livres. Il nous reste très peu de temps pour conclure l'achat et ramener l'*Altaïr* de Tripoli. Comment t'en expliqueras-tu avec ce commanditaire auquel tu faisais allusion ?

— J'aurai l'argent demain soir, assura Dionée, au plus tard après-demain matin. Je verrais Grégoire accompagnée d'Amin dont il n'a jamais rien lu mais dont le nom l'impressionnera. Pourquoi ne pas laisser croire,

comme le bruit en court à Beyrouth, qu'Amin est le frère honteux de cet Adlou milliardaire en dollars ?
— Je ne l'ai jamais vu, protesta Amin. Mais si grâce à lui, ma pièce est jouée, il me sera plus cher qu'un frère.
— Je souhaiterais, ajouta-t-elle, la présence de ce capitaine Farouk en uniforme à qui l'état-major inquiet aurait confié une mission secrète : enquêter sur les coffres loués par Khadafi. Grégoire ne se sentira plus. Il a toujours rêvé de tenir un rôle dans la politique. Il se retrouverait à la fois le défenseur d'une minorité chrétienne assiégée et le champion de la nation libanaise contre les ingérences étrangères.

Stan, ironique, la félicita :
— Comme tu connais bien les hommes, Dionée, et ce qui les fait courir : la vanité.
— Jeune, j'en ai souffert ; il est juste qu'à mon âge, je l'utilise.

Elle poursuivit :
— Une fois admis le principe de l'attaque de la banque, Grégoire comprendra que l'achat de l'*Altaïr* s'impose pour ramener les armes aux maronites en échange de l'or des Arméniens. Grégoire n'aime pas les Arméniens, dont il a eu à se défendre en Afrique. Mais, il doit ignorer ton existence, Stan. Au Liban, un journaliste ne peut s'accepter comme tel. Le Libanais voit toujours en lui un agent du K.G.B., de la C.I.A. ou de l'Intelligence Service.
— Et le S.D.E.C.E., tu l'oublies ? protesta Stan. C'est vexant pour la France.
— Grégoire, continua Dionée, ne doit à aucun moment se douter qu'une partie de ces fonds servira à subventionner un mouvement terroriste libano-palestinien. Ayant été absent du Liban depuis des années, il ne

comprendrait rien à certains arrangements contre nature, qui sont devenus monnaie courante.

— Chantons et buvons, proposa Amin que ces détails ennuyaient.

Dionée l'ignora.

— Je quitte Pierre Bouzoukian, l'administrateur de la Central Bank. Nous l'avons rencontré chez les Khoury. Rappelle-toi, Stan, le détenteur du secret. J'avais un excellent prétexte pour le revoir : sa fille Patricia, dont la disparition lui avait troublé l'esprit, moins qu'il n'y paraissait cependant. Elle n'avait pas été enlevée, elle n'était pas morte comme il le laissait croire pour s'éviter des ennuis.

Kamal à qui je dois mille livres, à qui j'en ai promis bien plus a rapidement retrouvé sa trace. Elle avait rejoint les communistes qu'elle a laissé tomber après avoir traîné pendant six mois dans différents camps palestiniens du Sud-Liban.

— En leur servant la nuit de putain, ajouta Amin avec dégoût.

— Tu confonds, protesta Stan. Les communistes sont puritains et pour cette raison, les belles Suédoises les évitaient. L'ardeur révolutionnaire de la petite Bouzoukian se nourrissait d'un certain érotisme ; elle se trouva frustrée et fila...

— Chez Nayef, dit Dionée, à qui elle a proposé ses services. Ce n'est ni une nymphomane ni une passionaria mais une assez jolie fille qui s'ennuyait d'être née trop riche et trop tard. Arménienne, n'étant de nulle part, comme jadis les Juifs, elle a voulu mériter une patrie, le Liban. Mais en y cassant tout. J'aurais dû la détester, elle m'a attendrie. Pour l'instant, elle occupe ma chambre au *Coral Beach* où elle prend un bain dont elle avait grand besoin.

Patricia a tout ce que j'envie : la jeunesse, la beauté et l'insolence de l'argent. Qu'elle profite, cette gourde, des derniers beaux jours d'une vie insouciante, morte au Liban, mais qui se survit ailleurs. Voilà ce que je lui ai conseillé et je la crois disposée à m'écouter. Le plus drôle : elle souhaiterait avoir mon âge et me ressembler.

Stan eut un sourire :

— Tu ne manques pas d'attraits, surtout auprès des jeunes femmes.

— J'aime leur compagnie ce qui ne signifie pas que je tienne à les avoir absolument dans mon lit. J'ai assuré Bouzoukian que Patricia était guérie de son gauchisme, mais qu'une convalescence s'imposait. On ne passe pas impunément de la semoule au caviar sans quelques ennuis de conscience et d'estomac. J'ai promis de les réconcilier. Il était éperdu de reconnaissance.

— Comptes-tu recruter Patricia pour participer au pillage de la banque de papa. Elle ne déparerait pas notre équipe.

— Il n'en est pas question. Elle manque de constance, elle est bavarde et elle reste très attachée, quoi qu'elle en raconte, aux intérêts de son père. Mais grâce à elle, j'ai gagné l'amitié du plus méfiant, du plus rusé de tous les Arméniens du Moyen-Orient. Après les considérations de rigueur sur le désarroi de la jeune génération, nous en sommes venus à mon cas d'espèce. Je lui ai avoué, sous le sceau du secret, que j'avais dû gager mes bijoux auprès d'un joaillier de ses compatriotes. J'ai lu aussitôt de la méfiance dans son regard ; il a cru que je venais le taper. Je l'ai rassuré. Ma situation financière s'étant heureusement rétablie je souhaitais dégager les bijoux au plus vite. Ils étaient enfermés dans un coffre de la Central Bank et les violents affrontements qui se déroulaient dans le quartier m'avaient inquiétée.

Il m'a affirmé que la salle des coffres était inviolable. J'ai émis des doutes jusqu'au moment où, à bout d'arguments, il a sorti d'un placard dissimulé derrière des livres un grand rouleau de papier, de cette teinte violacée qu'ont les devis d'architectes : le plan de la Central Bank. Il m'a expliqué que le carré noir, au deuxième sous-sol, au centre de l'édifice, était la chambre des coffres. Il m'a confirmé les renseignements que tu avais déjà obtenus d'Agopian. La salle est défendue par deux grilles et deux portes blindées. Elles ne s'ouvrent, que si les trois responsables de la banque, le président, le vice-président et le caissier, munis chacun d'une carte magnétique différente, actionnent ensemble le mécanisme contrôlé par un computer. Il était navré. Je devrais attendre avant de récupérer mes bijoux que la sécurité règne à nouveau à Beyrouth et que soient revenus les deux présidents en voyage d'affaires à l'étranger.

— Le caissier ?

— Il commande pour l'instant une section des Forces libanaises dans la Montagne. J'étais rassurée. Le « casse » en serait facilité mais j'étais déçue qu'il n'y ait pas de secret. Je l'ai avoué à Bouzoukian et que je n'avais aucune confiance dans les computers pour défendre les banques.

Il est parti d'un petit rire satisfait ; son gros ventre en tressautait d'aise. « Je partagerais vos craintes, m'a-t-il assuré sur ce ton paternel qu'il affecte aujourd'hui à mon égard, je serais encore plus inquiet que vous s'il n'existait... une autre sécurité, celle-là imparable. »

Il m'a expliqué que si l'on tentait de forcer la chambre des coffres en utilisant, par exemple, une charge d'explosifs afin de venir à bout des aciers spéciaux qui constituaient son blindage, tout l'édifice s'écroulerait ensevelissant les coffres sous les décombres. Les dégager demanderait des moyens énormes et beaucoup de temps. Un procédé emprunté aux pharaons qui en usaient pour défendre leurs tombeaux contre les pilleurs de temples. Il en aurait eu l'idée et une firme anglaise la réalisa selon ses directives.

— Chubb and C° de Londres. Dionée, il nous faut absolument ce plan et très vite. Comment éloigner l'Arménien de chez lui?

— Rien de plus facile. Il possède une villa à Bikfaya. Je lui conseillerai d'y attendre sa fille et j'inviterai Patricia à le rejoindre pour le week-end. Elle ne demande que ça.

— Jammal recrutera une bande de voyous; il pillera la maison, et après s'être emparé du plan, il y mettra le feu. Une pratique courante pour ne pas laisser de traces.

— Tu ne crois pas que...?

— La maison aurait été dévastée de toute manière. En échange, il retrouvera sa fille bien-aimée.

Un souffle de vent éteignit la lampe et ils se trouvèrent dans l'obscurité avec, pour seule lumière, la lueur rougeoyante des braises.

Stan s'arracha de son siège et réclama du vin.

— De toute ma vie de flambeur, dit-il, jamais je n'ai misé sur des cartes aussi mauvaises, mais je refuse de quitter la table de jeu.

— Parce que c'est absurde, lui rappela Dionée.
— Parce que j'espère que le hasard, la chance, qui me doivent bien ça, pourront avoir la décence de régler en une seule fois leur dette à mon égard.

A tout va, Dionée. Vivons l'instant. Que souhaiter de mieux. Nous avons ce soir du vin, de l'arak, des mézzés, des galettes chaudes qui sortent du four, nous écoutons le doux ressac de la mer tout proche, la nôtre, la Méditerranée. Au-dessus de nous un ciel sans une ride, sans un nuage, jeune de quelque milliards d'années où les étoiles dansent autour de la lune, croissant parfait. Un rêve fou, un espoir insensé nous habitent. Et toi, Dionée, tu es si belle, si jeune et moi j'ai vingt ans puisqu'on ne peut distinguer dans cette pénombre mes cheveux gris et ma fatigue.

— Je veux l'or, dit Dionée, qui me gardera belle et te rendra la jeunesse.
— Je veux la gloire dit Amin, rien qu'une saison à Paris, puis je disparaîtrais comblé.
— Moi, dit Jammal qui arrivait, je serais le premier amiral druze. N'est-ce pas, Stan Pacha ? J'apporte de bonnes nouvelles. Le capitaine Farouk marche avec nous.

Il fixa les pieds du poète, déçu de les voir chaussés, s'intéressa à la jeune Kurde, admira Dionée, lança un clin d'œil complice à Stan et s'effondra dans un fauteuil d'osier en réclamant de l'arak.

— Raconte d'abord, dit Stan.
— L'histoire de Farouk est plus merdeuse qu'on ne l'imaginait. A cause de la Palestinienne, une transfuge du F.P.L.P., qui, comme tu le sais, est contrôlé par les Soviétiques. Pas des rigolos. On l'avait désignée pour un stage dans un pays de l'Est mais entre-temps, elle

était tombée amoureuse de Farouk. Alors, elle s'est enfuie pour le retrouver. Craignant qu'elle parle, ils ont donné l'ordre de l'abattre. Même en secteur chrétien, elle n'est plus en sûreté. Je ne tardais pas à en avoir la preuve. Je dînais dans le restaurant que tu connais. Le patron, en m'offrant un verre, m'a montré deux bonshommes installés à l'écart et dont la dégaine ne lui revenait pas. Ils lui avaient posé toutes sortes de questions sur Farouk, s'il vivait seul, si d'autres militaires occupaient la maison, s'il avait des gardes du corps. C'étaient des tueurs au contrat qui travaillaient pour un camp comme pour l'autre. Farouk est entré à ce moment-là pour acheter deux portions de pain, de mouton, et de labné. Les types ne le quittaient pas des yeux. Ils avaient payé l'addition et se disposaient à le suivre quand j'ai prévenu Farouk. Il devait être à bout de nerfs pour manquer à ce point de sang-froid. Il s'est planté devant eux, la main glissée sous la veste où il portait un pistolet. J'ai vu le moment où il les flinguait. La salle, qui était pour lui, n'attendait que ça. Les tueurs ont filé sans demander leur reste.

J'ai accompagné Farouk jusque chez lui, tout près d'ici. Il savait que les tueurs reviendraient, ceux-là ou d'autres, que c'était à la Palestinienne qu'ils en voulaient. Si elle ne quittait pas le Liban très vite, elle était perdue. En même temps, il jurait qu'il ne pourrait plus vivre sans elle.

Je l'ai assuré que toi seul tu pouvais l'aider, que le prix serait élevé, qu'il ne s'agissait pas d'argent, mais d'un service qu'il devrait te rendre.

Heureusement, a-t-il répondu. De l'argent, il n'en avait pas. Pour le reste, il était d'accord, à condition de se presser. Qu'est-ce qu'on fait, Stan pacha ?

Ramène-le de suite avec sa Palestinienne. Il n'est pas prudent qu'il la laisse seule cette nuit.

Jammal se dressa d'un bond, porta la main à sa casquette et dans un salut vaguement militaire.

— Le dire, c'est le faire.

Il avait le visage réjoui et insouciant d'un brave ivrogne mais une grenade gonflait la poche de sa veste.

— Voici Marie, dit Farouk, en poussant devant lui une jeune Palestinienne.

Vêtue d'un simple sarreau de laine brune, la taille serrée par une cordelière, elle était chaussée de grossières sandales dont la semelle était taillée dans un pneu. Farouk avait perdu son assurance : il paraissait déguisé dans son costume de confection.

— Les circonstances, toujours les circonstances, s'excusa-t-il en posant son revolver sur la table, à portée de main.

Marie était de ces beautés paisibles et souriantes, qui semblent vouées au bonheur. Des cheveux blonds, cendrés, qu'elle portait à la russe, en bandeaux tressés sur le front ; la bouche petite, les dents nacrées, un teint de rose, deux fossettes aux creux des joues, pas de fards, vingt ans à peine et des yeux étonnés, couleur de myosotis.

— Comme vous êtes belle, s'extasia Dionée, en lui offrant un siège près d'elle. Vous êtes d'une beauté si parfaite, si fragile qu'on craint de vous toucher.

— Je ne suis pas de sucre candi, protesta Marie. Deux fois, j'ai passé le Jourdain, accompagnant comme infirmière des Commandos. J'ai mon diplôme de la Croix rouge et quelques autres moins honorables.

— Vous êtes bien Dionée Haddad ? demanda Farouk

J'ai beaucoup admiré la manière dont vous vous êtes comportée à Tripoli.
— Mais ma conduite par la suite vous a déplu n'est-ce pas, Capitaine ?

Il ne protesta pas mais réclama du cognac. Dionée, attentive aux goûts de Stan, en avait apporté.
— Je souhaite, dit-elle, en s'adressant à la jeune Palestinienne, vous connaître mieux dans le seul désir de vous aider. Si Farouk accepte nos propositions...

Elle hésita :
— Et même s'il les refuse, bien qu'il ne lui reste guère de choix.
— Parle franchement, dit Farouk, à Marie en prenant sa main. Je connais de réputation Stan Vaucelles, Dionée et Jammal. Le diable est de leur compagnie et il est bien le seul aujourd'hui à se soucier encore de nous.

Marie avait des manières parfaites ; elle s'exprimait dans un français ou un anglais châtiés sans jamais utiliser un seul mot d'argot courant ou de « slang ». Stan l'imagina posant une bombe. Qui aurait pu la soupçonner ? Mais la voix était décidée, le ton ferme. L'ange avait du caractère.
— Je suis née, dit Marie, dans un camp de réfugiés, j'ai grandi dans un autre, puis je suis venue à Beyrouth, dans un troisième. Jusqu'à ces derniers jours, je vivais à Sabra où le F.P.L.P., mon organisation, m'avait confié certaines responsabilités. J'ai connu la misère, la mort, le désespoir, et le mensonge, dans les hurlements éraillés des haut-parleurs. Pour les besoins de la propagande, j'ai été, à douze ans, affublée d'une cagoule, brandissant une kalachnikov. Photos, photos encore quand j'offrais des bouquets aux membres des délégations qui nous rendaient visite.

Elle montra une petite croix d'or qui pendait à son cou.

— La croix qu'on m'avait imposée rassurait les bonnes consciences. On me comparait à la Vierge Marie enfant, alors que née chrétienne, j'avais depuis longtemps cessé de croire, sauf en la violence. Vous ne me reconnaissez pas, M. Stan Vaucelles ?

— Non, dit Stan, surpris. Pourtant vous êtes de ces visages qui ne s'oublient pas.

— J'étais cette petite fille si parfaitement touchante, si parfaitement bien élevée, qui parlait si gentiment l'anglais ou le français et que l'on montrait à tous les journalistes et photographes, sortant, le visage barbouillé de suie, les vêtements en lambeaux, des décombes d'un immeuble ou d'un hôpital bombardé. On venait de m'y conduire. Photos, caméras de télévision. On a découvert un jour la supercherie.

Elle se blottit contre Farouk :

— Il y a six mois, dit-elle, il est venu à Sabra désamorcer une bombe d'avion à retardement, d'un type nouveau qui risquait d'exploser à tout moment dans le camp surpeuplé. Vous imaginez les dégâts !

Personne d'autre n'avait accepté de prendre ce risque et on avait évacué tous les habitants des baraquements, trois cents mètres alentour. Farouk avait laissé sa voiture devant notre permanence. Pendant qu'il risquait sa vie, des camarades m'ont demandé de piéger son véhicule. Une des spécialités auxquelles je faisais allusion tout à l'heure. J'ai eu beau protester, j'ai dû m'exécuter... mais en déréglant le système de mise à feu.

J'ai rejoint Farouk, je suis restée à ses côtés jusqu'à

ce qu'il en ait terminé avec la bombe ; je l'ai prévenu de l'attentat et je l'ai assuré qu'il ne risquait rien.

J'ai été traduite devant un tribunal. Un cadre m'a expliqué, avec la suffisance glacée de ceux qui croient détenir l'unique vérité : « Ce capitaine, estimé dans les deux camps pour son courage, son dévouement, rend par son attitude l'armée libanaise, notre ennemie, honorable et sympathique. Objectivement, il nuit à la cause et pour cette raison, il devait mourir. » Je m'en suis tirée avec un blâme, condamnant mon émotivité peu révolutionnaire. Mais n'étais-je pas une femme ? J'ai revu Farouk ; je ne croyais que l'estimer, je me trompais, je l'aimais. Nos relations ont été découvertes et j'ai été désignée pour un stage en Allemagne de l'Est. Je connais ce genre de stage, dont on revient ou dont on ne revient pas.

J'ai rejoint Farouk et ils veulent maintenant me tuer. Ils craignent que je dévoile leurs secrets de Polichinelle, que des étrangers s'entraînent dans nos camps à la guérilla, au terrorisme sous le contrôle d'officiers du K.G.B., en vue d'actions qui n'ont rien de commun avec la cause palestinienne.

Jamais je n'aurais parlé de crainte de nuire aux miens. Mais j'estime que je n'ai pas à changer la face du monde pour retrouver ma maison et mon carré de jardin à Haïffa. Aujourd'hui, cette patrie que je n'ai jamais connue porte un nom, celui de Farouk ; je n'en ai plus d'autre.

Heureux et confus de ce manque de discrétion, Farouk l'excusa :

— Voilà ce que donne la pratique abusive de l'autocritique ! Je puis encore garantir la sécurité de Marie pendant cinq jours durant lesquels des amis sûrs l'abriteront. Ce délai expiré elle doit avoir quitté le Liban. Elle n'a ni passeport, ni papiers, ni visas, même pas sa carte de réfugiée qu'on lui a confisquée. Je sais que ça s'achète. Mais où ? A quel prix ? Je suis criblé de dettes et sans aucun crédit.

— Un passeport libanais en règle, dit Dionée, revient à trente mille livres. Les contrefaçons ne valent rien. Un passage clandestin pour Chypre dans un bateau de contrebandier, entre sept et dix mille livres. Autant encore pour un visa. Les visas occidentaux ? Extrêmement difficiles et très longs à obtenir. Les Américains, n'en parlons pas. Je conseillerais la Jordanie, où je puis l'avoir rapidement. Vous êtes infirmière, Marie ? Je vous trouverai un emploi sous une fausse identité à l'hôpital italien d'Amman, dont le médecin-chef est de mes amis, le temps que Farouk vous rejoigne. Si notre projet aboutit, vous n'aurez plus de problèmes d'argent et de passeport.

— 50 000 livres ! dit Farouk. Pour ces 50 000 livres, je ferais sauter une banque.

— C'est bien ce dont il s'agit.

Tour à tour, Dionée et Stan lui expliquèrent leur plan. Jammal s'en mêla. Le vin aidant, ils devinrent convaincants tandis que le cognac rendait le capitaine plus sensible à leurs arguments.

Marie n'intervint qu'une seule fois pour les inviter à se méfier de Nayef dont le mouvement avait été infiltré par le F.P.L.P. ainsi que du père Antoun dont les Croisés du Cèdre abritaient des agents israéliens.

— Quand commence-t-on ? demanda Farouk.

— Demain, dit Stan. Le matin, nous visiterons ensemble la crypte de Mar Mikhaël. Tu jugeras ce que valent les explosifs entreposés et ce qu'il en est du souterrain.

L'après-midi, en compagnie d'Amin, tu rejoindras Dionée afin de rencontrer notre bâilleur de fonds. Sois mystérieux et inquiétant. N'oublie pas les coffres de Khadafi, et que tu représentes le 2ᵉ Bureau qui n'existe plus mais que l'on redoute toujours.

Pendant que je ferai une apparition à l'Agence, que je rédigerai un ou deux télégrammes où jouant les Cassandre, je prédirai l'invasion imminente du Liban par l'armée syrienne, Jammal cambriolera Bouzoukian et s'emparera du plan. Amin prêchera la bonne parole au père Antoun, j'inquiéterai Nayef avec ce que nous a appris Marie. Puis, nous nous retrouverons ici, à l'exception de Dionée, qui, je suppose, devra payer de sa personne pour convaincre Grégoire l'Africain de nous ouvrir son portefeuille.

— Serais-tu jaloux ? demanda Dionée. Voilà un sentiment qui ne convient guère à ton personnage. Oublierais-tu qui je suis ?

Amin intervint :

— La prêtresse d'Astarté, voyons. Buvons encore et dansons.

Il se saisit d'une guitare, Leila la Kurde d'un tambourin.

Ils en jouèrent et Dionée dansa.

La tête renversée, elle ondulait, marquant le rythme de claquements de mains et de coups de talon. Quand elle perdit son foulard, sa longue chevelure l'enveloppa. Passant de l'ombre à la lumière vacillante de la lampe, les bras tendus vers le ciel, les seins dressés, le corps bandé comme un arc, agitant sa crinière, elle appelait tous les dieux, toutes les forces invisibles de la nuit pour qu'ils la possèdent. Et ils descendirent en elle. Alors sa danse devint déchaînement. Elle tournait, elle bondissait toujours plus haut, inaccessible et offerte à tous. Stan, le capitaine, Jammal et même la sage Marie, bouleversés, l'encourageaient de leurs claquements de mains et de leurs cris.

Amin termina sur un dernier accord de guitare qui se prolongea dans le silence revenu.

— La danse de la déesse, dit-il.

Soudain, une violente explosion ébranla la frêle demeure et dégrisa Farouk qui bondit sur son pistolet. La Kurde avait sorti son poignard et Jammal sa grenade. Egarée, Dionée refusait de croire que ses dieux l'avaient si brutalement rejetée vers le danger, la souffrance et la mort, le lot de chaque Libanais en ce printemps de 1976.

Jammal se pencha au-dessus de la rembarde et interpella des hommes et des femmes sur le quai qui couraient dans tous les sens.

— C'était pour toi, capitaine, dit-il en se retournant vers Farouk. A partir d'une voiture, ils ont lancé une charge de plastic sur ta maison. Elle a été pulvérisée.

— Ne bouge pas, lui dit Stan, reste avec Marie. Quand ils apprendront que vous êtes saufs, ils guetteront votre retour pour vous abattre. Que veux-tu que nous te ramenions ?

— Mon uniforme s'il n'est pas en pièces, ma trousse d'artificier. Marie ne possède rien et je ne suis guère mieux loti.

— Que ferais-tu d'un million de dollars, Farouk ?

— Moi, je le sais, dit Marie. Il m'épouserait.

Stan et Jammal revinrent, ramenant la précieuse sacoche, l'uniforme et quelques livres, ce qui restait après l'explosion.

— Autant que tu le saches, fit Stan au capitaine. La

bombe a été lancée d'une jeep militaire. Les auteurs de l'attentat sont tes camarades ; ils n'ont rien de commun avec les tueurs du restaurant. L'un d'eux m'a chargé d'un message à ton intention : « Nous savions que Farouk et sa Palestinienne étaient absents et qu'ils ne risquaient rien. Nous donnons huit jours à Farouk pour qu'il se débarrasse d'elle. C'est une espionne. Elle n'est même pas palestinienne, mais russe. Il n'y a qu'à voir son teint, ses cheveux blonds et ses tresses. Huit jours. Si Farouk n'avait pas toute notre estime, nous ne lui aurions pas accordé ce délai. »
— Les cons ! dit Farouk, accablé.
— Vous rassemblez sur vos deux têtes toute la haine, la défiance, le désespoir, l'intolérance du Liban, dit Stan. Il est temps que vous quittiez cet asile de fous furieux, mais les poches pleines. Avec Dionée, avec Amin qui, comme vous, n'y ont plus leur place.

Stan prit le capitaine par les deux épaules :
— Farouk, nous prendrons la banque ; c'est un joueur qui te le promet, un joueur attentif à tous les signes du destin.

VIII

Le secret de Khadafi

Stan et Farouk se retrouvèrent en bas de l'A.F.P. au coin d'Hamra, les « Champs-Elysées » de Beyrouth dont la moitié des boutiques avaient été pillées ou incendiées. Farouk avait installé sa Palestinienne chez des amis sûrs et Stan était passé à l'Agence afin de dépouiller les nouvelles de la nuit. Rien de bien nouveau : des combats aveugles, des meurtres, des enlèvements, des parlotes : le ballet habituel des intermédiaires égrenant leurs chapelets d'ambre et buvant des cafés. Les dirigeants maronites s'étaient réunis à Bkerké et Kamal Joumblatt, sur un coup de tête, s'était rendu à Damas pour y rencontrer le président syrien.
— La route que j'avais minée, dit Farouk, a sauté tout à l'heure. Si les Syriens n'interviennent pas, si Assad n'amène pas Joumblatt à plus de modération, nous sommes perdus.

Comme chaque fois où il devait opérer dans un secteur autre que le sien, Farouk portait une tenue militaire usagée sans insigne de cadre, ni de corps. Ainsi il pouvait être confondu avec n'importe quel milicien ou soldat. Comme moyen de transport, il utilisait une vieille ambulance cabossée, à la peinture défraîchie que tous connaissaient. Les pieds du chauffeur, le célèbre Khallil dépassaient de la portière qui, depuis longtemps, n'avait plus de vitres. Quand il ne roulait pas à tombeau ouvert, Khallil dormait.

Une boutique Hi-Fi-radio-télévision, releva timidement son rideau de fer. En vitrine, elle offrait des talkies-walkies, un excellent matériel américain, volé à l'armée.

— A combien portent-ils ? demanda Stan à Farouk.
— Quatre kilomètres en ville, une dizaine en rase campagne.
— Ça suffira.

Stan en marchanda une paire et ils s'engouffrèrent dans l'ambulance, tandis que la ville tout entière retournait à sa folie. Mais ni l'un ni l'autre n'y portaient plus attention. L'horreur était devenue ordinaire.

— On a dit que le Liban était une terre promise, soupira Farouk.
— Oui, dit Stan, mais hélas promise à trop de monde.

Les gravats continuaient de pleuvoir, les murs de s'effondrer sous les coups de l'artillerie tandis que du port montait une lourde fumée noire. D'une grande surface dévastée s'enfuyaient des pillards attardés qui trimbalaient des caisses vides et des étagères.

Trois obus de mortier encadrèrent l'ambulance. Avec autant d'adresse que de sang-froid, le chauffeur rangea son véhicule sous un porche béant et attendit la « fin de l'averse ». Puis il repartit toujours en trombe, évitant un pilier de ciment abattu.

— Qui est-ce ? demanda Stan admiratif, habitué pourtant aux acrobaties de Jammal.
— Khallil ? Un drôle de bonhomme. Il ne prononce jamais un mot, à croire qu'il est muet. Il se fout de tout,

des religions, des partis, de la mort. Il obéit à moi seul. Pourquoi ? Je n'ai jamais eu la curiosité de le demander et il serait bien incapable de me répondre.
— Accepterait-il de nous aider ?
— Probablement, si je l'en prie. Je suis même certain qu'il ne poserait aucune question. Il ne souhaite qu'une chose : un chronomètre d'aviateur avec toutes sortes de cadrans, que je suis aujourd'hui bien incapable de lui offrir.

Si tous ceux que nous avons recrutés n'étaient pas plus exigeants ! Quelles sont nos chances de réussite, Stan ?
— Avant de te rencontrer, inexistantes. Aujourd'hui, je nous donne à dix contre cent. Notre cote peut monter à vingt selon la manière dont Nayef et le père Antoun accueilleront mes propositions. A trente, si Dionée trouve l'argent. A quarante, si tu perces le secret de la chambre du coffre. Ensuite, la chance décidera.
— Alors, dit le père Antoun en les accueillant, vous m'apportez de bonnes nouvelles de mon cher Amin.
— Il se porte fort bien, dit Stan. Hier, il a pris une cuite et il dansait.
— Je te parle d'argent.

Stan secoua la tête.
— Rien.
— Alors mes hommes m'abandonneront, le Liban sera livré aux marchands du Temple et je n'aurais plus qu'à reprendre le froc et suivre ses funérailles.

Stan désigna la banque :
— Il existe peut-être un espoir de ce côté-ci.
— J'ai besoin de cent mille livres demain, insista le moine. Même si je me décidais à prendre la banque, ce ne pourrait être avant plusieurs jours quand l'armée

l'aura quittée. Me vois-tu attaquant l'armée libanaise, moi le défenseur du cèdre qui orne le drapeau libanais flottant sur la banque ?

— Qui te demande de l'attaquer tant que l'armée l'occupe ? Dionée Haddad que tu connais, je crois...

Gêné, le père Antoun rougit :

— Surtout son père.

— ... Et qu'Amin a convertie à votre cause, espère décider un de ses amis à avancer les fonds dont tu as un besoin urgent. Cent mille livres. Un ballon d'oxygène ! Il te faut, m'as-tu dit, trois millions de livres pour réorganiser ta milice et ton parti. Ils t'attendent dans la banque.

— Un vol ?

— Que font les phalangistes au port ? N'ont-ils pas passé des accords avec les Palestiniens pour le piller tout à leur aise ? Plus d'un milliard de dollars de marchandises en transit ! Fais comme eux si tu ne veux pas être bouffé par eux.

— Quelles sont tes conditions, fils du démon ?

— Que tu t'allies pendant une semaine avec Nayef. Ne t'es-tu pas déjà entendu avec lui pour liquider les feddaynes de Saladin ? Officiellement vous continuerez à vous combattre jusqu'au jour où nous prendrons la banque. Tu mettras tous tes hommes à la disposition du capitaine Farouk que voici pour certains travaux que nous t'expliquerons plus tard. Nous demanderons à Nayef d'agir de même.

Le prêtre parut seulement s'apercevoir de la présence du capitaine.

— Que fais-tu ici ? lui demanda-t-il. Que je sache, il n'y a pas de bombes à désamorcer ni de voitures à piéger, car on te sait capable du meilleur comme du pire. Et d'avoir des faiblesses pour les Palestiniennes.

Farouk inspecta le « Templier » de la tête aux pieds. Il aimait que chacun restât à sa place, les moines dans les couvents, les soldats dans leurs casernes. Mais les règles les plus évidentes n'étaient plus respectées et les transgresser ne gênait plus personne. Et avec une correction glacée :

— Je m'intéresse, dit-il, aux explosifs que tu as récupérés, père Antoun. De l'hexogène, m'a-t-on appris. Un explosif dangereux si on ignore les précautions qu'exige son emploi.

Dans la crypte, Farouk ouvrit les caisses :

— De quoi raser tout le quartier, dit-il. Mais où se trouvent les crayons de mise à feu et les détonateurs par télécommande, qui avaient été fournis avec l'explosif ? Je le sais. C'est moi qui les aie réceptionnés.

— Je les ai laissés à Nayef, avoua piteusement le prêtre. Je n'en voyais pas l'intérêt.

— Sans eux, l'hexogène ne te servira à rien.

— Une raison de plus pour collaborer avec Nayef, lui affirma Stan.

Farouk s'intéressa à l'amorce du souterrain.

— Les blocs qui l'obstruent semblent, dit-il, provenir de l'effondrement de la voûte. On devrait pouvoir les dégager. Mais pour éviter un nouvel effondrement, il faudra renforcer la galerie. En revanche, si les constructeurs de la banque ont coulé du béton, le projet du souterrain devra être abandonné. Nous serons renseignés tout à l'heure, si Jammal rapporte le plan.

— Combien de temps faudra-t-il pour venir à bout de ce travail ? demanda Stan.

— Une semaine, à condition de relayer les équipes toutes les deux heures et de disposer du matériel adéquat.

Stan laissa Farouk équipé d'un talkie-walkie aux côtés du prêtre, en lui demandant de rester à l'écoute.

Nayef fut plus difficile à convaincre. Il devait, disait-il, en débattre avec son Comité Central. Stan se fâcha :

— Ton Comité n'existe que dans ton imagination. Veux-tu garder tes partisans ou les perdre ? Ce qui arrivera si tu n'as pas demain cent mille livres, que je te promets. Imite les autres larrons. Tu veux un million de dollars et tu es prêt à les sacrifier à des scrupules bourgeois ? Tu fais un piètre révolutionnaire.

Puis, il lui expliqua son plan dans les mêmes termes qu'au moine.

— Ensuite, conclut-il, vous pourrez l'un et l'autre retourner à vos jeux stupides et vous entre-tuer.

Mais Nayef n'était toujours pas convaincu :

— Pourquoi veux-tu t'emparer d'une banque ? demandait-il. Toi un correspondant de presse.

Stan lui rit au nez, de ce rire cinglant qui désarçonnait le petit Palestinien.

— Pour battre un record, Nayef, pour prendre une revanche, pour séduire une dame dont le métier est de se vendre, pour rendre service à un poète, pour flamber enfin avec une mise qui dépassera toutes les autres. Des raisons que tu ne peux comprendre, enfermé dans ton ghetto idéologique.

— Tu n'es qu'un aventurier.

— Et toi un curé qui s'est trompé d'église. Après tout, ça te regarde. Décide-toi car on commence de suite. Ou je cherche un autre partenaire quitte à le trouver parmi ceux qui veulent ta peau.

— Je n'ai pas le choix ?
— Non.
Au talkie-walkie, Stan appela Farouk :
— Nayef m'a donné son accord. Nous allons procéder à une répétition sur le terrain. Mets tout ton monde en état d'alerte. Réglons nos montres : 8 h 15. Parfait. Dans dix minutes, tu déclenches sur les positions de Nayef un feu nourri. Pour cible, les trois derniers étages qui ne sont pas occupés. Que les mortiers tapent sur la place vide, que les canons sans recul prennent pour cibles les bâtisses abandonnées. Durée 20 minutes, puis tu planques tes zèbres. Ensuite je déclenche la riposte. Même durée, même imprécision dans le tir. Bien reçu ?
— Cinq sur cinq.
— Terminé.
La bataille fit rage, les munitions récupérées étaient en abondance et chacun s'en donna à plaisir. Mais il fut impossible d'obtenir un cessez-le-feu à la minute convenue, si bien que le combat se poursuivît.
— Il faudra améliorer la discipline de tes hommes dit sévèrement Stan à Nayef.
Farouk usa de la même remarque à l'égard du père Antoun.
Un immeuble menaçait de s'effondrer, n'étant plus soutenu que par son armature métallique. Farouk qui avait récupéré le matériel de Nayef, disposa un certain nombre de pains d'hexogène, reliés par du cordeau détonant avec, pour système de mise à feu, une sorte de boîte d'allumettes qu'il fixa soigneusement sur l'un des pains.
Puis il déploya la fine antenne d'un minuscule

émetteur-récepteur ; il pressa sur un bouton et tout l'immeuble s'effondra dans une poussière effroyable.
— Satisfaisant pour un premier essai, dit Farouk. Les traverses métalliques récupérées pourront servir d'étais dans le souterrain. L'hexogène est de fabrication soviétique, bien que les inscriptions des caisses soient en anglais ; en revanche, tout le reste est américain. Une collusion qui donne à réfléchir.
— Désormais, décida Stan, je dois apparaître comme un simple observateur et toi comme le patron de l'entreprise. Ma couverture de journaliste commence à craquer aux entournures.

Nayef et le père Antoun, après s'être copieusement insultés, par talkie-walkie, tombèrent d'accord pour déclencher un nouveau combat en fin d'après-midi.

Tout Beyrouth sut bientôt que le quartier des banques était à feu et à sang et la livre baissa de trois points.
— Si tous nos affrontements, regretta Farouk, pouvaient se régler ainsi ! Plus de morts, plus de blessés, beaucoup de bruit, une tragédie pour le reste du monde, un divertissement pour les Libanais. La presse et l'opinion internationales garderaient les yeux braqués sur notre minuscule pays. Or, tu n'ignores point combien nous sommes vaniteux !

La ville serait bientôt transformée en un chantier de démolition. Une excellente affaire pour tous ceux qui seront amenés à la reconstruire, des banquiers aux simples maçons. Mon avenir serait enfin assuré.
— Tu philosophes, lui reprocha Stan, et tu es optimiste. Les hommes sont trop fous pour se contenter longtemps d'une comédie. Il est temps de rejoindre Beyrouth-Est pour revêtir ta plus belle tenue. N'oublie

pas tes médailles afin d'impressionner notre problématique bâilleur de fonds.
— Tu me parais, Stan, moins désespéré que lorsque je t'ai rencontré.
— Je m'amuse enfin. Jamais les mises n'ont été aussi élevées et je crée l'événement. Le flambeur comme le journaliste ne peuvent qu'être satisfaits. J'ai découvert en toi ce complice que je recherchais. Pas seulement pour cambrioler les banques.
— Et Dionée ? Ne sera-t-elle pour toi qu'une aventure ?
— Je te citerai un proverbe dont je suis bien décidé à faire mon profit : « Il n'est si belle rose qui ne devienne gratte-cul (1). »

A la même heure, Jammal, accompagné d'une équipe de voyous portant des cagoules, brandissant des effigies de Khomeyni et de l'iman Moussa Sadr (2), prenait d'assaut la résidence du banquier Pierre Bouzoukian. Une rafale de kalachnikov avait suffi à mettre en fuite les gardiens.

Le subtil Arménien qui, dans son enfance, avait eu à pâtir des Turcs, par prudence, avait tout déménagé laissant quelques tapis mités, des potiches sans valeur et un stock de boissons alcoolisées.

Jammal, sachant par Dionée où le plan était caché, jeta à bas la bibliothèque. Il trouva le plan qu'il plia soigneusement pour le cacher sous son pull-over. Parmi les livres renversés, l'un d'eux, en s'ouvrant,

(1) Gilles Ménage, XVIe siècle.
(2) L'iman Moussa Sadr, fondateur du mouvement armé AMAL, était d'origine iranienne. Il sera enlevé et disparaitra à Tripoli, assassiné sur l'ordre de Khadafi.

révéla une cache. Elle contenait une carte en plastic, d'un format analogue aux cartes de crédit, mais striée de bandes argentées ; elle ne portait aucune indication.

Jammal pensa la rejeter, puis l'enfouit dans sa poche.

Il abandonna ses acolytes à leur fête sauvage. Ils brisaient meubles et bibelots à coups de crosse, ils s'enivraient, fusillant même un Christ qui, par sa laideur sulpicienne, ne méritait pas mieux. Dans le sous-sol, Jammal balança une grenade incendiaire sur le stock d'essence que, par prudence, Bouzoukian avait constitué. Puis il disparut.

Stan passa à l'Agence où il trouva Gauthier abattu :
— On se bat dans le quartier des banques, annonça-t-il. Paris s'inquiète et si tu pouvais...
— J'en reviens, le coupa Stan. Il semblerait que ce soit sérieux, quoique l'armée n'ait toujours pas abandonné ses positions. Chrétiens du Cèdre et Palestiniens du Front, s'efforcent d'occuper, à n'importe quel prix, le souk des orfèvres.
— Il n'y a plus rien, tu me l'as dit.
— Ou ils l'ignorent, ou ils s'en foutent. A moins qu'ils n'aient compris que celui qui tiendrait le souk serait maître du quartier des banques. Attends-toi à pas mal de coups fourrés à la libanaise sous l'égide de Baal, dieu de l'or.

Stan s'installa devant sa machine et tapa un télégramme.

« Les combats ont repris avec une violence accrue à l'entrée de la rue des Banques, sur la place dite place des Changeurs, entre des éléments particulièrement déterminés appartenant aux deux camps.

« Il est impossible de dénombrer pour l'instant le

nombre des victimes, d'autant qu'un immeuble entier servant de morgue et d'infirmerie sous la violence des tirs aux roquettes et aux armes lourdes, s'est effondré, les morts et les blessés ensevelissant sous ses décombres. Les milieux financiers de Beyrouth inquiets, se consultent... »

— Alors, qu'as-tu appris ? demanda Kamal à son giton.
— Stan n'a pas couché à l'hôtel la nuit dernière. Jammal, son chauffeur druze, l'a conduit à Jbail (Byblos). Il est repassé ce matin le temps de se raser, de prendre une douche et il est ressorti. Un type l'attendait à Hamra, devant l'*Express.* Une sorte de militaire.
— Tu n'oublies rien ?
— Quand il est revenu hier de l'Agence, il y avait un message dans son casier. D'une femme.
— De Dionée, imbécile.
— Elle lui donnait rendez-vous à Jbail chez un ami commun.
— Chez Amin, où ils ont forniqué toute la nuit. Puis ils sont rentrés chacun de leur côté.

Kamal téléphona au *Coral Beach* Dionée n'était pas de retour. Cette entorse à ses habitudes amoureuses l'intrigua. Jamais elle ne découchait plus d'une nuit.
— Une bombe a explosé à Jbail, dit encore Karim.
— C'était dans *L'Orient le Jour,* un règlement de comptes entre militaires et milices chrétiennes. D'où te vient cette montre que tu portes au poignet ? Laisse voir. Du plaqué or et même pas suisse !

Il saisit Karim par le bras et le secoua comme une poupée de chiffon.
— Tu as encore couché avec un Bédouin du Golfe, qui

empestait la chèvre ? Ferais-tu des passes au *Cavalier*, petite putain ?

Il le lâcha :

— Nous réglerons nos comptes plus tard.

Maussade, l'éphèbe regagna sa chambre et, pour la vingtième fois, repassa la cassette du « remake » de *Ben Hur.* S'identifiant au héros, il conduisait un quadrige dans l'arène ; il était acclamé par la foule. Les femmes lui jetaient leurs bijoux ; les hommes des pièces d'or. Il en oubliait sa condition présente : le giton de cet avare de Kamal, l'homme à tout faire de l'O.L.P. Karim, musulman chiite, originaire du Sud-Liban, accusait les Palestiniens de tous les péchés, dont celui d'avoir volé les terres de ses parents qui n'en avaient jamais possédées. Il s'inventait ainsi des bonnes raisons de les haïr, tout en se posant en riche fils de famille.

La veille, il avait rencontré un brave mollah à la barbe teinte au henné, au turban noir, qui l'avait éclairé sur ses devoirs vis-à-vis de sa communauté. Il les avait énumérés : lutter contre les Sionistes, et contre les Palestiniens qui poursuivaient le même but, s'emparer du sud du pays. Karim devait se montrer particulièrement vigilant et surveiller étroitement Kamal qui mangeait aux deux rateliers.

Le mollah lui avait laissé un numéro de téléphone où il pouvait l'appeler à tout moment. Après avoir loué sa beauté et son courage, il avait disparu.

De son côté, Kamal s'efforçait de mettre de l'ordre dans ses pensées. Il ne pouvait croire que Dionée ait pu s'éprendre de Stan. Couchaient-ils ensemble ? Quelle importance ? Stan était guéri des femmes et Dionée ne couchait que lorsqu'elle ne pouvait se dérober, toujours pour de l'argent. Que voulait Dionée ? De l'argent, comme Stan pour le jouer et le perdre, comme Amin pour qu'on montât sa pièce. Le seul lien entre eux, l'argent. S'étaient-ils mis d'accord pour plumer l'Africain ? Avaient-ils d'autres projets ? Sa curiosité jointe à la cupidité l'emportèrent sur la peur et il décida de pousser plus avant ses investigations.

Grégoire avait convié ses hôtes dans le meilleur restaurant de poissons de la côte chrétienne, à Samkett el Bacha, près de Jounieh. A grand renfort de pourboires, il avait gagné la considération du personnel et mérité des courbettes. Paraître pour Grégoire était plus important qu'être. Courtaud, la cinquantaine bedonnante, le nez fort, la bouche large, la toison ondulée et grisonnante, il respirait le bonheur d'être riche, en bonne santé, dans une ambiance d'Apocalypse.

Par son élégance, son mépris des conventions, son attitude vis-à-vis de l'argent qu'elle acceptait comme un dû, Dionée impressionnait Grégoire, resté le petit montagnard maronite un dur au travail, disposé pour réussir à accepter toutes les humiliations. Dionée était sa revanche. On disait que jeune fille, elle dansait, nue, sur les plages au clair de lune, que dans la Bekaa, elle dressait des chevaux sauvages, qu'elle avait tué des hommes pour venger son honneur, qu'elle était prodigue, intelligente et déterminée. S'afficher avec elle était un signe d'accession sociale, l'épouser, c'était acheter sa légende.

Il s'était efforcé de traiter familièrement le capitaine qui l'accompagnait. N'était-il pas un petit officier sans le sou ? Mais par sa morgue qu'il accentuait à plaisir

Farouk avait rétabli les distances et coupé court à ses effusions.

Quant au poète Amin, il ne savait quel comportement adopter à son égard. Il confondait poètes et saltimbanques. Mais il y avait ce nom prestigieux d'Adlou, aux forts relents de dollars. Etait-ce le frère, le cousin du milliardaire ? Certes, sa cravate était mal nouée, son costume défraîchi, ses souliers éculés. Mais ne pouvait-on s'attendre à tout de la part d'un poète ?

Dionée n'avait jamais été si lointaine, aussi distante et il n'osa pas lui prendre la main, bien qu'il eût souhaité affirmer devant tous qu'elle lui appartenait.

Entre les cigales de mer et les rougets grillés, après un long silence, Dionée, jugeant le moment venu, passa à l'attaque :

— Mon cher Grégoire, dit-elle, au cours d'un déjeuner de ce genre chacun porte un masque qu'il ne dépose qu'au dessert quand on en vient aux affaires sérieuses. Le temps nous presse, je propose que nous commencions de suite.

Elle désigna Farouk impassible :

— Un simple capitaine, crois-tu ? Il n'en est rien. Farouk est l'un des rares officiers à circuler dans tous les secteurs, ce qui l'autorise à remplir d'importantes fonctions au 2e Bureau de l'armée. Toute son action est aujourd'hui orientée vers la défense de la nation libanaise contre les entreprises étrangères, particulièrement contre la Libye.

Amin, à tes yeux, n'est qu'un poète ; ça ne te dit pas grand-chose. En revanche, comme tu sais, il appartient à la plus puissante famille de la colonie libanaise des Etats-Unis. Tu ignores peut-être qu'il est, avec le père Antoun, le créateur des Croisés du Cèdre qui se réclament de notre plus ancienne histoire. A eux seuls, ils prennent plus de risques que toutes les autres milices chrétiennes. En bonne Libanaise, j'estime de mon devoir d'aider mon pays et ceux qui le défendent le mieux. Je m'imagine mal unissant ma vie à un homme qui ne partagerait pas mes inquiétudes.

Les Croisés sont aux prises, dans le quartier des banques, avec une dangereuse bande de Palestiniens et de gauchistes, le Front de libération des masses de Nayef qui poursuit un projet diabolique. Pour installer un état marxiste et déstabiliser le Liban, le Front a décidé de s'en prendre à la monnaie. En s'emparant des banques et de leurs réserves, il espère provoquer la chute de la livre. Sans les Croisés, Nayef et ses terroristes seraient déjà maîtres de la Central Bank, le plus riche, le plus puissant de tous nos établissements de crédit. Leurs moyens seraient dès lors illimités.

— Je puis vous révéler, sous le sceau du secret, ajouta Farouk, que certains coffres de la « Central » contiennent des documents, à nos yeux extrêmement importants : la preuve que Khadafi est derrière ce complot. L'Arabie séoudite nous la réclame et nous pourrions enfin confondre certains sceptiques du Département d'Etat américain qui ne croient pas aux agissements libyens. Nous voulons ces documents.

— J'avais pensé, poursuivit Amin, demander l'aide de mon cousin, Joseph Adlou. Il n'aurait pas hésité s'il avait été prévenu. Impossible de le joindre.

— Nous devons agir au plus vite, ajouta Farouk, afin de nous rendre maîtres de la banque avant Nayef, Arafat ou les Syriens.

— Vous voulez que je prenne une banque ? demanda Grégoire effaré.

— Que tu nous en fournisses les moyens, dit Dionée, que tu t'acquittes en une seule fois, pour une somme, à ton échelle, dérisoire, d'une dette envers ta patrie, pour que le jour de la victoire, on sache quelle part tu y as prise. Tu soutiens toutes sortes de mouvements qui mélangent racket, contrebande et politique ; ils peuvent très bien s'arranger sans toi. Aujourd'hui, nous te demandons de sauver le pays et sa monnaie. Le Liban ne tient plus que par elle.

— Combien ? demanda Grégoire.

— Un million de livres, en espèces immédiatement pour des achats d'armes qui se règlent au comptant. Que tu garantisses les traites pour l'acquisition d'un bateau. Rassure-toi, une petite unité, une sorte de gros Chris-Craft qui, à partir de Chypre, ravitaillera nos amis en armes et munitions.

— Fournir les fonds pour cambrioler une banque ? Moi ?

— Tu préfères l'abandonner aux Palestiniens ? Les livres libanaises que tu détiens, demain, ne vaudront plus rien.

Grégoire chercha à se défiler. Il devait sa fortune à la Central Bank dont le réseau s'étendait à toute l'Afrique et il se voyait mal, devenant le complice de ses voleurs. Même pour défendre la livre.

— Je dois réfléchir, dit-il, voir comment la situation politique évolue...

Farouk consulta sa montre :

— Je crois, dit-il en se tournant vers Dionée, que ce Monsieur n'est pas l'homme dont vous nous aviez vanté la détermination, le patriotisme et l'intelligence politique. Khadafi gardera ses secrets, les Croisés du Cèdre, nos meilleurs défenseurs, seront massacrés et le terroriste Nayef triomphera. Je dois me rendre immédiatement à l'Etat-major. Je n'ai guère d'espoir d'en obtenir une aide. Il n'a plus aucun moyen. Adieu monsieur.

— Je vous en prie, le supplia Grégoire, discutons calmement de ce projet.

— Je t'avoue, dit Dionée, que je serai mortifiée, si tu n'intervenais pas pour aider nos amis.

Grégoire se débattit dans les rêts :

— Il s'agit d'un million de livres et de la garantie d'un bateau. Elle se monte à combien ?

— Trois millions mais gagés sur le bâtiment lui-même, précisa Dionée. Autant te l'avouer, j'appartiens moi-même à l'organisation du père Antoun et d'Amin. Croyant te connaître, j'ai avancé ton nom. Je n'aime ni me tromper ni qu'on me trompe. Farouk, je vous accompagne. Le général Djezzar est mon cousin. Peut-être arriverons-nous à le décider...

— Il ne dispose plus d'aucun pouvoir, répéta Farouk, et nos caisses sont vides. Inutile ma chère, de vous déranger. Je me rends au Sérail pour la dernière fois afin de remettre ma démission au général. Il comprendra mes raisons, car sur vos promesses, je lui avais garanti l'aide de ce monsieur.

— Je vous accompagne, dit Amin. Quand mes frères se font tuer, il est honteux de banqueter en une compagnie aussi peu honorable. Décidément, il en est de certain argent gagné trop vite, il sent...

Dionée se leva, Grégoire lui saisit le bras.

— Vous aurez l'argent, promit-il. J'ignorais que le général Djezzar...

— Et les garanties pour le bateau, ajouta Farouk.

— Et les garanties.

— Je te porterai les papiers à signer, dit Dionée. Le type même de montage financier que tu dois connaître : achat d'une compagnie libérienne — il en traîne dans tout Beyrouth —, suivi d'un transfert de pavillon. Quant à l'argent liquide, nous en avons besoin dès maintenant. Farouk dispose encore de l'hélicoptère de la Présidence qui le déposera à Chypre où il négociera aussitôt l'achat d'armes et de munitions.
— L'hélicoptère de la présidence !
— Abrégeons ce dîner et passons à la banque.

Ainsi fut fait.

IX

La nécropole de Mar Mikhael

Comme convenu, en fin de journée, Dionée, Farouk et Jammal retrouvèrent Stan dans sa chambre. Dionée sortit de son sac cinq cent mille livres, en billets de 500 livres, qu'avec un sourire de triomphe, elle jeta sur le lit.
— 100 000 livres pour Nayef, 100 000 pour Antoun, dit Stan impassible en séparant les liasses, 250 000 pour Jammal qui partira demain à Tripoli. Une avance pour l'achat de l'*Altaïr*, la solde de l'équipage, et le plein de fuel. Je conserve 50 000 livres comme fonds de roulement.
— 20 000 livres pour l'achat d'un passeport et d'un visa jordanien, continua Dionée sur le même ton. 10 000 livres pour le passage de Marie jusqu'à Chypre. 10 000 livres pour son billet d'avion jusqu'à Amman et un peu d'argent de poche. J'ai préparé une lettre au médecin-chef de l'hôpital italien. Le solde, plus de 400 000 livres, restera planqué chez Amin où personne n'ira imaginer qu'il se trouve.
Elle se tourna vers Stan :
— A ton tour, étale tes cartes.
Stan déploya le plan que lui avait remis Jammal.

Le capitaine l'étudia longuement, mesura des cotes avec un centimètre, aligna des chiffres sur un carnet.
— Aucune inquiétude à avoir du côté du tunnel, dit-il enfin. Il n'a pas été bétonné et il débouche à hauteur du premier sous-sol devant un mur renforcé dont on devrait venir à bout. Je connais ce genre de chape en béton armé. En revanche, le deuxième sous-sol et la salle des coffres, pose des problèmes apparemment insolubles. Pour l'instant.

Regardez bien. Deux des piliers maîtres qui soutiennent l'immeuble, traversent la salle. Il suffit de les détruire pour que l'immeuble s'effondre. Voilà, je pense, le secret qui rend la salle inviolable. Si l'on force ses défenses, étant donné la qualité des blindages, ce ne peut être qu'avec des explosifs extrêmement puissants. Alors, par un mécanisme que nous ignorons, tout s'écroule.

Dionée, jouant les prêtresses antiques, tendit les mains vers le ciel et supplia :
— Oh ! déesse, amie des génies gardiens des trésors souterrains, aide-nous à charmer le dragon qui défend la caverne magique.
— Hélas, dit Farouk, le dragon a été doté d'un cerveau électronique et il est insensible à toutes les incantations, à tous les charmes. Il ne croit qu'à la physique et aux mathématiques.
— Des matières où j'étais nulle. Comment nous y prendrons-nous ?
— Vraisemblablement, la chape extérieure de béton est reliée à l'ensemble du réseau de sécurité. A mon sens, dans chaque pilier, a été aménagé un fourneau de mine bourré de T.N.T., si bien qu'un choc d'une certaine violence déclenche immanquablement l'ex-

plosion. A partir de quelle intensité ? Là réside le secret.
— Quelle chance nous reste-t-il de le découvrir ? demanda Stan. Aucune ? Autant nous le dire.
— Sérions les problèmes veux-tu. D'abord la chape de béton. Je connais un nouveau procédé qui permet de découper le béton le plus épais, le mieux armé, sans provoquer aucun ébranlement : une sorte de scie circulaire à pointes de diamant qui tourne lentement, sans cesse arrosée d'un lubrifiant. On l'utilise pour pratiquer des ouvertures dans les bunkers climatisés, insonorisés où sont installés les grands computers d'I.B.M. Ils doivent continuer à fonctionner pendant toute la durée des travaux mais le moindre choc ou de simples vibrations les dérègleraient, compromettant tous leurs programmes. Une scie de ce type existe à Beyrouth. J'ai assisté, il y a un an, à une démonstration très convaincante. L'engin peut se brancher sur un groupe électrogène de moyenne puissance. Je sais où la scie est entreposée ainsi qu'un grand choix de groupes électrogènes et tout le matériel qui permettrait de venir à bout des blocs qui obstruent le tunnel : dans les docks des « Contractors associés » installés près du port mais en zone palestinienne. Je ne pense pas qu'on les ait encore pillés.
Stan frappa du poing dans la paume de sa main :
— Bon dieu, pourquoi a-t-on accumulé ces formidables et coûteuses défenses pour une simple salle de coffres, au point de préférer la détruire plutôt qu'elle ne soit violée. Quel secret recèle-t-elle ?
— Les archives de Khadafi, se moqua Dionée
— Cinquante millions de dollars, ajouta Jammal. Si ça ne te suffit pas, Stan pacha !

— Non, ça ne me suffit pas. L'ouverture de la salle en question, ainsi que nous l'a appris Agopian, nécessite la présence du président de la banque, du vice-président et du caissier principal, chacun glissant sa carte magnétique dans une fente de la serrure. Je me souviens maintenant ce qu'Agopian avait ajouté. Lors de l'ouverture des grilles et des portes blindées, les trois hommes sont obligatoirement seuls, bouclés dans le deuxième sous-sol. Pourquoi ces précautions, pourquoi cette défiance ?

Jammal fourragea dans sa barbe :
— A propos de carte, j'ai ramassé celle-ci au cours du cambriolage de la baraque de Bouzoukian. Elle était dissimulée dans un livre à double fond qui, par hasard, a été écrasé quand j'ai mis en l'air la bibliothèque.

Il tendit la carte à Stan. Comme elle ne lui disait rien, il la repassa à Farouk.
— L'une des trois clefs de la serrure, affirma le capitaine sidéré. Les bandes argentées sont des imprégnations magnétiques si serrées qu'elles sont impossibles à contrefaire.

Stan reprit la carte, la tourna, la retourna :
— Ainsi, dit-il, ce cher Bouzoukian ne serait pas seulement l'un des innombrables administrateurs de la banque mais l'un de ses trois gardiens.
— Comme tout devient facile, s'exclama Jammal ! Suffit de piquer le père Bouzoukian et de lui griller la plante des pieds pour qu'il nous révèle où se trouvent les deux autres cartes.
— Non, dit Stan. Au point où nous en sommes arrivés, nous pouvons tout nous permettre, sauf ça. Laissons ce genre d'arguments à d'autres. Ce serait tricher.

— Mais tout le monde triche, protesta Jammal. Décidément, tu n'es pas encore acclimaté à notre Liban.
— Je refuse, répéta Stan. Et puis ça ne servirait à rien. Il n'y a pas de caissier combattant dans les rangs des Phalanges mais seulement deux autres responsables avec les mêmes pouvoirs que Bouzoukian, dont l'un au moins se trouve à l'autre bout du monde. Comment je l'ai appris ? En déjeunant avec l'ancien directeur du ministère des Finances pendant que vous faisiez les poches de l'Africain. La Central Bank a été créée grâce à des capitaux chinois de Hong Kong. L'une des cartes magnétiques, c'est évident, s'y trouve. Il existe combien de banquiers entre Hong Kong et Singapour à qui griller la plante des pieds ?
— Chaque chose en son temps, intervint Farouk. D'abord, le groupe électrogène, ses accessoires, et la scie à béton. Nous aurons besoin d'un camion pour les transporter jusqu'à Mar Mikhael, de nuit évidemment. Je vous rappelle que le temps presse et que nous ignorons ce qui se trouve au bout du tunnel qui n'est pas encore déblayé.
— Pour ce genre d'opération, dit Stan, nous devrions utiliser les miliciens de Nayef puisque l'entrepôt se trouve en zone palestinienne. Mais ça ne me plaît guère. Ils ont tant d'ennemis dans leur propre camp. Autant nous débrouiller nous-mêmes entre Farouk, Jammal, qui ne partira à Tripoli que demain et moi-même. Qui pourrait me distinguer d'un arabe ?
— Personne, dit Dionée. Et même d'un Libanais.
— Pouvons-nous utiliser l'ambulance ?
— Pourquoi pas, dit Farouk, à condition de fixer à l'arrière un crochet pour y attacher le groupe électrogène. Un bricolage, l'affaire de quelques minutes.

Khallil, acceptera de nous accompagner ; j'en fais mon affaire. A quatre, nous n'avons plus besoin de personne... Seulement de quatre kalachnikov, de cagoules et de grenades.

— Nous tenons tout cela en magasin, affirma fièrement Jammal, en tendant la main. Il en coûtera 3 000 livres ; j'aurais les grenades en prime. A cette occasion, je ne prendrai pas ma commission habituelle.

— Il ne reste plus qu'à régler le sort de Grégoire, notre bâilleur de fonds, dit Dionée. Je souhaiterais l'éloigner rapidement. Trop bavard, trop glorieux et il me pèse. Tant qu'à avoir un homme dans mon lit, je préfère encore Stan. Au moins, il ne ronfle pas.

Stan s'inclina :

— Flatté.

Elle poursuivit :

— Stan, Kamal ne t'avait-il pas proposé, pour éloigner l'amant de ta femme de l'effrayer en piégeant sa voiture ou son garage ?

— Kamal, je suppose, t'a communiqué ma fiche, celle que l'O.L.P. établit sur tous les journalistes. Dans mon cas, elle était fort détaillée. C'est flatteur.

— Moins que tu ne le crois. Ainsi j'ai appris combien tu pouvais être mufle.

— Tu confonds Dionée la muflerie et la justice. Hommes et femmes devenus égaux, vous l'avez voulu, sont tenus à la réciprocité. Nous filerons une sainte frousse à ce bon Grégoire pour qu'il décampe au plus tôt et libère tes nuits.

— Pas avant qu'il n'ait signé les documents pour le bateau, protesta Jammal.

Stan se tourna vers Dionée :

— Ça te regarde.

Et à Farouk :

— Tu ne dois rien ignorer de ce genre de contrats toi, qui pour ton malheur, jusqu'à présent, a eu si souvent affaire aux banquiers. Mais nous changerons cela.

— Dommage pour la bagnole de Grégoire, soupira Farouk. J'ai toujours rêvé d'une Cadillac.

— De l'esbroufe, l'assura Jammal. Elle ne se compare pas avec la Mercedes ; elle flotte dès que tu dépasses le 130.

Stan les interrompit :

— Venons-en au fait, ou notre réunion risque de tourner au congrès socialiste. Nous commencerons par des menaces au téléphone, toute la nuit et, pour les appuyer, un peu plus tard la voiture sautera. Comme tu seras dans le lit de Grégoire, Dionée, tu lui suggéreras de détaler au plus vite, s'il tient à la vie. Allons, un dernier sacrifice, ma belle. Après tout, Grégoire mérite bien cette récompense. Farouk étant occupé ailleurs, qui piégera la voiture ?

— Marie, dit Farouk.

— Elle court de grands risques. Crois-tu qu'elle acceptera ?

— Elle l'exigerait, Stan, si elle était présente. Marie vous doit la vie et elle n'est pas de celles qui se dérobent.

Il hésita :

— Rien que pour moi elle aurait quand même accepté.

Dionée le félicita :

— Vous vivez tous les deux un amour héroïque.

Et avec, dans la voix, un soupçon de regret :

— Stan et moi, nous donnons plutôt dans un cynisme qui convient à notre âge et nous va mieux au teint

— La charge sous la voiture explosera à 1 h du matin, précisa Farouk. Le moment te convient, Dionée ?

Ses yeux larges d'Égyptienne avaient pris un éclat inquiétant :

— Oui, dit-elle, mais ce sera la dernière fois où je ferai l'amour, sinon pour mon plaisir ou ma fantaisie.

— Explique-toi mieux, demanda Stan.

— N'ayant que mes charmes pour vivre et refusant désormais d'en user, cela signifie qu'en aucune manière, je ne me résignerais à un échec.

Farouk les félicita :

— Comme vous vous ressemblez tous deux. Vous êtes fous d'orgueil. Dommage que ce ne soit pas d'amour.

L'ambulance fonçait dans la nuit, en direction du port, sirène bloquée, phares allumés, ralentissant à peine aux barrages. Khallil, le chauffeur, se penchait à la portière pour annoncer la catastrophe : « Un hôpital palestinien a pris, de plein fouet, une fusée G.R.A.D. Des blessés, des morts par dizaines. »

Farouk en rajoutait :

— Un abruti d'artilleur, dans la montagne, s'est trompé d'objectif.

Il occupait la place près du chauffeur et le guidait car il connaissait bien l'entrepôt où s'approvisionnait le Génie libanais.

Les abords en étaient déserts. Ils endossèrent les cagoules, sortirent les armes. Farouk, utilisant quatre charges d'explosif, scia les montants de la lourde grille de fer qui se coucha à leurs pieds. Jammal et Stan vidèrent deux chargeurs et des ombres s'enfuirent. Ils firent entrer l'ambulance.

S'éclairant de leurs lampes torches, ils visitèrent

l'immense hall où voisinaient bulldozers, scrapers, foreuses, bétonnières à côté d'un matériel plus rustique. La scie aux dents de diamant était enfermée dans un placard blindé. Virtuose du plastic et de la charge creuse, le capitaine l'ouvrit en ne s'attaquant qu'à la serrure. La scie, déjà démontée, pesait à peine une centaine de kilos. La transporter dans l'ambulance ne posa aucun problème. Ils choisirent un groupe électrogène monté sur roues amovibles. Farouk embarqua un choix de mèches, de barres à mines, de pelles, de pioches, de haches et, deux fûts de fuel, si bien qu'ils perdirent un temps précieux et qu'à leur retour, les sentinelles des barrages palestiniens qui avaient changé ne les reconnurent pas. Un milicien de la Saïka (1) voulut connaître la religion des blessés que transportait l'ambulance.

Jammal ouvrit la porte arrière du véhicule, en bondit et, rouge de colère, dans son patois, il insulta le Palestinien.

— Imbécile, un immeuble s'est écroulé sur des enfants. Grâce à ce matériel que nous venons de voler et qui t'intrigue tant, nous nous efforcerons de les dégager sans demander leur religion. Chaque minute compte et toi tu nous emmerdes.

— Passez, dit le milicien, impressionné par cette véhémence. Mais quelle drôle d'idée de coller un groupe électrogène aux fesses d'une ambulance.

— Avec quoi veux-tu qu'on s'éclaire, fils de personne ?

L'ambulance redémarra en trombe, malgré sa remorque, se faufilant entre les chicanes de barbelés et de sacs de sable.

(1) Saïka : organisation palestinienne contrôlée par les Syriens.

— Khallil sait tenir un volant, dut reconnaître Jammal. Je me demande ce qu'il donnerait avec une vraie bagnole entre ses grosses pattes.
— Quand aurais-je la montre ? demanda Khallil, toujours aussi laconique et que les éloges, comme les insultes, laissaient indifférent.
— Lorsque nous aurons terminé, promit Stan.
— O.K., fit Khallil. Ce que vous préparez, je m'en fous, du moment que le capitaine en est.
— Pourquoi as-tu une telle confiance en lui ?
— Il m'invite parfois à dîner. J'aime bien qu'il me parle de lui. Car de moi, que pourrait-il dire ?

Estimant en avoir assez fait, Khallil n'ouvrit plus la bouche.

Une heure plus tard, à grands renforts de cordes, le groupe électrogène était descendu dans la crypte : la scie à béton entreposée dans une niche de saint, vidée de son occupant. Mal réveillé, le père Antoun se frottait les yeux :
— Alors, c'est sérieux ? demandait-il.

Stan lui tendit les liasses de billets :
— Tu en doutes encore ?
— Plus maintenant. Mais je sais que tu es le diable.

Il esquissa un signe de croix au-dessus des billets.
— Fais gaffe, le menaça Stan, ils pourraient brûler.

Grégoire se pavanait dans une somptueuse robe de chambre devant Dionée, allongée sur un divan, qui agitait les glaçons de son gin-fizz. Le téléphone sonna et Grégoire décrocha. Ses traits se contractèrent de fureur, puis de peur.
— S'ils croient m'effrayer, dit-il. De minables voyous !
— Qui est-ce ? demanda Dionée.

— Un prétendu Front de libération des masses, de ceux qui se font appeler des palestino-progressistes.
— Nayef et sa bande de terroristes. Ce ne sont pas des voyous mais des tueurs. Que te veulent-ils ?
— Ils m'accordent jusqu'à demain pour quitter le Liban. Ils m'accusent d'avoir aidé financièrement les Phalanges et les Croisés du Cèdre avec de l'argent gagné à la sueur des pauvres nègres. Que peuvent-ils contre moi en secteur chrétien ?
— Tout. Une partie des hommes de Nayef sont chrétiens, ne l'oublie pas et ils se promènent d'un secteur à l'autre.

Elle remplit de cognac le verre de Grégoire :
— Oublie ces menaces. Nous sommes tous menacés. On s'habitue. Mais Nayef... Je demanderai quand même à Farouk d'assurer ta protection. Tu nous a sauvés cet après-midi et je dois reconnaître que ta générosité, ton patriotisme et ton désintéressement m'ont touchée.

Elle l'inspecta de la tête aux pieds :
— Mais si je dois t'épouser, tu devras maigrir, Grégoire.

Ainsi elle acceptait de devenir sa femme ; le bonheur le submergea.

Elle dégrafait sa robe quand le téléphone sonna à nouveau. Elle prit l'appareil et reconnut la voix avinée d'Amin.
— Ici Dionée Haddad, dit-elle.
— Tu diras à ton porc de négrier de prendre au sérieux nos avertissements. Cette nuit même, il en aura la preuve.

Dionée raccrocha et répéta les propos d'Amin en les améliorant.

— Vantardises, dit-elle. J'ai pourtant reconnu l'accent palestinien. Les Phalanges patrouillent dans le secteur, l'immeuble est bien gardé. As-tu une arme ?
— Non, dit piteusement Grégoire.
— Tu dois bien être le seul Libanais dans ce cas. Je te trouverai une kalachnikov. Dans la Bekaa, je n'avais qu'une Houzi. Elle s'est enrayée au deuxième chargeur. Quand j'ai débarrassé Tripoli de ce chien de trafiquant, nous avions des Kala.

L'explosion les surprit alors que Grégoire, essoufflé, chevauchait Dionée. Ses effets coupés, il retomba sur le côté.

— Tu as entendu, Dionée ?
— Une bombe, c'est banal. S'il fallait encore y prêter attention, plus personne ne ferait l'amour à Beyrouth.

Honteusement, Grégoire s'excusa :
— Je n'ai pas l'âme aussi bien trempée que toi. Rien ne t'effraie ?

On frappa à la porte. C'était le gardien de l'immeuble, affolé :
— Votre belle voiture, M. Grégoire, annonça-t-il, elle a été complètement pulvérisée, dans le garage. Non, il n'y a pas de victimes.

Le téléphone sonna :
— Tu as jusqu'à demain à la même heure, répéta la voix, ou ce sera toi qui sautera.

Il protesta :
— L'aéroport est fermé.
— La mer reste libre.

On raccrocha.

— Tu dois partir, dit Dionée. Pardonne-moi de ne pas avoir pris ces menaces au sérieux. Je te trouverai une place sur un bateau de contrebandiers. Tu gagneras

Larnaca puis Nicosie où je te rejoindrai dès que sera réglée cette affaire de banque. Je disposerais alors du bâtiment dont je t'ai parlé.
— Mais...
— L'armée veillera désormais sur toi. J'alerterai Farouk. Au besoin, tu emprunteras l'hélicoptère de la Présidence.
— Tu me demandes de tout laisser et de t'abandonner, toi Dionée.
— Tes affaires sont en Afrique et moi je te rejoindrais. Chypre est infesté de Palestiniens. Peut-être serais-tu mieux à Athènes ? Ça ne vaut pas mieux. A Paris plutôt. Je n'ai nulle envie qu'on te tue comme mon mari. Mais je te le jure, je te sortirai de ce guêpier où, dans mon inconscience je t'ai entraîné.
— Comme tu es forte et courageuse, soupirait le gros homme, les yeux humides de reconnaissance.

Dionée lui fit prendre un somnifère et il s'endormit.

Quand Grégoire se réveilla, elle avait disparu, laissant un mot épinglé sur l'oreiller : « Ne sors de ta chambre sous aucun prétexte ; décroche le téléphone. N'ouvre qu'à Farouk, Amin ou moi-même. »

A 5 h du soir, Dionée réapparut.

— J'ai obtenu une place, dit-elle, non sans mal, sur un bateau qui quitte cette nuit Jounieh. Marie, une de mes amies, t'accompagnera. Malgré les apparences, c'est un vrai « body-guard » et elle sera armée. Présente-la comme ta nièce et toi comme un simple commerçant que ses affaires appellent à l'étranger.

Elle lui tendit une liasse de papiers.

— Signe ces garanties pour l'achat du bateau. Le nom de la société est resté en blanc. Nous l'ajouterons. La mort est à tes trousses et il n'est plus temps de s'embarrasser de détails. Je veillerai sur tes intérêts puisqu'ils seront désormais les miens. Marie te prendra à 18 h dans une jeep militaire et tu disposeras d'une escorte. Je te retrouverai à Paris, au *Prince de Galles* dans une semaine. Retiens une suite.

— A aucun moment tu n'as éprouvé le moindre remords ? demanda plus tard Stan à Dionée.
— Non, j'ai même trouvé piquant de coller Grégoire dans le même bateau que Marie qui avait piégé sa voiture, et à qui il offrait donc le passage. Les remords ne viennent que lorsqu'on s'ennuie, où que l'on vieillit mal et seul. Pourtant Grégoire ne s'est pas trop mal comporté.
— Tu le gardes en réserve.
— Fais en sorte que je n'en aie plus besoin.
— Quand tu as quitté Grégoire où as-tu été ? Je t'attendais.
Elle le défiait :
— J'ai rejoint Leila, mon esclave. Ses caresses m'apaisent et me purifient.
— Et avec moi ?
— Tu m'inquiètes. A ce propos Kamal me fait suivre.
— On a fouillé ma chambre au *Cavalier.* Du travail d'amateur. Heureusement, j'avais conservé le plan de la banque sur moi et planqué le fric dans le coffre de l'A.F.P.
— Kamal, risque de devenir gênant. Contrairement à Grégoire, il n'est pas facile à berner.
— Nayef se fera un plaisir de s'en charger. Partout il voit des traîtres, sauf là où ils se trouvent, dans son Front infiltré, tout comme les Croisés du Cèdre par les uns et les autres. Quelle merde !

Stan prit Dionée par les deux épaules :
— Je ne t'aime pas, pourtant je te fais confiance, en sachant que j'ai tort.
— Je ne t'aime pas non plus. Mais je n'ai pas le choix. Tu es le seul partenaire qui s'offre à moi. Depuis hier, je trouve que tu tiens trop de discours, comme pour t'excuser de mentir, de tricher. Je t'espérais d'une autre trempe. On ne pille pas une banque sans se salir les mains ni maquiller les cartes.
— Amin prétend que tu es redoutable dans tous les jeux.

Il battit un paquet de cartes :
— Choisis : poker, gin, rummy ou écarté.
— Ecarté. Que jouons-nous ?
— Ta nuit, en cinq points. Si je gagne, je couche avec toi.
— Si tu perds ?
— Je te promets, sur ma part, le prix le plus fabuleux que tu aies jamais reçu, pour une nuit le plus beau bijou qui se trouvera dans les coffres. Tu as la donne.

Stan perdit mais coucha quand même avec Dionée.

— Me suis-je bien débrouillé hier au soir, demanda Amin ?
— Pourquoi t'es-tu saoulé ? lui reprocha Dionée.
— Afin d'avoir le courage de jouer au Palestinien, pour tromper un chrétien. Si je comprends bien, il ne me reste plus qu'à dormir sur la terrasse.

Cette nuit encore, Stan ne put arracher aucun cri, aucun sourire à Dionée, ni troubler son regard.
— Que te faut-il ? demanda-t-il, enfin, épuisé et furieux.
— L'or, l'or de Baal.

Le 2 avril 1976, en dépit des trêves sans cesse proclamées, tous les démons de Beyrouth, chassés de leurs repaires par les bombardements, se livrèrent à une folle et sanglante sarabande.
— Personne n'obéit plus à personne, dit Stan.
Gauthier protesta :
— Sauf au fric, à Baal comme tu te plais à le nommer. Les banquiers ont réussi où les Russes, les Syriens, l'Amérique et le Vatican avaient échoué. Le quartier des banques à partir de midi, devient une zone neutre, que les milices de tous bords s'engagent à respecter. La raison de cet accès de sagesse après tant de folie ? Les trésors de guerre des différents clans ne vaudraient plus rien si la livre s'écroulait.

Sur le plan de Beyrouth pendu au mur, Gauthier désigna le quartier touché par cette mesure. Il englobait toutes les banques, y compris la Central Bank, à l'exception de l'église de Mar Mikhael et du building en ruine où se tenaient les miliciens de Nayef.
— Que vont devenir les Palestiniens et les Croisés ? s'inquiéta Stan.
— On les laissera s'exterminer en les empêchant d'approcher des banques. L'intérieur de la Central Bank sera évacué par l'armée, mais des blindés resteront à proximité pour en interdire l'entrée. Des chars palestiniens et une batterie de 130 soviétique prendront la rue en enfilade. A l'annonce de cette mesure, la livre a regagné les trois points perdus la veille.
— Intéressant, reconnut Stan, mais cette trêve ne durera pas. Une semaine au plus, si les banquiers acceptent de claquer beaucoup de fric. Tous les partis en présence ne voient pas plus loin que le bout de leur

nez. Ils ont besoin d'or et savent trop bien où il se trouve.

Il frappa l'épaule de Gauthier :
— Nous devrions les imiter, Vincent, au lieu de relater à longueur de journée leurs sordides affrontements, oui, mon vieux, nous devrions prendre une banque. Nous ferions meilleur usage de tout ce fric !
— J'achèterais deux kilomètres de rivière dans le Périgord, rêva Gauthier ; j'y pêcherai la truite, l'écrevisse et le gardon. J'aurais un chien de berger qui lèverait les poules d'eau.
— Je ferais sauter la banque à Monte-Carlo, dit Stan, et comme je serais très riche, je gagnerais.
— Incorrigible !
— Je retourne à Mar Mikhael, Vincent. Je commence à me sentir chez moi dans ce quartier.
— Où est passé Jammal ?
— Il a rejoint le Chouf avec sa voiture. Son père est malade. Je l'attends dans trois ou quatre jours.

Farouk entra à ce moment ; Stan le présenta à Gauthier :
— Le capitaine accepte, pendant l'absence de Jammal, de me servir de chauffeur entre deux bombes qu'il désamorcera.

Gauthier serra longuement la main de l'officier :
— Je vous dois des excuses, capitaine, au nom d'une presse qui devrait plus souvent parler de vous au lieu de fabriquer des vedettes avec de petits chefs de bande, minables et susceptibles.

Farouk leva la main en signe de protestation :
— Je vous en supplie, monsieur, oubliez-moi. Inconnu, on me trouve déjà gênant. Célèbre, je n'y couperais pas.

A peine sortis Farouk consulta sa montre :
— Stan, nous risquons d'arriver en retard pour la première séance. J'ai resserré les horaires. Nos amis n'auront plus droit de gâcher de la poudre le matin que de 8 h à 9 h et le soir de 16 h à 17 h 30. Je ne suis pas contre la distraction mais après le travail et j'ai doublé les primes. Nos zèbres recevront cent livres pour une prestation de deux heures. La progression devient difficile et ils ne peuvent s'attaquer aux éboulis qu'en avançant trois de front.
— Quand atteindrons-nous la chape de ciment ?
— Trois nuits encore et nous attaquerons le béton à la scie. Nous serons alors à pied d'œuvre.

Abrités derrière une murette, ils attendirent la fin des tirs pour traverser la place, rejoindre l'église et s'enfoncer dans la crypte. Le groupe électrogène ronronnait et des projecteurs illuminaient l'entrée du souterrain. Le père Antoun en sortit, blanc de poussière et se signant.
— Que se passe-t-il ? lui demanda Stan.
— Vois toi-même, fils du démon.

A trente mètres de la crypte, le tunnel s'élargissait en une salle ronde, à moitié enfouie sous les éboulis. Farouk promena sa lampe sur les parois. Derrière des grilles, rongées par la rouille, étaient soigneusement rangés, par catégories, tibias, fémurs et crânes. L'ossuaire de l'ancien couvent.

Stan ramassa un crâne :
— Regarde, Farouk, comme ils sont luisants. J'ai lu quelque part que les moines, tous les dix ans, les sortaient pour les laver. De quoi fournir en crânes authentiques toutes les troupes de théâtre qui jouent Hamlet à travers le monde.

Trois hommes apparurent, le torse nu, ruisselant de sueur. L'un d'eux, un ancien adjudant transformé en contremaître, fit son rapport à Farouk :

— Après l'ossuaire, assura-t-il, nous commencerons à étayer la voûte. L'évacuation de gravats est trop lente. Pourquoi l'interdire de jour ?

Stan l'interrompit :

— Inutile de donner l'éveil. Nous serons désormais étroitement surveillés. Voilà ce que nous vaut la neutralisation du quartier. Comment vous vous entendez avec les hommes de Nayef ?

— Les musulmans, s'ils sont sunnites, se prennent pour des seigneurs et ne foutent rien, les chiites travaillent pour la gamelle mais ils ne valent ni les chrétiens ni les Druzes. J'ai mis la main sur trois anciens mineurs kurdes. Je propose qu'on les nomme chefs d'équipe et responsables de l'étayage des galeries.

— Accordé, dit Farouk. Qu'on leur colle un galon. Les voici caporaux dans la dernière armée multiconfessionnelle du Liban, l'armée des pilleurs de coffres et des violeurs de sépultures.

— Qu'est-ce qui te prend ? lui demanda Stan. Ce sont les squelettes qui te gênent ?

Il se tourna vers les trois hommes :

— Que ce spectacle, mes amis, vous incite à gagner le plus de fric possible pour le claquer en vin et en filles avant que vous ne soyez comme ceux-là. Ils se sont serrés la ceinture, ils ont bu de l'eau toute leur vie, se levant à des heures impossibles pour chanter et prier, ignorant les poisons et les délices de la femme. Voyez ce qu'il en reste.

Déconcertés, les trois hommes s'enfoncèrent dans le souterrain.

Le père Antoun vint se plaindre. Il accusait Nayef de profiter des contacts de plus en plus fréquents et étroits entre les deux milices pour tenter de convertir les Croisés à la lutte des classes « ces calembredaines de la vieille lune ».

Nayef, de son côté, se transformait en Mur des lamentations et se trémoussait comme un vieux juif hassidim.

— Stan, gémissait-il, tu nous obliges à une comédie déshonorante qui risque d'amener mes fidèles à ne plus prendre la guerre au sérieux. Des amitiés se nouent. Comment ces hommes fraternellement unis dans le travail, pourront-ils demain s'entre-tuer ? La haine demeure le ferment nécessaire à toute véritable action révolutionnaire.

— Le père Antoun t'accuse...
— Et lui ? Il distribue des médailles et des chapelets à mes hommes qui les acceptent comme des gris-gris. J'en ai surpris à marmonner des prières.

Il prit Farouk à partie :
— Ça t'amuse, toi le militaire ? Sous tes ordres, ils font l'exercice avec des balles à blanc. Pour peu ils se retrouveraient à la caserne.

Farouk haussa les épaules :
— Toutes les révolutions finissent dans les casernes, même si elles commencent ailleurs.

Le lendemain soir, Stan et Farouk retrouvèrent Dionée et Amin, près de Jounieh, dans un petit restaurant de pêcheurs qui dominait la mer. Les nouvelles étaient mauvaises. Une partie de la montagne du Metn

nord venait de tomber aux mains des Palestiniens et des partisans de Joumblatt. Le restaurant était désert. Amin frissonna :
— Le cœur me glace. Mon pauvre Liban !
— Nous n'y pouvons rien, fit Dionée. J'accepte la mort, mais les longues agonies me sont intolérables. Finissons-en au plus vite et partons d'ici.

Stan consulta une dernière fois Farouk du regard qui baissa la tête.
— J'ai d'autres mauvaises nouvelles à vous communiquer, lâcha-t-il à regret, et celles-là nous concernent. Malgré ses efforts, bien qu'il ait consulté tous les spécialistes qui n'avaient pas encore foutu le camp, tous les ouvrages disponibles qui n'avaient pas été brûlés, notre ami Farouk n'a pu découvrir le moyen de neutraliser les défenses de la salle des coffres. Impossible de reproduire les cartes magnétiques, d'avoir accès au computer qui commande l'ouverture des grilles des portes blindées. Encore moins d'interrompre le circuit de sécurité dont nous ne savons toujours pas comment il fonctionne. Un casse-tête insoluble !
— Après avoir découpé le béton, poursuivit Farouk, nous déboucherons, par le souterrain, dans le premier sous-sol. Selon nos conventions, nous l'abandonnerons aux Croisés et aux Palestiniens. Ils rafleront dans les caisses quelques millions de livres qu'ils se partageront. Puis ils décamperont, nous laissant seuls dans le deuxième sous-sol où nous avons l'assurance, à la moindre fausse manœuvre, de recevoir tout l'immeuble sur la tête. Nous ne disposerons que d'une nuit, de 9 h du soir à 5 h du matin, pour venir à bout des grilles, des portes blindées et des quarante-huit coffres des joailliers arméniens, que nous devrons forcer comme le

reste. Pressés par le temps, nous ne pouvons recourir qu'aux explosifs, avec de fortes chances d'être ensevelis sous les décombres de la banque. Autant renoncer.

Dionée avait blêmi : elle se mordait les lèvres, prise entre la fureur et les larmes :

— Jamais, dit-elle. Nous avons été trop loin ; nous avons menti, nous avons poussé des gens à s'entre-tuer, nous avons extorqué des fonds. Nous avons risqué notre vie et manqué à notre honneur.

Stan l'interrompit d'un rire méchant :

— Quelle importance dans une ville sans honneur où la vie ne vaut plus rien ?

Il se détourna.

Dionée prit les mains de Farouk dans les siennes comme pour lui communiquer sa force, sa résolution :

— Depuis que Marie t'a quitté, tu as perdu tout ressort. Tu n'as plus d'idée, toi qui en foisonnait. Si nous échouons, tu la perdras une nouvelle fois. Réfléchis.

— J'ai passé toute la nuit à étudier le plan, le comparant à ceux d'autres chambres fortes que je m'étais procurés. En vain.

— As-tu pensé aux ouvriers, aux contremaîtres qui avaient construit la salle ? Certains devraient se souvenir.

— Tous appartenaient à la société Chubb de Londres et ils y sont retournés, leur travail terminé.

— Chubb, répéta Stan. Ne m'as-tu pas dit l'autre jour sur cette route de montagne t'être intéressé aux techniques employées par Chubb, d'en avoir même discuté avec l'ingénieur anglais qui dirigeait les travaux ?

— Il ne m'a rien appris. Plus fermé qu'une huître.

— Son nom.

— Archibald Dawson. Nous avions sympathisé. Il m'avait laissé son adresse que j'ai perdue.

Amin s'était tassé sur lui-même. Il avait soudain vieilli. Sa pièce ne serait jamais jouée et Adonis ne connaîtrait pas, à Paris, une nouvelle métamorphose.

Un tic nerveux agitait la joue de Stan. Il avait esquissé le geste du joueur de poker qui jette ses cartes.

Soudain, son visage s'éclaira.

— Demain matin, à 10 h, je vous aurai l'adresse et le numéro de téléphone personnel de ce Dawson. Comment ? Un télex à notre bureau de Londres nous apprendra le numéro de Chubb. Je jouerais le rôle du secrétaire de Bouzoukian. Bouzoukian a des ennuis, ils doivent le savoir. Un de ses collaborateurs, de passage à Londres, souhaite rencontrer Dawson pour évoquer certains problèmes d'ordre technique qui ne peuvent se régler par téléphone.

— Ce sera une collaboratrice, moi, décida Dionée. Farouk et toi, Stan, vous ne pouvez quitter Beyrouth. Amin, pas question. Il ignore l'anglais et se perdrait dans Londres.

— Que ferons-nous du bonhomme ?

— Devrais-je le ramener à Beyrouth, dans un sac, je vous assure que vous l'aurez.

— Il s'agit, Dionée, de le persuader de nous aider et je te laisse le choix des moyens. Farouk, que sait-on de lui ? N'oublie rien.

— Il a ton âge, Stan, maigre, sec, comme toi. Mal à l'aise dans sa peau, il boit pas mal. Taciturne. Des ennuis de carrière et d'argent. Il semble redouter la compagnie des femmes. Des problèmes de ce côté-là.

Il se plaisait à Beyrouth et répétait qu'il fallait être cinglé pour ne pas terminer ses jours au chaud, sur les bords de la Méditerranée. Il m'a montré les photos d'une maison aux Baléares qu'il guignait. Il lui manquait 80 000 dollars pour l'acheter.

— Nous lui en offrirons 100 000, décida Dionée.

— Où les prendras-tu ?

— Dans la banque. Stan, peux-tu m'assurer que demain à 10 h, tu auras le nom, l'adresse de l'ingénieur.

— Mieux encore, je t'aurai un rendez-vous avec lui, hors de chez Chubb.

Dionée resta une heure pendue au téléphone. Alors que tous les bureaux, toutes les agences étaient fermés, elle put réserver une place dans l'avion Nicosie-Londres, qui décollait le lendemain, en début d'après-midi. Elle arracha au général Djezzar, l'autorisation d'utiliser l'hélicoptère de la Présidence à la place de l'officier chargé du courrier. Ainsi, elle ne risquait pas de manquer son vol.

— Et si Archibald Dawson n'en savait pas plus que nous ? s'inquiéta Stan.

Farouk le rassura :

— A la fin des travaux, je m'en souviens, Dawson et ses deux adjoints, avaient seuls accès dans la salle des coffres, ses adjoints partis, il termina la dernière mise au point. Toujours seul.

Stan calculait sur ses doigts.

— Nous sommes mercredi. Dionée sera à Londres jeudi dans la soirée. Elle aura la nuit pour convaincre Dawson de s'associer à nous. Ses charmes... et 100 000 dollars... devraient décider le bonhomme. 100 000 dollars pour s'acheter une finca aux Baléares, un bout de plage, un moulin à vent et quelques caroubiers. Je n'aime pas l'Espagne. Don Quichotte n'était qu'un imbécile. La preuve ? Un temps, on me comparait à lui.

X

Un Anglais peu convenable

Il apparut dans le hall d'entrée du *Dorchester* vêtu d'un vieil imperméable dégoulinant de pluie, un noyé aux traits délavés, aux mèches de cheveux collées sur le front. Il demanda Mme Haddad au portier qui le dirigea vers le bar où Dionée s'était installée. Sans hésiter, il alla vers elle et se laissa tomber dans le fauteuil voisin.
— Comment m'avez-vous reconnue ? demanda Dionée.
— Pas difficile, dit Archibald en s'essuyant le front d'un mouchoir sale. Vous êtes la seule personne qui offre un visage humain parmi ces poupées de cire, la seule à ne pas être un automate dans ce musée poussiéreux. A quoi ça tient ? A votre sacrée foutue chance de vivre au soleil, sur les bords de la Méditerranée, d'échapper à cette pluie qui transperce les os, une pluie de cimetière !
— Il pleut des bombes, à Beyrouth, Monsieur.
— Les bombes s'arrêteront un jour, jamais la pluie sur Londres.
Il claqua de ses doigts exagérément longs et maigres :
— Barman un double gin. Le gin a été inventé pour

cette île de merde. J'ai toujours aimé les pays comme le Liban, la Grèce, la Turquie qui sentaient l'anis et le mouton grillé. Ainsi vous êtes...

Il sortit un calepin de sa poche :

— Madame Dionée Haddad, l'assistante de Pierre Bouzoukian, l'un des « boss » de la Central bank. Il semblerait que Bouzoukian ait accompli de sérieux progrès en anglais, prenant même l'accent américain. Aurait-il vécu aux Etats-Unis ? Quand je l'ai connu à Beyrouth, nous devions communiquer en français. Comment je m'en suis aperçu ? Il nous a téléphoné pour nous prévenir de votre arrivée en nous demandant de vous accorder une entière confiance. Méfiant tel que je le connais, je m'étonne qu'il ne soit pas venu en personne.

— M. Bouzoukian est âgé ; il est de santé fragile. La traversée entre Beyrouth et Larnaca, sur un bateau de pêcheurs, lui posait des problèmes.

— Il avait la frousse ? Quel curieux bonhomme ! Antipathique, radin mais scrupuleux ! Il me rappelle ces requins ou ces poulpes géants qui, dans les livres d'enfants, défendent contre les plongeurs les épaves du fond des océans. Mais que défendent-ils ? Des coques pourries ou de fabuleux trésors ? Pour s'en assurer, il faut prendre le risque de braver les requins et les poulpes. Que peut Chubb pour vous ?

Dionée ne savait plus par quel biais aborder la question tant le personnage la déroutait. Ses yeux gris, humides, bordés de rouge la détaillaient non comme une femme à prendre mais avec la défiance professionnelle du policier. Stan avait réussi à lui trouver une chambre, dans cet hôtel, une prouesse en cette saison ; il lui avait arrangé l'entrevue avec Dawson mais il avait commis l'erreur de se faire passer pour le banquier oubliant — mais pouvait-il le savoir — que si Bouzoukian arrivait à se faire comprendre dans une dizaine de langues, il les massacrait toutes.

— Si nous allions dîner, proposa-t-elle.

Il protesta :

— Surtout pas ici. Je connais un restaurant indien tout proche. Les odeurs, les épices, les couleurs vives des saris des serveuses, me donnent l'illusion d'être transporté sur un autre continent.

Archibald commanda toutes sortes de plats et du vin français après s'être assuré que la Central bank et ce ladre de Bouzoukian payaient bien la note.

— Je suis fauché, s'excusa-t-il. Je dois deux cents livres à mon bookmaker. Je vous écoute.

Laborieusement, Dionée lui expliqua la situation politique du Liban, que l'immeuble de la banque se trouvait au centre des combats et que M. Bouzoukian était extrêmement inquiet.

— Pour la salle des coffres ? demanda Archibald d'une voix moqueuse. Avec toutes les précautions qu'il a accumulées, elle ne risque rien. S'il tient à être rassuré sur ce point, voilà qui est fait. Vraiment, ça ne valait pas le voyage.

— Le sujet est délicat, monsieur Dawson. Dans l'un de ces coffres se trouvent des documents d'une grande importance politique qui, s'ils étaient dévoilés, allumeraient la guerre dans le camp chrétien. Il a été loué par l'homme de confiance de Khadafi. Les deux autres présidents de la banque sont introuvables et il ne nous reste que peu de temps pour nous emparer de ces documents et les détruire avant que les Syriens, qui en

feraient un très mauvais usage, n'entrent dans Beyrouth.
— Chubb ne peut rien pour vous, Madame, ni pour M. Bouzoukian. A ce propos, vous a-t-il remis une accréditation quelconque ?

Dionée sortit de son sac la carte magnétique et la lui tendit.

— C'est bien la sienne, reconnut-il, après l'avoir longuement examinée. Elle ouvre la première grille interdisant l'accès du deuxième sous-sol. Puis la grille se referme sur les trois porteurs de cartes. Le second porteur glisse la sienne dans la fente et la seconde grille s'ouvre. La troisième carte commande l'ouverture des deux portes blindées. Etonnant que Bouzoukian vous ait confié cette carte ! En principe, il ne devrait jamais s'en défaire. Il est vrai que les circonstances exceptionnelles...

Il éclata de rire, montrant des dents jaunies par le tabac, rongées par l'alcool.

— A moins qu'on ne l'ait volée ?

Il surveillait Dionée qui ne broncha pas.

— Simple plaisanterie ! Nous menons avec les cambrioleurs une passionnante partie. Nous fabriquons des coffres de plus en plus sophistiqués qui leur demandent de plus en plus d'intelligence et d'efforts pour en venir à bout, si bien que nous en arrivons à une estime réciproque au point que certains d'entre nous sont parfois tentés de changer de camp. Par curiosité.

— M. Bouzoukian, qui, je crois, m'apprécie, ne tolérerait pas un échec de ma part.

— Et vous vous retrouveriez sur le sable ?

Il se pencha vers Dionée ; ses lèvres paraissaient encore plus minces : un simple trait.

— N'avez-vous jamais rencontré à Beyrouth un jeune officier sympathique, particulièrement brillant dans sa partie : les explosifs confrontés à la résistance de certains matériaux ? Laissez-moi me souvenir de son nom. Le lieutenant Farouk Habib. Il a dû passer capitaine.
— Pourquoi cette question ?
— Farouk, qui m'avait appris à aimer le Liban, me disait qu'à Beyrouth tout le monde se connaissait, au moins dans une même confession. Il ne cessait de me harceler de questions sur la manière dont fonctionnait le réseau de sécurité de la banque dont je surveillais, à l'époque, l'installation. Agissait-il à l'instigation de certains services secrets libanais ?

Ses yeux brillèrent :
— Ou envisageait-il un jour, quand se présenterait une occasion favorable, de piller la banque ?

En bonne courtisane, Dionée avait saisi les traits essentiels du caractère de Dawson et la tactique qu'elle devait employer pour le convaincre et l'entraîner dans son camp. Il était comme un prisonnier en cavale, mais un prisonnier méfiant, sur ses gardes, pratiquant l'esquive, jouant avec elle au chat et à la souris, ce qui déplaisait à son caractère entier. Pressée d'en venir au fait, elle était plus habituée à forcer l'obstacle qu'à le contourner.

— Je connais Farouk, M. Dawson, avoua-t-elle. Il m'a fourni votre nom. A l'époque, il n'envisageait de ne piller aucune banque et que je sache, il n'appartenait à aucun service secret. Aujourd'hui, pour sauver celle qu'il aime, il n'a pas d'autre recours.
— Comme vous, Madame, pour sauver le Liban, votre Liban, celui des chrétiens ?

— Je ne souhaite qu'échapper à ce qui me menace : la pauvreté, la solitude, la vieillesse dans un pays qui ne sera plus le mien. Comme un poète de mes amis tient à ce qu'on joue sa pièce de théâtre avant de prendre congé de ce monde. Comme un certain Stan qui vous a téléphoné voudrait battre un record et prendre une revanche sur une vie gâchée par une incartade. Comme vous, Archibald Dawson, souhaitez désespérément échapper à la pluie et au froid avant qu'il ne soit trop tard. Des motifs, somme toute, honorables. N'est-ce pas ?

Archibald commanda une nouvelle bouteille de vin :
— Enfin la vérité, dit-il. Je savais depuis le coup de téléphone que Bouzoukian ne vous avait chargée d'aucune mission. Nous nous étions quittés en très mauvais termes et jamais il ne m'aurait appelé directement mais il serait passé par la direction. Qu'est-ce qui vous intéresse tant dans cette banque ?

— Le deuxième sous-sol où se trouvent les quarante-huit coffres dans lesquels les plus grands joailliers de Beyrouth ont déposé pour cinquante millions de dollars d'or, de bijoux, de pierres précieuses.

— Vous souhaitez que votre ami batte le record du monde et relègue aux oubliettes le pillage du train postal ? Noble ambition !

— Il ne nous reste plus que cinq jours, monsieur Dawson, avant que les Syriens ou des milices qui leur sont inféodées ne prennent le contrôle du quartier des banques, rendant ainsi notre projet impossible.

Il leva la main, les cinq doigts bien écartés comme pour montrer que malgré l'alcool ingurgité, il ne tremblait pas.

— Je pourrais, Madame, je devrais même vous livrer à la police.
— Pourtant, vous ne le ferez pas.
— Pourquoi ?
— A cause de la pluie.
— Intéressant ! Combien m'offrez-vous ? Pure curiosité !
— Cent mille dollars « cash » si, cessant de pactiser avec les poulpes et les requins, vous vous rangez du côté des plongeurs.
— De la monnaie de singe pour un vieux singe ! Vous n'avez pas les cent mille dollars et je ne vous servirais à rien. Pourtant j'apprécie votre audace, je suis sensible au charme de votre voix.
— Dawson.
— Archie.
— A partir d'une église nous avons creusé un tunnel qui nous conduira à hauteur du premier sous-sol de la banque.
— Le nez contre la chape de ciment armé. Vous vous ouvrirez un passage à l'explosif, car il n'existe pas d'autre moyen, et tout l'immeuble vous tombera sur la tête.
— Nous disposons d'une scie spéciale à pointes de diamant qui découpera le béton sans provoquer aucune vibration.

Archie siffla, admiratif :
— Ainsi je n'ai pas seulement affaire à des amateurs.
— Une fois les grilles et les portes blindées ouvertes, nous ne risquons plus rien.
— Il vous restera à venir à bout des quarante-huit coffres, tous d'une qualité exceptionnelle. Ne dit-on pas que Chubb est au coffre-fort ce que Rolls-Royce est

à la voiture. Comment vous y prendrez-vous ? En utilisant le matériel habituel des cambrioleurs : les limes, les scies, les perceuses électriques, les acides ? Vous auriez besoin d'une semaine. Et ce serait quand même la catastrophe. Ne reste que l'explosif. Au lieu d'attendre une semaine pour sauter ce sera immédiat. En plus des sismographes répartis dans tout l'étage, au plus secret de chaque coffre, belle Dionée, a été disposé, un oscillateur à mercure, un simple tube dont le fond contient une certaine quantité de mercure. Au moindre ébranlement, le mercure remonte dans son tube et établit le contact avec un plot électrique fixé en son sommet. Les bombes, disposées dans les piliers, explosent. Navré mais je ne vois pas comment vous aider.

— Facile, dit Dionée. En débranchant le système de sécurité que vous avez vous-même installé. Vous savez où passent les fils, où sont les sismographes et comment se neutralisent les oscillateurs. Nous ne vous offrons pas de la monnaie de singe mais, pour votre participation à l'établissement d'un nouveau record, dix kilos d'or. Au cours actuel il vaut 120 000 dollars, à Nicosie, et je me charge de la tractation. On vous le changera contre la somme promise, 100 000 dollars qui seront déposés dans une banque chypriote de votre choix, à votre nom ou sous un numéro. Vous passerez sans encombre la douane anglaise. Un simple touriste qui, pour son week-end, a souhaité prendre du soleil.

— Impossible. A la rigueur, je puis demain, vendredi demander qu'on m'ouvre le tabernacle où sont enfermés les clefs, les cartes magnétiques, les micro-films des plans de tous les systèmes de sécurité que nous avons installés. En prétextant le faux coup de télé-

phone de Bouzoukian qui redoute que les bombardements auxquels est soumis l'édifice de sa banque, ne déclenchent les sismographes. Il demande à être rassuré et réclame des précisions, des chiffres. Je pourrais profitant de l'occasion, sortir le double des deux autres cartes magnétiques et le micro-film de l'installation. A condition que le tout soit réintégré au plus tard mardi matin. Les bonnes excuses ne me manqueront pas pour prolonger mon week-end d'une journée. On dira que j'ai pris une cuite de plus. Tous les mardis, un inspecteur vérifie le contenu du tabernacle.
— A quelle heure quittez-vous votre bureau, Archie ?
— Midi ; je serai libre jusqu'au mardi matin 9 h 30.
— Nous pouvons sauter dans l'avion de 16 h, un vol direct qui nous déposera à Nicosie trois heures plus tard. Reste le bateau. Je réglerai ce problème dans la matinée. Pour le retour nous disposerons de notre propre embarcation. Nous nous emparerons du trésor de la banque dans la nuit de dimanche à lundi et vous serez mardi à Londres, riche de 100 000 dollars.
— Ou en prison, ou déchiqueté par l'explosion. Décidément, vous ne doutez de rien ?
— Si je ne croyais pas à ma chance, jamais je ne me serais lancée dans une telle aventure. La chance, est un virus, comme le rhume, elle s'attrape.
— Appelez-moi chez Chubb, demain à 10 h sur mon numéro personnel que voici. Je saurai alors que tout est O.K. Je m'emparerai des deux cartes magnétiques, du micro-film et sans même m'encombrer de ma brosse à dents, je vous rejoindrai. Je ne pose qu'une seule condition : personne ne doit savoir que je suis venu au Liban ni que j'en suis ressorti. Je n'ai d'ailleurs pas de visa.

— Vous n'en avez pas besoin pour Chypre et le Liban j'en fais mon affaire.

Elle lui tendit son briquet d'or et de laque pour qu'il allume sa cigarette. Sa main trembla.

— Vous n'ignorez pas que je suis un ivrogne ?
— Si vos mains tremblent la nuit où nous agirons, vous sauterez avec nous. Aussi vous ne tremblerez pas.

Archie vida le reste de la bouteille de vin dans le seau à glace. Et il lui demanda :

— Pourquoi, Dionée, aimez-vous tant l'or ?
— Il m'est bénéfique comme le luxe, les parfums coûteux, les robes des grands couturiers comme vous le soleil. D'une autre existence qui à l'époque me convenait, j'ai conservé le goût du risque.
— Avez-vous un homme dans votre vie ?
— Pas encore. Tout tient à l'or.

Dionée appela Stan à Beyrouth.

— J'ai convaincu Archibald de nous aider, dit-elle.
— Par tes moyens habituels ? demanda-t-il de sa voix railleuse.
— La pluie m'a beaucoup aidée. Il ne reste plus qu'à régler notre transport de Larnaca à Beyrouth.
— Jammal est arrivé à Larnaca avec l'*Altaïr*. Pris en chasse par une vedette israélienne, à la sortie de Tripoli, il a été obligé de se réfugier à Chypre. Il croit que tout est foutu alors que tout s'arrange. Je sais où le joindre. Il vous prendra à l'avion.
— Que va-t-on faire de l'Anglais ?
— Le planquer chez Amin et ne le sortir que lorsque nous en aurons besoin. Tous doivent ignorer son existence.

— Il exige d'être remis en circulation à Londres, mardi matin.
— Promets toujours.
— Où en est Farouk ?
— En panne de mazout pour son groupe électrogène, il ne pourra attaquer le béton que la nuit prochaine.
— Jammal est content de son rafiot ?
— Oui mais moins de l'équipage. Tu en jugeras par toi-même.
— Nayef et le père Antoun ?
— Il ne faudrait pas que la plaisanterie dure plus longtemps. On commence à se poser des questions à leur sujet.
— Qui ?
— Kamal et quelques autres.
— Stan, dans trois jours nous serons riches ou morts.
— Au Liban, jamais les choses, ne sont aussi simples.

Des rafales de vent creusaient la mer en vagues courtes et hargneuses. L'*Altaïr* gîtait, tanguait, piquait du nez, se redressait, gros sabot ballotté mais qui traçait avec obstination sa route vers la côte libanaise. Engoncé dans un vieux duffle-coat, le capuchon lui cachant le visage, Archibald Dawson semblait dormir. Accroché à la rambarde de l'escalier, Jammal, malgré les secousses, s'efforçait de ne pas piétiner les paquets dont la cabine était encombrée. Il y avait des sacs de farine, de sucre, de café, des caisses de whisky, de cigarettes et même de petits groupes électrogènes dans leur emballage d'origine, tous de fabrication japonaise qui faisaient prime sur le marché. Dionée s'était installée sur la deuxième couchette et fumait, indifférente.

— Les marchandises, dit Jammal, c'est l'idée de Stan. Il veut que nous passions pour un bateau de contrebandiers. On exigera de nous des taxes mais on nous foutra la paix. Qu'est-ce que tu en penses ?
— Qu'il a eu raison. Stan se révèle un excellent organisateur. Il s'efforce de tout prévoir lui qui a dédié sa vie à la chance. Tu as eu des ennuis, m'a-t-il appris ?
— J'avais engagé Stavros comme capitaine pour l'avoir connu à l'œuvre et je pensais qu'il prendrait avec lui les deux Malabars que je connaissais déjà. Sous prétexte qu'ils avaient trouvé un autre engagement, il a recruté les deux Grecs que tu as vus. Des copains à lui qu'il disait mais il semblait en avoir peur. Le soir même, au cours d'une virée, je retrouve mes Malabars. Pourtant Stavros savait qu'ils n'avaient pas quitté Tripoli. Stavros me raconte n'importe quoi et comme le temps presse, nous gagnons le large. Une vedette israélienne nous arraisonne. Je connaissais la musique et j'avais préparé à l'intention des Sionistes quatre caisses de cognac et des boîtes de cigares. Comme prévu ils les confisquent. Tout paraissait arrangé. Mais voilà qu'ils s'intéressent aux deux Grecs. Ils épluchent leurs passeports, regagnent leur bord, communiquent par radio avec Tel Aviv et refusent de nous laisser poursuivre notre route vers le Liban. Il est vrai que nous tombions mal. Trois de leurs cargos débarquaient des armes lourdes pour les chrétiens. Ils nous escortent jusqu'à la limite des eaux territoriales chypriotes. Est-ce à cause des armes ou des Grecs ? Des deux peut-être mais ils ne veulent rien dire. C'est dans leurs habitudes de la boucler.

Archibald rejeta son capuchon et se redressa :
— Nous venons de changer de cap, dit-il.

— Comment le savez-vous ? demanda Dionée.
— Au bruit des vagues contre la coque. Tout à l'heure nous les recevions de face. Maintenant, elles nous cognent de côté, sur notre tribord, ce qui signifie que nous avons infléchi notre route vers le sud. J'ai servi dix ans dans la « Navy » comme ingénieur mécanicien. Enfermé dans les entrailles du navire, j'avais appris à distinguer à l'oreille la vitesse et les changements de direction. A mon avis, au lieu de Jounieh, nous cinglons en direction de Tyr.
— Monte voir ce qui se passe, demanda Dionée à Jammal.

Elle tendit la main :
— Auparavant, laisse-moi ton revolver. Qu'est-ce que tu me chantes ? Que tu n'en as pas ? Et cette bosse sous ton tricot ? Ils t'attendent ; pas moi. Tu n'ignores pas que je sais me servir d'une arme. N'as-tu pas raconté à Stan que j'avais mis Tripoli à feu et à sang ?

Jammal subjugué lui tendit son revolver dont elle vérifia soigneusement le chargeur.

Stavros, le capitaine, était à la barre. L'un des Grecs le menaçait d'un manche de pioche. Le second, planqué dans l'ombre, au moment où Jammal émergea dans le cockpit, le piqua aux reins de son large couteau de marin.
— On ne va plus à Jounieh, baragouina le premier Grec en mauvais anglais, mais à Sour (Tyr). Tes passagers et le Druze, n'auront qu'à prendre un taxi pour rejoindre Beyrouth. Il leur en coûtera quelques livres. Pour ta marchandise, tu trouveras preneur sur place. Pas question de discuter.

Dionée apparut, le colt à la main.
— A voir, dit-elle.

— Pose ça, la fille, ordonna-t-il. C'est pas un jouet pour toi.

Elle tira et la balle rasa le front du matelot emportant son bonnet de laine.

— La deuxième balle, tu la prendras entre les deux yeux, lui promit-elle ; si tu ne lâches pas immédiatement ton manche de pioche et si ton copain ne rengaine pas son couteau. Les mains en l'air.

Elle parlait sans colère mais avec une telle décision qu'ils obéirent et levèrent les bras.

Stavros bafouillait des excuses :
— Ils m'ont obligé à les engager. Ce ne sont pas des Grecs mais des Turcs.
— Ils t'ont payé ? demanda Jammal.

Stavros honteux, baissa la tête :
— Je viens seulement d'apprendre, qu'ayant terminé leur entraînement dans des camps palestiniens, ils comptaient utiliser l'*Altaïr* pour débarquer clandestinement sur la côte turque après avoir ramassé à Sour des membres de leur organisation.

Archie apparut et félicita Dionée :
— Bien joué. Ma confiance en votre cause s'en trouve raffermie. J'en avais grand besoin autant que d'une lampée de cognac si je n'y avais renoncé. Rester « sec » au milieu de toutes ces caisses d'alcool, n'est-ce pas mériter le paradis ?
— Seulement ton droit au soleil, Archie.

Jammal avait ramassé le manche de pioche et se disposait à en user.
— Attends, dit Dionée.

Et à Stavros :
— Sont-ils au moins bons marins ?

— De ce côté-là rien à redire. Sans eux, nous ne pourrions pas manœuvrer le bateau.
— Ils débarqueront à Saïda après-demain. Jusque-là, on les garde mais ils ne devront pas quitter le bord et ils seront enfermés dans le poste avant, la durée de notre escale à Jounieh.

Les deux Turcs acceptèrent le marché d'autant que Jammal leur avait confisqué poignard et couteau ainsi que leurs passeports et à chacun une ceinture recelant vingt pièces d'or qu'il était bien décidé à ne pas leur rendre.

A l'aube, l'*Altaïr* s'ancrait dans une petite crique où des corps morts avaient été disposés. Trois miliciens, arrivés en canot pneumatique, montèrent à bord.
— Que transportez-vous, demanda leur chef, un gamin que trois poils de moustache n'arrivaient pas à vieillir.

Jammal lui tendit le manifeste.
— Quelle est ta religion ? lui demanda le gamin soupçonneux.
— Toutes, répondit fièrement le Druze, mais celle que je pratique est la même que toi.

Et il esquissa le geste de compter la monnaie.
— Vous êtes des chiens, jura le gamin. Mais nous avons hélas besoin de vous. Vous transportez, à vue de nez, pour trente mille livres de marchandises. La taxe est de 10 %. Tu dois verser trois mille livres pour la défense de la chrétienté.
— Surtout pour engraisser le compte en banque de ton patron.
— Et le tien. Si tu perdais de l'argent, tu ne ferais pas ce métier.

Dionée paya sans sourciller.

— Je suis Dionée Haddad, dit-elle ensuite, la cousine du général Djezzar et ma nièce est mariée avec le neveu de cheick Gemayel.
— J'encule les Gemayel, dit le gamin sans trop de conviction. Ici, nous sommes pour Chamoun.
— Ça te regarde mais tu joues le mauvais cheval. La chance tourne en faveur des Phalanges. Un journaliste anglais m'accompagne. Peut-il débarquer ? Il repartira avec nous, demain matin, pour Lanarca car nous n'avons pu charger qu'une partie des marchandises. L'équipage restera consigné à bord.

Archie se présenta avec un rien d'affectation :
— Archibald Dawson, du *Manchester Guardian*, en vacances à Chypre. Mme Haddad m'a convaincu de l'accompagner jusqu'à Beyrouth afin de me rendre compte par moi-même des graves événements qui s'y déroulaient.

Le milicien qui avait empoché les billets d'un geste large, et se courbant, lui désigna la côte :
— Vois l'Anglais comment meurent les derniers chrétiens d'Orient.
— En bons Libanais, les poches bourrées de billets de banque.
— Ils se battent à un contre dix, dit Dionée et ils meurent courageusement même s'ils ont les poches pleines.

Jammal s'occupa de débarquer les marchandises sans autres formalités. Un taxi déposa Dionée et Archibald à Byblos, chez le poète Amin. Ils le trouvèrent endormi et qui cuvait son vin.
— Une bien mauvaise compagnie, remarqua Archie. Ma vertu n'en aura que plus de mérites et mes 100 000 dollars n'en seront que mieux gagnés.

Il s'installa sur la terrasse, au soleil, et poussa un soupir d'aise.

— Enfin ! Mais je me demande si je ne suis pas devenu aussi fou que vous tous. Dionée, auriez-vous tué le Turc ?

— S'il ne m'avait pas obéi ? Sans aucun doute. Pour obtenir le silence de son compagnon, je l'aurais tué lui aussi. Ce genre de désagrément m'est déjà arrivé.

— Vous me paraissez tellement civilisée !

— Tous les Libanais portent un masque, Archie, celui qu'ils vous offrent à vous autres Occidentaux et qui vous convient car il est à votre ressemblance. La réalité est bien différente. Sans notre violence, notre brutalité, notre sens sommaire de l'honneur, notre goût forcené de l'argent et des plaisirs qu'il procure, jamais nous n'aurions pu nous maintenir en terre d'Islam. Notre faiblesse, aujourd'hui, vient de ce masque qui peu à peu nous a rongé le visage. Nous avons perdu notre force ; il ne nous reste plus que cette sauvagerie qui vous choque tant. Il y a un siècle, vous nous ressembliez et vous étiez les maîtres du monde. Aussi, nous les chrétiens, nous vous avions choisis pour protecteurs et nous sommes perdus.

Après trois tasses de café, Amin ayant retrouvé ses esprits, descendit pieds nus jusqu'au port et se plongea la tête « dans la mer sacrée de l'antique Phénicie ». Archie trouva que ses ablutions ressemblaient au barbotage d'un canard mais il reconnut que le numéro du poète ne manquait pas d'une certaine allure.

Inquiet, Amin tournait autour d'Archie. Il portait aux Anglais la défiance d'un vétéran de Waterloo mais sa curiosité l'emporta. Le personnage était intéressant, Dionée semblait l'apprécier. Enfin, sans lui, le cambriolage de la banque serait impossible et sa pièce ne serait jamais jouée. Ces subtiles affinités auxquelles se reconnaissent les êtres de même nature le rapprochaient de l'Anglais : l'alcool, le jeu, le rêve, ces béquilles qui aident à ne pas trop boiter au cours d'une vie fastidieuse. Décidé d'en avoir le cœur net, Amin mit aussitôt en pratique un dicton qu'il inventa pour la circonstance : « Si tu souhaites connaître une femme, couche avec elle, un homme bois et joue avec lui. »

Il offrit du vin à Archie et lui proposa une partie d'échecs en fixant pour chaque pièce prise un prix modeste : le pion, une livre, la tour, le fou, le cheval, dix livres, cinquante livres pour la reine et cent pour le roi. Archie refusa le vin, arguant l'heure matinale mais accepta la partie à condition d'augmenter les enjeux et de changer les livres en dollars, payables après la prise de la banque. Amin qui avait toujours vécu en tirant des traites sur l'avenir ne cacha pas sa satisfaction et oublia Waterloo.

Quand Farouk les rejoignit, Archie avait perdu deux cents dollars. Il secoua longuement la main du capitaine, le remercia d'avoir pensé à lui pour une aussi ténébreuse conspiration et lui demanda :

— Est-il exact qu'un solide garçon comme toi, voué à la noble et austère carrière des armes, par amour, ait accepté de trahir l'uniforme et de devenir un cambrioleur ?

— Rien n'est plus vrai. Mais toi Archie ? Chubb n'était-il pas ton drapeau ?

— Mon cas est infiniment plus respectable que le tien. J'ai tant horreur de la pluie, j'ai tant besoin de soleil que dans un sursaut, afin de survivre, je leur ai sacrifié mon honneur de gentleman, légèrement entaché, je dois le reconnaître, par quelques pécadilles qui m'obligèrent à quitter la « Royal Navy ». Mais venons-en à ce qui m'amène.

Il lui tendit une boîte de micro-films.
— Je veux un agrandissement, dans le plus grand format, des huit contacts que comporte le film. Il me les faut le plus tôt possible. Je dois étudier ces plans où figure en détail tout le système d'alarme et de sécurité du deuxième sous-sol comme des coffres eux-mêmes. Si j'ai bonne souvenance, dans le sous-sol ont été installés huit sismographes dont j'ai oublié la disposition, bien que ce soit moi qui en aie décidé.

Une difficulté mineure en comparaison des oscillateurs à mercure dont sont munis chacun des quarante-huit coffres. Si un seul fil n'a pas été débranché, nous sautons. J'aurai encore besoin de calculer la charge exacte qui permettra, une fois neutralisés, d'ouvrir les coffres sans détruire leur contenu. Un calcul délicat où tu m'apporteras, mon cher Farouk, une aide précieuse car les explosifs ne sont pas ma partie. En résumé, je m'accorde cinq chances sur dix de réussir à condition que mes mains ne tremblent pas comme maintenant. Pourtant j'ai cessé de boire bien que j'en crève d'envie.
— Je resterai près de toi, promit Farouk.
— Nous détenons les trois cartes magnétiques clés des grilles et des portes blindées. Mais Dionée m'a appris que les pannes d'électricité étaient fréquentes. Qui nous fournira le courant permettant de les actionner ?
— Moi encore, dit Farouk. Je dispose d'un groupe électrogène suffisamment puissant.
— Tu as tout prévu, tout préparé. Combien te donne-t-on ?
— J'ai déjà été payé.

— Rien qu'une avance dit Stan, qui venait de les rejoindre sur la terrasse. Tu auras ta part comme chacun de nous.

Et se tournant vers Archie :

— Welcome, bienvenue dans notre cirque.

Et montrant Dionée :

— Voici notre écuyère.

Montrant Amin :

— Notre clown. Farouk est notre acrobate. Moi, je suis le jongleur, l'illusionniste. Quel rôle te conviendrait, l'Anglais ?

Archie indécis, se frotta le menton qu'envahissait une barbe grise :

— Le rôle de dompteur, je crois. Mes fauves seront des fils, des fusibles, des relais électroniques, infiniment plus dangereux que des lions et des tigres.

Stan leur expliqua longuement son plan et leur remit une note où les interventions de chacun d'entre eux étaient prévues. En leur précisant cependant qu'ils devaient s'attendre à ce que rien ne se déroulât ainsi et que la chance restait maîtresse du jeu.

— Je ne suis pas d'accord, dit Dionée. Je serais avec vous dans la salle des coffres. C'est mon droit.

— Moi aussi, dit Amin. Ou je persuade mon cher ami, le père Antoun, de tout abandonner. Je veux mériter qu'on joue ma pièce.

— Les premiers imprévus auxquels je m'attendais.

Et Stan haussa les épaules, résigné :

— Ainsi le personnel du cirque sera au complet dans la cage aux fauves.

Il se pencha sur le rebord de la terrasse :

— Qui cherches-tu ? demanda Dionée.

— Patricia, voyons. Elle manque dans la troupe.

Par Karim, Kamal avait appris qu'une réunion s'était tenue dans la chambre de Stan, à l'hôtel *Cavalier*, réunion à laquelle participaient Dionée, Jammal et un certain Farouk Habib, capitaine de l'armée libanaise, connu pour la maestria avec laquelle il maniait les explosifs. Ce Farouk connaissait de graves ennuis ; il vivait avec une Palestinienne que les tueurs d'Habbache recherchaient. A Byblos, ils avaient échappé de peu à un attentat et s'étaient réfugiés chez Amin où se trouvaient justement Stan et Dionée ainsi que Jammal que l'on avait vu dans un restaurant avec le capitaine. Deux jours plus tard, Grégoire l'Africain et la Palestinienne, grâce aux bons offices de Dionée, quittaient clandestinement le Liban. Jammal à son tour disparaissait. On le signalait à Tripoli où ce va-nu-pieds négociait pour plusieurs millions de livres l'achat de l'*Altaïr*, un bateau rapide propriété d'un trafiquant notoire.

On voyait souvent Stan et Farouk dans le quartier des banques, entretenant les meilleures relations avec les deux camps : Croisés du Cèdre et partisans de Nayef. Les télégrammes de Stan accordaient à leurs affrontements plus d'importance qu'ils n'en avaient. Or il n'était pas dans ses habitudes de « gonfler l'événement ». Deux observateurs, dépêchés sur place par Arafat, l'avaient confirmé.

Karim dormait en chien de fusil. La pureté de ses traits, ses cheveux bouclés, sa peau dorée lui rappelaient ces anges des miniatures byzantines dont il avait, un temps, trafiqué à Alep. Mais la mort n'avait-elle pas parfois le visage d'un ange ? Cette pensée le troubla puis excita son désir. Il réveilla le garçon et en

usa avec une telle brutalité que Karim se plaignit qu'on disposât de lui comme une putain que l'on ne payerait même pas, sans avoir droit, en échange, à aucun égard, sans que l'on se souciât de son plaisir. Kamal ignora les reproches, il ne remarqua pas l'éclair de haine qui s'alluma dans les yeux du garçon, des yeux de houri aux longs cils. Il en rajouta même :
— N'es-tu pas une petite putain qui aime qu'on la traite comme telle. J'ai justement besoin de la putain. Tu dois bien connaître dans tes relations douteuses l'un de ces fous qui suivent Nayef ? Certains, je le sais, dans l'après-midi, rentrent chez eux pour quelques heures avant de repartir jouer les matamores. Je t'autorise à te montrer très gentil avec lui. Mais je veux savoir ce qui se trame autour de l'église de Mar Mikhael.
— Que me donneras-tu ?
— Cette gourmette et elle n'est pas en toc comme ta montre.

Il lui agita sous le nez la chaîne qu'il portait au poignet.

Karim revint en fin d'après-midi avec de surprenantes nouvelles. Dans la journée, chrétiens et Palestiniens laissaient croire qu'ils se combattaient mais ils ne brûlaient que de la poudre. La nuit, sous la direction d'un capitaine du génie, ils travaillaient ensemble à déblayer un souterrain qui, à partir de la crypte de l'église aboutissait à la Central bank.

Ils disposaient d'un groupe électrogène et d'une scie spéciale pour découper le béton. Alors que le père Antoun et Nayef étaient aux abois, ils avaient reçu plusieurs centaines de milliers de livres pour payer leurs partisans sur le point de se débander.

— La gourmette, réclama le garçon.
— Plus tard, promit Kamal.

Dionée avait, elle aussi, disparu. Kamal eut l'idée de téléphoner aux différentes agences de voyages auxquelles elle avait recours. Il souhaitait, disait-il, la prévenir du décès soudain de l'une de ses tantes. Il apprit ainsi qu'elle avait acheté un billet Nicosie-Londres, retenu deux passages pour le retour. Selon Karim qui le tenait du portier, elle avait appelé Stan de Londres vers 11 h du soir.

Kamal comprit alors que Dionée, Stan, le capitaine Farouk, Jammal et probablement Amin, avec la complicité de Nayef et du père Antoun préparaient le cambriolage de la Central bank et de la fameuse salle des coffres réputée imprenable, qu'avait construite la firme Chubb, de Londres où Dionée s'était rendue.

Un coup de téléphone au bureau de l'O.L.P. à Tripoli lui apprit que Jammal avait acheté l'*Altaïr*, qu'il avait recruté un équipage et quitté le port sans plus se soucier de la marine israélienne qui le bloquait. Probablement pour Chypre où se ravitaillaient les contrebandiers.

Kamal connaissait dans le secteur chrétien un certain Fouad qui partageait ses goûts et n'avait guère plus de scrupules. Il était au mieux avec les « Tigres » de Chamoun qui contrôlaient la plupart des ports privés. Il lui demanda de s'enquérir de l'*Altaïr*. Deux heures plus tard, il lui confirmait que le bateau était mouillé près de Jounieh mais qu'il devait repartir le lendemain. A son bord, venant de Chypre, Dionée Haddad, dont on ignorait jusqu'alors qu'elle se livrait à la contrebande et un journaliste anglais. Ils avaient mystérieusement disparu. L'*Altaïr,* c'était évident, servirait à emporter le butin.

— Nous serons bientôt très riches, promit-il à Karim. Nous quitterons ce pays de sang et de merde. Nous irons très loin. Nous nous baignerons nus sur les plages de sable blanc des Barbades où ne vivent que des milliardaires.

— Et tu me largueras.

— Jamais si tu continues à bien me servir et si tu sais te taire.

Kamal réfléchissait. L'affaire était trop importante, les dangers trop grands pour qu'il agisse seul et sans protection. Stan comme Dionée n'hésiteraient pas à se débarrasser de lui. Mais à qui s'allier sans se perdre ? Arafat ? La moitié de Beyrouth serait mise au courant du projet. Kamal ne connaissait que trop bien son besoin de s'afficher, ses vantardises, son goût des combinaisons tortueuses. Par gloriole, pour se rendre indispensable et se concilier la haute finance, une grande famille de par le monde, il n'hésiterait pas à vendre la mèche. Au contraire, Abou Assad était secret, il ne se confiait à personne, ne donnait jamais d'interviews. Dirigeant de la Saïka, un mouvement palestinien inféodé aux Syriens, il jouissait, malgré son avidité et ses rapines, de hautes protections à Damas dans l'entourage du président. Il passait pour tenir ses engagements même dans les tractations les plus douteuses. Abou Assad présentait un autre avantage : il pouvait le réconcilier avec les Syriens et dès lors Kamal n'aurait plus besoin de l'aide de Dionée pour s'enfuir en Jordanie. Dans le même coup de filet, il ramasserait ces deux êtres haïssables : Stan et Dionée.

Abou Assad qui redoutait une attaque des Palestiniens fidèles d'Arafat, persuadé que Kamal lui fournirait des renseignements sur leurs intentions, accepta de le recevoir. Il se montra d'abord étonné puis agréablement surpris de ses propositions. De son côté, Kamal n'eut qu'à se féliciter de l'entrevue. Abou Assad s'était révélé un remarquable organisateur et il disposait de tous les réseaux des services syriens. Il lui avait suffi de quelques coups de téléphone pour que ses agents repèrent Jammal dans les environs de Saïda où il s'était entendu avec des charpentiers pour remettre vaguement en état le ponton d'une ancienne pêcherie. De toute évidence, l'*Altaïr* viendrait s'y amarrer pour charger le butin.

— Laissons-les cueillir le fruit et prendre tous les risques, avait décidé Abou Assad avec un gros rire. Qu'ils embarquent en toute tranquillité. Nous veillerons même à ce qu'ils ne soient pas dérangés. J'obtiendrai des Syriens une vedette armée. Nous coulerons l'*Altaïr* en haute mer après avoir ramassé l'or. Ni vu ni connu. Tu dis bien cinquante millions de dollars ? Tu es un bon garçon Kamal. Ce pauvre Abou Ammar, ce pitre d'Arafat, ne savait pas utiliser tes talents. Tu seras bien mieux avec nous.

— Quelle sera ma part ?

— Ne te montre pas trop gourmand, Kamal. Un tiers ira à Damas, un tiers sera pour la Saïka ; nous nous partagerons le reste. Cela te paraît correct ? Après tout tu ne me fournis qu'un renseignement qui, un jour ou l'autre, me serait venu aux oreilles. N'hésite pas à m'appeler dès que tu auras du nouveau. De mon côté, je ferais surveiller l'église de Mar Mikhael.

Quand il fut parti, Abou Assad confia à l'un de ses lieutenants :

— Kamal est un pédé. Il ignore le plaisir que procurent les filles. Qu'a-t-il besoin d'argent ? Quand nous en aurons terminé, nous l'enverrons à Damas où nos amis ont, semble-t-il, des comptes à lui réclamer.

Kamal n'avait avancé ni les noms de Dionée, de Stan et d'Amin, seulement ceux de Farouk, du père Antoun et de Nayef. Mêler une putain, un journaliste d'agence et un poète à une aussi importante affaire risquait d'amener Abou Assad à ne pas prendre ses dires au sérieux.

Souriant, plus beau qu'il ne l'avait jamais été, Karim vint lui ouvrir la porte de leur appartement. A peine entré, il se trouva en face d'un gorille en jeans et tee-shirt déchiré, portant la barbe et sur le front un bandeau rouge frappé d'une sourate du Coran. Il reconnut un « hezbollahi », un de ces fanatiques chiites de Khaldé. Il braquait sur lui un revolver de gros calibre.

Dans son fauteuil préféré était installé un mollah aux yeux étincelants qui égrenait un chapelet d'ambre. D'une voix douce, charmeuse, il l'accueillit :
— Je demande à Dieu, le Très Haut, de t'accorder santé et bonheur car tout dépend de son pouvoir, tout est à Lui et nous ne sommes rien.
— Que signifie cette comédie ? demanda Kamal, inquiet. Pourquoi, Karim, as-tu introduit ces gens chez moi ? Tu sais bien que je ne supporte pas cette engeance.

Karim lui cracha au visage. Kamal voulut le gifler mais le gorille rabattit brutalement son arme sur la main qu'il levait. Kamal remarqua que le canon du pistolet se prolongeait par un silencieux ; un modèle tchèque qu'il connaissait bien, l'arme des tueurs professionnels des organisations terroristes palestiniennes.

Le gorille l'obligea à s'asseoir sur une chaise où il l'attacha. Karim, cette petite ordure, vérifia lui-même la solidité des liens.

— Maintenant, ma colombe dit le mollah à Karim, rejoins ta chambre et passe l'une de ces cassettes que tu aimes tant. Pousse le son très fort pour ne pas entendre les cris, les hurlements de notre ami s'il ne se montre pas raisonnable.

A peine Karim s'était-il éclipsé que le mollah changea de ton :

— Voici ce que je te propose, enfant de salaud. Ou tu nous racontes tout ce que tu sais, tout ce que tu as appris sur ce qui se prépare à la Central bank, quels accords tu as passés avec ce chien d'Abou Assad et ses maîtres impies, les Syriens. N'essaie pas de me jouer car, par Karim et quelques autres, je suis déjà bien renseigné. Ou Hassan, un fidèle serviteur d'Allah, que Son Nom soit béni, te crèvera les yeux, te tranchera la langue et les oreilles, te châtrera comme un verrat. Tu seras aveugle, sourd, muet et impuissant. Tu es très beau, Kamal. Pense à ce qui t'attend. Même le Très Haut, malgré son infinie miséricorde, détournera les yeux de la pourriture que tu seras devenu.

Il se tut, marmonnant une prière en jouant du chapelet. Le silence devenait intolérable. Le visage de Kamal ruisselait d'une sueur glacée. Il ne pouvait rien attendre de tels fanatiques qui n'entendraient aucune raison, ils ignoraient la pitié, assurés de servir les desseins de leur dieu.

— Chauffe ton poignard, ordonna le mollah à son

acolyte, jusqu'à ce qu'il rougisse. Nous commencerons par les yeux.

Il s'adressa à Kamal :
— Pourquoi un fer rouge ? Parce qu'Allah dans sa miséricorde sans limites a proclamé que le criminel devait être puni avec sévérité mais justice.

Il avait retrouvé le ton doucereux et bigot du début ·
— Nous veillerons, frère Kamal, à ce que tes mutilations ne te provoquent pas des ennuis plus graves et ne se transforment pas en abcès purulents. Va Hassan.
— Attendez, le supplia Kamal.

D'un geste le mollah arrêta le gorille qui avait déjà sorti un poignard de sa gaine et se dirigeait vers la cuisine.

Kamal ne cacha rien, ni les termes de son accord avec Abou Assad ni la façon dont le chef palestinien comptait arraisonner l'*Altaïr* en pleine mer avec l'aide de la marine syrienne. Il répondit à toutes les questions, précisa tous les points restés obscurs. Satisfait, le mollah lui donna sa bénédiction.
— Que le Seigneur t'accorde Sa Miséricorde, frère.

Le gorille tira une balle dans la nuque de Kamal et demanda :
— Que faisons-nous de Karim ?
— Boucle-le avec son maquereau, répondit le mollah en hébreu. Notre mission est terminée, nous rentrons. Il ne reste plus qu'à prévenir Moshe pour qu'il prenne les mesures en conséquence.

Ils bouclèrent soigneusement la porte et disparurent. Karim rêvait devant la télévision qu'il était Ben-Hur.

Selon le programme mis au point par Stan, les deux équipes de miliciens de Nayef et d'Antoun, chacune de six hommes accompagnées de leur chef, ne pénétreraient dans la banque que dimanche, à 10 h du matin, heure où se relâcherait la surveillance des militaires et des autres organisations, ayant passé des accords avec les banquiers. Le père Antoun protesta pour la forme, affirmant que le jour du Seigneur était mal choisi pour un cambriolage. En revanche, Nayef se réjouissait du sacrilège. Plus inquiétantes étaient les prétentions de l'un et de l'autre à participer, en dehors de la raffle des billets, au partage ultérieur du trésor. Ce qui n'était pas prévu dans les accords passés initialement. Mais à mesure qu'augmentaient les chances de réussite les deux chefs de bande devenaient de plus en plus exigeants, s'abritant pour manquer à leurs engagements derrière les décisions d'une direction collégiale ou d'un Comité central inexistants. Leurs partisans ne souhaitaient que se remplir un peu les poches. Mais on ne les avait pas consultés.

A l'étonnement de Farouk qui assistait à l'entretien, Stan accepta toutes leurs conditions. Mais une lueur dangereuse illumina un bref instant ses yeux de sable clair.

— Avec des tricheurs qui utilisent en cours de partie des cartes maquillées ou des dés pipés, dit-il, il est de bonne guerre d'user des mêmes artifices.

Samedi, en fin d'après-midi, Farouk avait disposé la scie sur une sorte d'affût monté sur roues qui ressemblait à celui d'une ancienne caronade de la marine à voiles. Ce qu'il appelait un de ses bricolages. Il l'avait avancé contre la chape de béton épaisse de deux mètres, si l'on s'en tenait aux indications données par le plan volé à Bouzoukian.

Lentement, la grande roue aux dents étincelantes se

mit en marche et attaqua le béton. D'un réservoir situé au-dessus d'elle suintait un mince filet d'huile. Farouk se souvenait des propos tenus un an plus tôt par l'Américain qui avait présenté la scie : « Si le lubrifiant cesse de couler ne serait-ce que quelques minutes, il ne reste plus qu'à balancer le tout aux ordures. » Aussi avait-il décidé de diriger la manœuvre de bout en bout, de veiller personnellement à ce que le réservoir ne manque jamais de l'huile indiquée Le capitaine n'accordait que peu de confiance à ses aides. Tant que la nouveauté les amusait, tout irait bien ; quand le travail leur paraîtrait fastidieux, ils s'en désintéresseraient. Farouk n'osait s'avouer qu'il prenait plaisir à jouer au grand sorcier, à démontrer ses capacités et à se rassurer enfin lui-même sur l'avenir de leur entreprise par une réussite purement technique.

Dans le souterrain où couraient des fils, où la voûte était soutenue par des étais branlants auxquels on se cognait, régnait une chaleur humide de hammam. Tous travaillaient en caleçons ou en slips, s'aspergeant quand arrivaient les seaux d'eau. A mesure que la nuit avançait, ils devenaient plus rares ou n'étaient qu'à moitié remplis. Il était temps d'en finir, sinon les miliciens, malgré les primes distribuées, les abandonneraient.

Huit heures plus tard, une ouverture était pratiquée dans la chape de béton, suffisante pour le passage d'un homme. Un violent courant d'air provenant du sous-sol de la banque manqua emporter les étais au risque de faire écrouler la voûte. Farouk retira la scie et, afin d'éviter aux miliciens toute tentation de jouer les cambrioleurs pour leur propre compte, il piégea l'ouverture avec des grenades et le fit savoir. Puis épuisé, il regagna l'air libre et retrouva avec soulagement la fraîcheur de la nuit, le ciel étoilé. Il s'étendit sur l'un des brancards de l'ambulance où Khallil, les pieds passés par la portière, selon son habitude, semblait dormir. Il sombra à son tour dans un profond sommeil.

Un peu avant l'aube, il fut réveillé par le chauffeur qui lui tendait un quart de café brûlant.

— Désolé d'interrompre un sommeil bien mérité, capitaine, dit-il, mais nous devons prendre ensemble certaines décisions.

Le ton était nouveau et d'habitude Khallil ne s'embarrassait pas de phrases aussi longues. Ses traits, d'une banalité telle qu'on ne les remarquait pas comme débarrassés d'une gangue, lavés, décapés, révélaient un tout autre visage.

— Je rêve, dit Farouk.
— Non, capitaine.
— N'es-tu pas Khallil, mon brave Khallil, un Arabe chrétien de la montagne ?
— Je suis un vrai, un authentique Arabe, certainement plus arabe que toi. Ma famille est originaire du Yémen mais de l'une des trois tribus qui se convertirent au judaïsme. Mon nom est Moshé et dans notre armée, mon grade est supérieur au tien (1). Comme je t'aime bien, que je respecte le courage discret, que nos intérêts concordent, si tu m'obéis, si tu me fais confiance, si tu te tais, je vous sauverais la vie à toi et à tes amis.

(1) Autre preuve que *L'Or de Baal* n'est qu'un roman étranger à toute réalité. Il n'y eut jamais de colonel israélien camouflé en conducteur d'ambulance et dirigeant les services secrets du Shimbeth à Beyrouth mais seulement un lieutenant-colonel qui poussa pendant des années sa charrette de marchand de légumes. Il n'était pas d'origine yéménite mais irakienne.

Il éclata d'un rire étonnamment jeune :
— Sans réclamer ma part de butin. J'aurais seulement un autre service à te demander.
— Donne-moi une autre tasse de café, Khallil. Plutôt réveille-moi car je vis un cauchemar.
— Voici une autre tasse, capitaine. Tu es bien réveillé. Fume cette cigarette. Prends ton temps. Quand tu l'auras terminée, tu m'écouteras. Tu es prêt ? Vous avez été vendus aux Palestiniens de la Saïka et aux Syriens par un certain Kamal du service de presse d'Arafat. Nous l'avons supprimé tout à l'heure quand il a terminé sa confession.
— Nous ?
— Les agents dont je dispose à Beyrouth et tu serais bien étonné si tu connaissais le nom de certains d'entre eux.
— Tu n'as cessé de mentir, tu t'es joué de moi, tu m'as trompé et tu voudrais que je te crois, que je t'obéisse en aveugle.
— Tu n'as plus le choix, Farouk, si tu refusais mon offre, à mon plus grand regret, car tu es pour moi comme un frère, je me verrais obligé de t'abattre sur-le-champ.

A la manière d'un prestidigitateur, il avait fait apparaître dans sa main un revolver à barillet et canon court.

— Ce serait tellement absurde Farouk, que pour vouloir te sauver je te tue. Ecoute mes propositions. Dans l'un des coffres que vous allez forcer — et je commence à croire à la réussite de votre folle entreprise — se trouvent certains papiers dont nous voulons absolument nous emparer.

— Les papiers de Khadafi ?
— Khadafi est peut-être fou mais pas au point de confier ses secrets à une banque libanaise. Dans l'un des coffres, je te répète, à côté des bijoux, des diamants, de l'or, a été déposée une serviette, ou une grande enveloppe, peu importe. Elle contient l'organigramme complet d'un mouvement terroriste arménien entièrement monté et téléguidé par Moscou. Avec les noms, les fonctions, les identités véritables de ses membres. Ainsi que les reçus des sommes versées ou extorquées à des sympathisants. Car l'un des joailliers du souk des orfèvres était au Liban le responsable de l'organisation.

Très habilement, les Russes, jouant sur le génocide dont furent victimes les Arméniens avant les Juifs, en réveillant ce souvenir, comptent gagner à leur cause de nombreux partisans et, sans avoir rien à débourser, déstabiliser l'un des derniers points d'ancrage de l'Occident, la Turquie après le Liban.

— Mais vous autres Juifs, demanda Farouk, n'avez-vous pas pratiqué le terrorisme au nom d'un même génocide ?

— Pour des raisons bien différentes. Nous voulions un refuge, une patrie, retrouver la terre de nos ancêtres, les Russes seulement imposer leur intolérable régime de bureaucrates archaïques au reste du monde et d'abord à l'Orient en utilisant le douloureux passé du peuple arménien.

— Et les Palestiniens, qu'en fais-tu ?

— Il y avait un peuple de trop. Dommage ! L'histoire est toujours cruelle. Mais il n'est plus l'heure de philosopher. Nous en sommes arrivés l'un et l'autre au point où il devient difficile de distinguer le bien du

mal. Farouk, je t'adjure de me faire confiance. Je veux ces papiers. En échange, je te promets que l'*Altaïr* ne sera pas arraisonné comme prévu par une vedette syrienne et ses passagers massacrés. Or tu seras l'un d'eux.
— Ce n'était pas prévu.
— Prévois-le comme de faire sauter derrière vous l'église et le souterrain.
— J'y avais pensé. Comment dois-je t'appeler maintenant ? Mon colonel et me mettre au garde-à-vous ?
— Khallil, seulement ton fidèle et dévoué Khallil qui déjà te sauva la vie à plusieurs reprises. Souviens-toi.
— Que dois-je faire ?
— Te taire même auprès de tes amis, et me remettre les papiers. Je vous conduirais, dans notre vieille ambulance, jusqu'au bateau. Ce sera la fin de ma mission au Liban. Vous avez commis bien des imprudences et nous n'avons que peu de temps pour les réparer. Ainsi ce foutu Druze de Jammal a trouvé le moyen d'engager deux terroristes turcs, condamnés à mort dans leur pays pour des crimes de sang et travaillant pour les Moukabarats syriens (1). Il les a bouclés dans le poste avant, sans le fouiller. Ils y disposent certainement d'un poste émetteur et d'armes. Nous devrons les éliminer. Ecoute-moi bien.

(1) Moukabarats : services secrets syriens.

XI

La nuit de la Saint-Paterne

— Tu devrais laisser tomber les banques, suggéra Gauthier.
— Pourquoi ? demanda Stan.
— A l'exception des accrochages entre les bandes de Nayef et du père Antoun, l'accord sur la neutralisation du quartier est respecté. En revanche, Les Syriens m'inquiètent et Paris souhaiterait que tu te rendes à Damas.
— Pourtant, Vincent, il se prépare un coup fumant que je ne veux pas manquer et dont nous serons les premiers informés. Un scoop mondial peut-être.
— Raconte.
— Rien n'en doit transpirer ou nous serions brûlés par la concurrence. Ce serait tellement con après tout le mal que je me suis donné. Depuis longtemps je pratique le père Antoun et Nayef. Tous deux, à leur manière, sont des glorieux. Ils m'ont laissé entendre que bientôt ils ne connaîtraient plus de problèmes d'argent. Ils rêvent, Nayef de s'acheter une imprimerie pour éditer son propre journal, le père Antoun pour ses croisés d'un camp de repos et d'entraînement dans la montagne. Défilés, cantiques, lever des couleurs et parcours du combattant. Coût : un million de dollars pour

chacun, ce qui ne semble pas les préoccuper. Ils posent sur la Central bank des regards de propriétaires. Je tiens d'une source sûre qu'ils se rencontrent clandestinement. Déjà une première fois ils se sont entendus pour liquider les Feddaynes de Saladin.

— Tu crois qu'ils oseront s'attaquer à la banque ?
— Sans argent, ils ne représentent plus grand-chose. Ne leur reste que cette solution ou cesser d'exister.
— Comment réagiront les Palestiniens, les Phalangistes et l'armée qui veillent sur la banque, prêts à bondir sur le premier qui s'en approche ?
— Antoun et Nayef ne manquent ni d'audace ni de courage. S'ils attendent plus longtemps, ils sont perdus et ils le savent.
— Marche à fond Stan, Damas attendra. Mais ai-je besoin de te le dire ? Un casse de cinquante millions de dollars ! Jamais vu !
— S'ils réussissent. Seront-ils assez sages pour se limiter aux étages supérieurs ? Seront-ils assez fous pour s'attaquer à la salle des coffres, au risque d'y laisser leur peau ?
— Viens au moins déjeuner, dimanche.
— Plus tard.

A 11 h 30, le dimanche 15 Avril, fête de saint Paterne, Stan, téléphonant de l'un des derniers appartements encore occupés du quartier des banques, tomba sur Gauthier qui, de retour de la messe, était, selon son habitude, passé par l'Agence.
— Ils ont pris la Central bank, dit-il.
— Qui ?
— Nayef et Antoun. Ils étaient bien de mèche depuis le début. Pendant plus d'une heure entre 10 h et 11 h ils se

sont affrontés avec toutes les armes dont ils disposaient, comme s'ils voulaient brûler en une seule fois leurs munitions. Un véritable enfer ! Tout le monde est rentré dans sa coquille. Ce qu'ils attendaient. Ils en ont profité pour s'infiltrer dans la banque. Comment ? Je n'en sais rien encore.

Gauthier bouillait d'impatience :
— Continue Stan. Bien sûr je note.
— Alerté, je me suis rendu sur place, accompagné de Farouk, le capitaine que je t'avais présenté. Le silence. Plus personne. Les miliciens de Nayef et d'Antoun avaient déguerpi, abandonnant sur place une partie de leurs équipements et les munitions qu'ils n'avaient pas utilisées. J'interroge les soldats du poste militaire voisin. Ils n'y comprennent rien. Un sergent, à l'oreille plus fine, a distingué une explosion plus sourde, provenant selon lui, de l'intérieur de la banque. Probablement la porte blindée de la chambre forte qui sautait. Nos zèbres ont filé mais les poches pleines. Tu peux toujours lâcher la nouvelle avec les précautions d'usage. J'espère décider l'officier qui commande le poste de se rendre sur place.
— Bravo Stan.
— Attends la suite, avant de me féliciter. Je te rappelle.

— Vous êtes certain qu'ils ont pénétré dans la banque ? demanda le commandant, un gros homme à la mine ennuyée et qui sentait l'ail.
— Interrogez votre sergent, lui conseilla Stan. C'est de lui que je tiens le renseignement.
— Simple présomption !
— Je puis vous affirmer que les Croisés n'occupent

plus l'église et les Palestiniens l'immeuble qui lui faisait face. Où sont-ils passés ? Pourquoi ont-ils filé aussi précipitamment, après ce feu d'artifice ? Allons voir.

— Vous ne vous reposez jamais le dimanche ?
— Il s'agit de la Central bank, commandant, l'un des symboles de la prospérité libanaise. Tout ce qui reste du Liban !

Farouk intervint à sa manière sèche, insolente.
— Je crois savoir, dit-il, que l'état-major était partie prenante dans les accords sur la neutralisation du quartier. S'ils ont été violés, l'armée s'y trouve impliquée.

De mauvaise grâce, le commandant rassembla une dizaine d'hommes, officiers, sous-officiers qui s'étaient baptisés observateurs pour satisfaire leur vanité. Il dut insister pour les arracher à leurs occupations habituelles ; les cartes, les dames et le tric-trac. La petite troupe à laquelle s'étaient joints Stan et Farouk gagna la banque.

Le grand hall était vide et leurs pas résonnaient sur le marbre. Du sous-sol montait une fumée âcre que Farouk identifia aussitôt.

— De l'explosif, dit-il. T.N.T. ? Non plutôt de l'hexogène. L'odeur est plus âcre.

La porte blindée qui défendait l'accès du premier sous-sol avait été pulvérisée et les casiers, où étaient rangés billets, devises et chèques de voyage avaient été vidés. Les voleurs avaient agi avec une telle précipitation qu'ils avaient abandonné derrière eux des banknotes, certaines intactes, seulement froissées, d'autres brûlées ou déchirées.

— Des sagouins, soupira Farouk, écœuré.

A Stan, il chuchota :
— J'avais pourtant expliqué aux prétendus spécialistes de Nayef comment disposer les charges et quelle quantité utiliser. Ils en ont mis trois fois trop. Et ça croit pouvoir chasser les Juifs d'Israël !

Ils découvrirent l'ouverture pratiquée dans le béton à partir du souterrain.

— Ce n'étaient pas des sagouins, dit le commandant pour réussir à franchir un tel obstacle !

— Et la salle des coffres ? s'inquiéta Stan.

Intacte. Une lourde grille d'acier barrait l'escalier et les cages d'ascenseur conduisant au deuxième sous-sol.

Stan ne cacha pas sa déception :

— Même pas un événement, seulement un fait divers. On n'a pas touché au trésor ; on a fauché quelques sacs de billets. Ça vaut tout juste trois lignes.

— Quelques millions de livres quand même, lui fit remarquer Farouk.

— Mais ils ont laissé cinquante millions de dollars derrière eux les minables !

— Minables peut-être mais au moins vivants.

Sitôt connue la nouvelle par la dépêche de l'A.F.P., une commission s'était réunie, au dernier étage de la banque nationale. Elle se composait d'un représentant de chacune des milices qui avait conclu l'accord : un Phalangiste, un Palestinien, un « Chamouniste », un « Joumblattiste », un général, deux colonels sans troupes, deux ministres démissionnaires qui, faute de successeurs, étaient restés en place et de quatre banquiers dont Pierre Bouzoukian. Les banquiers estimaient avoir été floués et ne s'en cachaient pas.

Après trois heures de palabres où tous les sujets furent abordés, où chacun se perdit dans des considérations superflues, on décida de nommer une sous-commission chargée de conduire l'enquête et qui se rendrait sur les lieux. A la demande de Bouzoukian, Stan Vaucelles, fut autorisé à s'y joindre en tant que témoin. Stan suggéra de faire appel à un expert en explosifs, le capitaine Farouk Habib, suggestion qui fut aussitôt retenue.

La commission se réduisit bientôt à six personnes : Bouzoukian, un Phalangiste, un Palestinien, un colonel, Farouk et Stan, les autres s'étant défilés sous différents prétextes.

Escortée de deux engins blindés, d'un détachement symbolique de chaque camp, la délégation gagna la banque dans deux voitures, arborant le drapeau bleu des Nations Unies.

Elle constata les dégâts et Bouzoukian, qui avait rameuté un comptable, chiffra les pertes à huit millions de livres dont deux au moins, sous forme de chèques de voyage ou de valeurs nominatives qui n'étaient pas négociables. Pertes minimes, ce qui ne l'empêcha pas de se plaindre amèrement. Devant la grille intacte du deuxième sous-sol, il ne put cependant dissimuler son soulagement :

— Heureusement, dit-il à Stan, qu'ils ne s'en sont pas pris à la salle des coffres, heureusement pour eux. Ils y laissaient la vie.

— Et pour vous, il vous en coûtait cinquante millions de dollars.

— Mais non. Ils auraient été enfouis dans un abri encore plus sûr, sous huit étages de déblais où ils auraient attendu la fin de la guerre civile. Elle se terminera bien un jour.

Stan l'amena devant l'ouverture pratiquée dans le béton :
— Beau travail, n'est-ce pas ?
— Comment ont-ils fait ?

Farouk les invita à pénétrer dans le souterrain. Dans la nécropole, il éclaira les entassements de crânes, de fémurs, de tibias.

— Ces voyous ne respectaient rien, ni l'argent ni les morts, dit le banquier.

Dans la crypte, ils découvrirent le groupe électrogène, la scie à béton dont Farouk vanta les mérites et un entassement de pelles, de pioches, de barres à mine abandonnées. Les deux caisses d'hexogène avaient disparu.

— Quelle organisation ! apprécia le Palestinien qui les avait rejoints. Nayef, malgré son indiscipline et son caractère impossible, dans le domaine de l'organisation, est une sorte de génie.

— Ce serait plutôt le père Antoun, protesta le Phalangiste en secouant la poussière dont il était couvert. Lui seul pouvait avoir cette audace.

— Mais à cause d'eux, dit le banquier, les accords que nous avions passés, et ils vous étaient profitables, ont perdu toute crédibilité. Tant que séviront ces deux énergumènes, nous ne pourrons vous accorder aucune confiance et tous nos projets d'avenir tomberont à l'eau. A moins que...

Il se tourna vers Stan :
— Qu'en pensez-vous ?

Stan esquissa le geste de se laver les mains :
— Cela vous regarde. Tant d'étrangers se mêlent déjà de vos affaires !

— Nous nous occuperons du père Antoun, promit le phalangiste.
— Et nous de Nayef, dit le Palestinien.
Stan détourna la tête.
Il fut décidé, dès que la situation le permettrait, de combler le souterrain et d'obturer l'ouverture pratiquée dans la chape de béton. Comme il ne restait plus rien à voler dans la banque, que tous étaient pressés de rentrer chez eux, on remit au lendemain les mesures qui s'imposaient, comme d'installer un poste de garde dans l'église et de débarrasser la crypte de tout le matériel qui l'encombrait.

Plus tard, Stan m'affirma qu'il ne s'était pas débarrassé de Kamal, mais qu'il n'aurait éprouvé aucun scrupule à le faire. Farouk, si j'y tenais, me fournirait tous les renseignements sur les auteurs du meurtre, d'autant qu'ayant rejoint leur pays, et changé d'identité ils ne risquaient plus rien. Kamal, selon lui, était de ces individus qui, par leur nature, leurs activités, leurs goûts particuliers étaient voués à une mort brutale. Il me demanda :
— Etes-vous choqué, Maître Fabrice ? Ce que j'ai appris de votre passé, loin de me gêner, fut l'une des raisons qui nous amena à vous accorder notre confiance. Vous vous êtes trouvé dans des situations analogues et vous n'avez pas hésité à trancher dans le vif. Ces pauvres gendarmes !
Encore Patricia !
Il ajouta :
— Pressé par la nécessité et le temps j'avais dû

accepter de très mauvais gré certaines exigences du père Antoun et de Nayef ; ils revenaient sur leur parole. S'ils avaient agi différemment, j'aurais pu leur éviter une mort aussi rapide et brutale en leur conseillant de gagner au plus tôt le large. M'auraient-ils écouté ? Rien n'est moins certain. Antoun était convaincu que lui seul pouvait sauver le Liban, et Nayef que sa révolution exigeait qu'il fût à Beyrouth au moment où se préparaient de graves événements, comme l'intervention syrienne. Je ne suis pas intervenu quand leur sort fut décidé. Le pouvais-je sans me démasquer ? J'étais à la fois l'auteur du casse, le principal témoin et profitant de la confusion générale, des dissensions entre les clans, je m'efforçais d'orienter l'enquête dans un sens qui nous convenait.

Je ne les ai pas prévenus quand après notre hold-up, je rencontrais Nayef dans le quartier sud, près de Khaldé où il n'aurait jamais dû se mettre et le père Antoun dans son fief de Kaslik qui ne valait pas mieux. Je leur donnais alors rendez-vous à Paris, la nuit de Noël où se déciderait le partage. J'ai le sens du rite et Noël est la fête des cadeaux.

— Vous saviez qu'ils n'y seraient pas ?

Stan ne répondit pas à ma question.

Selon l'ex-capitaine Farouk que je rencontrais cette même nuit de Noël, accompagné de sa belle épouse palestinienne, Stan, à sa manière, était un loup fidèle à sa meute. Dionée, Amin, Jammal et lui-même en étaient la preuve. Stan aurait certainement protégé Nayef et Antoun s'ils n'avaient usé au dernier moment de dés pipés. Estimant que leur élimination de la scène politico-militaire libanaise n'était qu'une question de temps, qu'elle était inéluctable, pour éviter qu'ils ne parlent, Stan aurait-il précipité leur mort ? Dans la nuit du lundi au mardi, entre le 16 et le 17 avril, les services de sécurité d'Arafat, par un coup de téléphone anonyme, avaient été informés qu'un de leurs agents, un certain Kamal, avait été liquidé par Nayef ainsi que du lieu où se terrait ce même Nayef. Ils s'en débarrassaient peu après. Qui les avait prévenus ? Stan ? Ou les Israéliens qui manipulaient tout le monde ?

La mort du père Antoun était, elle aussi, inscrite dans la logique de la politique des clans chrétiens. Dissident, n'en faisant qu'à sa tête, il gênait tout le monde. Selon la version officielle, il sauta sur une mine en se rendant à un mystérieux rendez-vous. En réalité sa voiture avait été piégée ; le bruit courut qu'il rejoignait une femme. Dionée ? Il en avait été amoureux quand elle était très jeune ; il aurait même poussé ses avantages plus loin qu'il ne convenait. Jamais il n'avait pu se guérir d'elle. Selon la version que donna l'A.F.P., mais l'A.F.P. c'était Stan, Antoun devait rencontrer un militaire syrien de haut grade pour préparer l'intervention des brigades de Damas en faveur des chrétiens. Une version qui ne tient guère car Antoun haïssait le régime laïc syrien et la secte païenne alaouite qui le contrôlait.

Farouk ne m'en avait pas dit plus long et le lendemain, certains arrangements ayant été pris, il rejoignait les Etats-Unis où il s'était fixé.

Stan eut l'élégance ou le cynisme de consacrer aux deux leaders, le chrétien et le Palestinien, d'excellents articles que je trouvais dans le dossier.

Fort des confidences de Farouk, des demi-confidences de Stan, je conseillais à Bouzoukian de respecter scrupuleusement les conventions qu'il avait passées avec nos partenaires, les casseurs de la banque s'il ne voulait pas trouver sous son lit une grenade ou que sa Rolls explose.

Revenons à cette nuit de la Saint-Paterne où, à plusieurs reprises, le destin, aussi ivre qu'Archibald Dawson, changea de camp.

Saint Paterne (365-448) fut enlevé à son ermitage armoricain pour devenir évêque de Vannes. Il y retourna dès qu'il put, fit plusieurs va-et-vient ; il mourut en odeur de sainteté, dans le mépris des hommes et des honneurs. Une définition de la sainteté selon Stan qui avait comme le saint le goût de la solitude, peu d'estime pour ses semblables mais qui éprouvait parfois le besoin de couper cette solitude par de brèves plongées dans le monde. En guise d'évêché, il avait un casino.

Un vent salé, humide, venu de la mer soulevait les papiers sales, les débris de plâtre et rabattait les fumées nauséabondes qui montaient de Beyrouth, devenue une décharge publique. Au-dessus des détritus, les bandes de charognards attardés échangeaient des rafales de kalachnikov sèches comme des quintes de toux ou égrenaient des bandes de mitrailleuses. Les balles traçantes, telles des lucioles, se poursuivaient dans la nuit. Trois obus de gros calibre pulvérisèrent un immeuble. Il était 9 h du soir.
— Les trois coups du lever de rideau, murmura Amin Mais ce ne sera pas encore ma pièce que l'on jouera.

Ils s'étaient retrouvés dans l'ambulance venue les prendre les uns à Byblos, les autres à Beyrouth. A

l'avant, le chauffeur Khallil, silencieux, inexistant, semblable à lui-même pour tous, sauf maintenant pour Farouk. Près de lui le capitaine. Sous sa veste de treillis déchirée, il portait un pistolet. Seuls signes de nervosité, il le caressait à chaque cahot, à chaque arrêt ; il s'était coupé en se rasant, et sa moustache n'était plus aussi bien taillée. A l'arrière, Dionée, déguisée en infirmière : grande cape sombre, voile dissimulant les cheveux, petite robe, souliers plats. Stan avait la blouse blanche des médecins et le brassard à croix rouge. Il la félicita :
— Rien ne manque à ton déguisement ; jusqu'à l'expression tragique et résignée des cœurs charitables habitués à la confrontation quotidienne avec la souffrance, le malheur, la mort. Tu aurais pu devenir une excellente comédienne.
— Tu n'es pas mauvais non plus dans ton numéro d'ange déchu, de journaliste félon que poursuit le remords. Tu en fais parfois un peu trop, au point de m'inquiéter.

Amin se serrait frileusement dans une capote trop grande et veillait sur Archibald, complètement ivre qui ronflait, allongé sur un brancard. Un pansement imbibé de ketchup lui entourait la tête afin qu'il fût pris pour un blessé.

Le poète s'efforçait d'excuser l'Anglais et de se faire pardonner son état qui n'était guère meilleur.
— Tu comprends, Stan, il a cessé trop brutalement de boire. Ses mains tremblaient si fort, cet après-midi, qu'il a été pris de panique. Pourtant, je t'assure, il avait minutieusement préparé son attirail : pinces coupantes, tournevis et je ne sais quoi encore. Sur les plans, il avait griffonné des indications au crayon rouge et bleu.

Puis, comme pour un rendez-vous galant, il s'était douché, rasé, parfumé ; il m'avait même emprunté une chemise propre. Quand tout fut prêt, qu'il ne restait plus qu'à attendre, alors ce fut la crise. « Nous courons au suicide, me disait-il. Je ne suis pas seulement responsable de ma vie mais des vôtres. J'abandonne. Inutile d'essayer de me faire changer d'avis. »

Je m'y suis efforcé, sans résultat. Alors je lui ai versé un verre d'arak, puis deux, puis trois puis d'autres encore. A mesure qu'il buvait, il allait beaucoup mieux ; ses longues mains avaient retrouvé leur agilité et lui son assurance. Sa peur se dissipait. Il m'a entretenu de la maison qu'il s'achèterait aux Baléares, de la fille qui le rejoindrait. C'était gagné. Soudain, avant que vous n'arriviez, il a piqué du nez et je ne suis pas arrivé à le sortir de son coma.

— Combien d'araks a-t-il bu ?
— Je ne sais pas. Plus que moi. A la fin, ils les prenaient secs.
— Et tu n'as pas pu l'empêcher ?
— Moi aussi, j'avais peur.

Stan secoua l'Anglais :
— Archie, tu ne dors pas, tu ne t'es jamais endormi. Comme tu avais la trouille tu as trouvé ce moyen de te défiler.

Archie ouvrit un œil :
— Bonne analyse, fit-il. « Sec », je vous laissais tomber, ivre, je continuerais avec vous jusqu'en enfer. Pourquoi crois-tu que je boive, Stan ? Comme toi tu flambes, pour me donner du courage et qu'il me pousse des ailes.

Il se dressa sur son brancard et, jouant de ses mains comme un illusionniste :

— Regarde-les bien. Dans quelques instants, elles décideront de notre sort. Te voilà rassuré, elles ne tremblent plus.
— Qu'est-ce qui t'a soudain amené à changer d'avis ? demanda Dionée. Tu acceptes, tu te défiles, tu acceptes à nouveau.
— Pour avoir un jour manqué de parole, j'ai dû quitter la marine. Je m'en suis mal remis, je ne me serais jamais pardonné une autre lâcheté. Mourir pour mourir, autant que ce soit dans votre compagnie et en gardant votre estime.
— Stan n'a as laissé que de mauvais souvenirs en Israël, dit Khallil alors qu'ils stoppaient devant un barrage.

L'inspection terminée, il démarra en trombe, se faufilant entre les fûts d'essence et les rouleaux de barbelés. Il continua :

— J'ai connu à Jérusalem Sonia, une juive russe qui l'aimait bien et croyait le comprendre. Selon elle, il flambait faute d'une grande cause à laquelle se vouer.
— Ou d'une femme.
— La femme n'est jamais qu'un prétexte pour céder à ses propres démons. Dans ses yeux, tu recherches l'image flatteuse que tu souhaites avoir de toi. Si cette femme est suffisamment intelligente, sage et désabusée, elle se contente du rôle de miroir et elle va de son côté, cherchant son reflet dans d'autres miroirs.
— Tes raisonnements sont trop subtils pour moi, colonel. Quand tu aimes sincèrement, tu ne te poses pas autant de questions.
— A moins d'être le plus tordu de tous les juifs et de tous les Arabes. Tu n'as rien dit aux autres ?

— Non mais j'avais l'impression désagréable de les trahir.
— Tu les sauves.
— L'Anglais m'inquiète.
— Tu as tort. Qu'il ait pris une cuite devrait au contraire te rassurer. Il ira maintenant jusqu'au bout. A jeun, il nous lâchait.
— Nous ?
— N'oublie pas que nous sommes tous embarqués dans la même galère, qu'elle doit éviter bien des récifs et que les rameurs sont de sacrés branquignols. A l'exception peut-être de Stan, de toi et de moi.
— Tu oublies Dionée.
— Sur ce point, l'Arabe et le juif se rejoignent. La Bible et le Coran n'accordent aucune confiance aux femmes.

Une ambulance cabossée, sans vitres ni pare-chocs, conduite par un colonel israélien misogyne, fonçait tous phares allumés dans une ville en folie, livrée à la haine, la violence, au milieu des incendies, dans le sifflement des balles et l'éclatement des obus. Avec à son bord un Anglais ivre, un amoureux, un poète méconnu, un joueur décavé qui comptait se refaire, une courtisane persuadée que l'or guérissait tous les maux, même la vieillesse, tous en quête d'un exploit impossible, lancés dans une burlesque quête du Graal où le sang du Christ serait enfermé dans les coffres d'une banque.

— Dis-moi encore combien Marie était belle, demanda le capitaine à Khallil.
— Toi aussi, tu as besoin d'être rassuré ? Elle est très belle, Farouk. Pour ne pas la perdre, oublie ta peur comme moi la mienne. J'ai une femme qui m'attend

dans un kibboutz du Néguev, Sonia dont je te parlais. Et je ne sais même pas si c'est moi ou Stan qu'elle aime.

Il se gratta le visage de ses ongles noirs de cambouis :

— Je suis revenu en Israël pour répondre à la promesse d'un dieu auquel je n'ai jamais cru. Toi Farouk, tu te bats au nom d'un dieu dont tu as refusé de devenir le prêtre. Qu'est-ce qu'il nous empoisonne l'existence alors qu'il n'existe pas. Shit, merde. Encore un barrage, celui-là n'était pas prévu. Non tu ne te trompes pas Farouk, ce sont bien des transports blindés soviétiques comme seuls en possèdent les Syriens. Forcer le passage ? Ils nous mitrailleraient. Faire demi-tour ? Trop tard.

Khallil rangea soigneusement l'ambulance sur l'un des bas-côtés comme on le lui indiquait. Des soldats les entourèrent, armes braquées. Ils portaient la tenue léopard, le béret vert des unités spéciales dépendant directement du frère du président syrien. Deux officiers inspectèrent rapidement l'ambulance sans même demander aux passagers de descendre. Mais ils les dévisagèrent longuement comme pour se graver leurs traits dans la mémoire. Puis ils leur firent signe de repartir.

— Que font ici les Forces spéciales syriennes ? demanda Stan à Dionée. Normalement le secteur est tenu par la Saïka et si les officiers sont syriens, les soldats sont palestiniens. Ceux-là étaient des Alaouites appartenant à la garde prétorienne du régime de Damas.

Elle soupira :

— Je l'ignore, Stan, mais j'ai bien cru que nous étions

perdus. Peut-être les premiers éléments de l'armée syrienne qui envahissent le Liban ?
— Les Forces spéciales ne sont utilisées que pour des missions secrètes ou très particulières, jamais dans des opérations militaires de type classique. Kamal a disparu. Le sais-tu ?
— Voilà qui m'économisera quelques milliers de livres et à toi le souci de t'en débarrasser. Il a filé par peur des Syriens et tout nous prouve qu'il n'a pas eu tort.

Stan n'osa pas lui avouer son inquiétude. L'armée syrienne n'avait pas encore pénétré au Liban. Que faisait ce détachement ? Pourquoi les soldats n'avaient-ils pas fouillé l'ambulance et les officiers s'étaient-ils contentés de vagues explications ?
— Tu as compris, je pense, dit Khallil à Farouk. Les Syriens savaient où nous allions et ce que nous projetions. As-tu remarqué que les blindés, après notre passage, ont bloqué la route. Dans quelles intentions ? Nous protéger, capitaine, interdire à des intrus de nous gêner dans nos bricolages. Je reconnais la manière d'Abou Assad. Laisser les autres sortir les marrons du feu puis les liquider. Seulement cette fois il aura des surprises. Il lui en coûtera au mieux son crédit à Damas. Je me demande comment Stan s'y prendra pour se débarrasser de Nayef et du père Antoun s'il tient, comme je le pense, à garder son rôle secret.
— Est-ce tellement important ?
— Ou il laisse le hasard s'en charger, preuve qu'il n'est rien d'autre qu'un flambeur, ou il agit à sa place et je devrais dès lors reconsidérer le personnage qu'il joue.
— Je t'ai connu tellement silencieux. Tu n'arrêtes plus.

— Le silence me pesait mais faute d'un complice, d'un ami, j'y étais tenu. Sais-tu Farouk que tu appelles l'amitié ?
— Stan me tenait de semblables propos.
— Toujours selon Sonia, dans le jargon du renseignement qu'elle connaît bien, nous aurions le même profil. Stan a choisi le casino comme moi le Shimbeth. A moins qu'il ne soit très fort. N'oublie pas le prix qui a été fixé. Ta vie et celle de tes amis contre les papiers du coffre.
— S'ils ne s'y trouvent pas ?
— Alors un de nos agents se fout de nous et j'en connaîtrais les raisons. Trop tard pour annuler l'opération, même s'il nous en coûte des sommes considérables. Je serais peut-être obligé de prélever une part du butin en dédommagement de nos frais.
— L'Etat d'Israël, modèle d'intégrité et de vertu, profitant du cambriolage d'une banque pour se remplir les poches !
— Seulement le Shimbeth, et il n'est pas le seul à agir ainsi. Dans l'amour comme dans le renseignement il n'y a pas de morale. Nous voici à Mar Mikhael. Avoue, Farouk, que par mes bavardages, je t'ai bien aidé à oublier ta peur. Qu'as-tu fait de l'explosif, celui que tu n'utiliseras pas ?
— Enterré dans la crypte. Comme nous en avons convenu, dix minutes après notre départ, il ne restera plus rien ni de l'église ni du souterrain. S'il demeure encore quelque chose de nous.

Une fois dissimulée l'ambulance derrière un pan de mur, Stan installa Khallil à l'abri des sacs de sable qui défendaient l'entrée de l'église. Il lui confia l'un des talkies-walkies qu'il avait récupérés, estimant que ni

Nayef ni Antoun n'en avaient plus l'usage sinon pour s'insulter. Et lui montrant celui qu'il portait à l'épaule :
— Si tu vois quelqu'un, si tu entends un bruit suspect, tu me préviens. Je serai à l'écoute à l'autre bout.
— Si ce sont les Syriens ?
— Tu sautes dans l'ambulance et tu sauves ta peau. Il sera trop tard pour nous. Quand tu nous auras conduits à la pêcherie, près de Saïda, quand tu nous auras ramenés Dionée, Farouk et moi à l'hôtel *Cavalier*, je te donnerai la montre promise. Ce sera la mienne car je pourrai alors m'offrir ce luxe : ne plus me soucier de l'heure.
— Si Dieu le veut.
— Accompagnée d'une liasse de billets que tu auras bien méritée.
— Je ne veux que la montre.

Khallil s'installa commodément, le dos appuyé contre les sacs de sable, l'appareil radio posé près de lui et il ne bougea plus.
— Pourquoi tient-il tellement à cette montre ? se demanda Stan.

Comment pouvait-on à ce point ne ressembler à personne ? Un visage dont il était impossible de retenir un détail. Taciturne et courageux comme un kamikaze. Mais où était son empereur ?

L'un derrière l'autre, ils traversèrent la nef, se guidant sur la lumière discrète des lampes torches qu'ils aveuglaient de la main. Les dalles résonnaient sous leurs pas ; des chauve-souris s'envolèrent dans un vol mou et ouaté. Amin manqua de se rompre le cou dans l'escalier de la crypte, mis à mal par les allées et venues des miliciens qui avaient transporté la terre et les gravats.

— Où sont-ils passés ? demanda Farouk qui suivait Stan.

— Antoun voulait gagner la montagne où il s'imagine être à l'abri, Nayef le quartier sud où il pense n'avoir rien à craindre. Ils se trompent l'un et l'autre. Je dois les rencontrer demain.

— Seront-ils encore en vie ?

— Qu'est-ce qui te laisse croire... ?

— Mis hors jeu et ils encombrent le terrain. Les Gemayel auront Antoun et Arafat aura Nayef. Il suffit qu'ils les trouvent.

Farouk mit en route le groupe électrogène et un projecteur saisit dans son faisceau Archie, ses rouleaux de papier sous un bras, portant de l'autre main une petite valise noire comme en usaient jadis les médecins de campagne. Il était blême de peur.

Une girandole d'ampoules s'alluma dans le souterrain. Stan s'y engagea, les autres suivirent. Arrivé à la nécropole, il promena sa lampe sur les entassements de crânes et d'ossements derrière les grilles et qui en débordaient. Il écarta les mains en signe d'impuissance comme un joueur qui quitte la table devant plus fort que lui : la mort qui a le privilège de tricher sans qu'on puisse lui envoyer les cartes à la figure. Dionée et Farouk se signèrent, Amin salua comme s'il quittait la scène et Archie hocha gravement la tête comme devant tout ce qui lui échappait : la peinture moderne, le comportement des femmes et le problème irlandais.

De la terre leur coulait dans le cou, des gravats les frappaient au visage ; les étais soutenaient mal la voûte et certains pliaient. Quand ils franchirent la chape de béton parfaitement découpée, Archie félicita Farouk.

— Excellent travail, my dear, d'autant plus remarquable qu'à deux mètres en dessous j'avais installé un sismographe électro-magnétique à oscillation, de la classe A, particulièrement sensible. Chez Chubb, ils refusent de prendre au sérieux les nouvelles scies à pointes de diamant. Preuve qu'ils ont tort.

Farouk déroula derrière lui un câble électrique qu'il brancha, selon les indications d'Archie, sur un boîtier distribuant le courant à la partie souterraine de la banque.

— Habituellement, expliqua le capitaine, la banque est alimentée par le courant urbain. Mais, il n'est plus distribué que quatre heures par jour. Elle dispose d'un générateur ; il est inutilisable. Je le tiens des militaires qui occupaient l'immeuble. Ils se sont servis du fuel des réservoirs pour leurs besoins personnels.

D'abord hésitante, la lumière éclaira le premier sous-sol dévasté comme par une tornade : meubles renversés, tiroirs arrachés, coffres béants aux portes disloquées. Partout éparpillés, des billets de banque, des chèques de voyages en partie brûlés.

Laissant leurs compagnons contempler ce saccage, Farouk et Stan retournèrent dans la crypte dont ils revinrent, portant chacun une musette remplie de pains d'explosifs qu'ils manipulaient avec des précautions de nurses anglaises en charge d'un héritier de la couronne.

Le somptueux escalier de marbre conduisant au deuxième sous-sol était défendu par une grille aux larges barreaux de nickel et d'acier.

— Inattaquable à la lime, à l'acide comme au chalumeau, déclara fièrement Archie. L'explosif ne peut que tordre les barreaux, mais pas les arracher.

Tel un magicien, il vantait les mérites des gardiens du trésor avant de les paralyser par une formule magique, un « sésame » dont il était l'unique détenteur.

Et s'inclinant devant Dionée :

— L'honneur vous en revient, ma chère, car je vous dois d'être ici. Introduisez dans la fente la carte magnétique que vous détenez. Alors les portes de la fortune s'ouvriront devant vous.

Dionée fit ce qu'il lui demandait mais la grille ne bougea pas d'un pouce. Archie jura avec une vigueur, une grossièreté qui compromettaient à jamais l'image qu'il s'efforçait de donner de sa personne : un gentleman bien né qui a connu des malheurs. Il avait même retrouvé l'accent cockney de son enfance.

— Ce foutu salaud de « fucking », cet enfant de putain d'Arménien a modifié le système de sécurité quand il s'est aperçu qu'on lui avait piqué la carte magnétique.

— Il n'en a pas eu le temps, dit Dionée. On se battait sur place et il était persuadé que la carte avait brûlé avec sa maison. Il y a moins d'une semaine, il restait persuadé de l'invulnérabilité de la salle des coffres. Lui-même me l'affirmait, preuve à l'appui.

— Archie, tu as bien comparé la carte de Dionée au double détenu par Chubb ? s'inquiéta Farouk.

— C'était la même. Impossible de s'y tromper. Il était 10 h du matin et je n'étais pas ivre.

— Qui nous a joué ? fit Stan. Déjà nous avons rencontré les Syriens où ils n'auraient jamais dû être. Maintenant la carte. Ne manquent plus que les Israéliens pour que la fête soit complète. Et nous donnant la main, nous danserons tous le ventre creux devant le buffet dont on a perdu la clef.

— Et si c'était l'électricité ? suggéra Amin de sa voix pointue. Les lumières ont jauni quand Dionée a glissé la carte.

— Par les mamelles de la Vierge, si ce n'était que ça, jura Archie.

Se cognant aux parois, aux étais, se prenant les pieds dans les fils tant il était pressé d'en avoir le cœur net, Farouk s'enfonça dans le souterrain. Il poussa le groupe électrogène au maximum de sa puissance. On éteignit toutes les lumières. Eclairée par le faisceau d'une lampe de poche, seule la main de Dionée sortait de l'ombre, une main longue, musclée, presque masculine. Au doigt, une très ancienne bague de facture byzantine, un faux, l'original se trouvant de l'autre côté de la grille dans l'un des quarante-huit coffres.

Le souffle suspendu, les yeux fixés sur la bague, ils attendaient. La fente avala la carte et roulant sans bruit sur ses rails, la grille s'effaça. Toujours aussi silencieuse, elle se referma derrière eux.

Faisant suite à l'escalier, se trouvait une sorte de salon meublé de profonds fauteuils, de canapés de cuir et d'une longue table de conseil d'administration en acajou luisant, entourée de chaises du même bois. Au mur des gravures anglaises de chasse au renard du plus horrible effet. Des boîtes d'argent étaient encore emplies de cigarettes et un coffret avec son humidificateur, des cigares de la Havane comme les affectionnait Bouzoukian.

La deuxième grille et les portes blindées ne posèrent pas de problèmes, les doubles des cartes ayant parfaitement joué. Farouk rétablit la lumière.

Un tournevis pointé vers le plafond, une pince dans l'autre main, Archie leur faisait face en déclamant du Shakespeare :

« Il y a une marée dans les affaires des hommes,
Elle porte au succès, prise à son flux.
Mais celui-ci manqué, le voyage de la vie
Echoue dans les misères et les sables... »

Telle fut notre vie, mes amis. Mais en cet instant une autre existence nous est promise.

Et il poursuivit :

« Nous sommes aujourd'hui à marée haute,
Prenons ce flot tant qu'il nous est favorable
Ou ce qui est risqué sera perdu... (1) »

Cet étalage de culture, en un moment aussi mal choisi, ne réussit pas à effacer les jurons et l'accent des bas-faubourgs de Londres.

— Un bide, il s'est payé un bide, dit Amin en connaisseur. Pourtant avec tout ce qu'il avait sifflé ! Le vin a ses élus.

Archie, descendu des sommets de l'Olympe, s'occupa de neutraliser les huit sismographes. Ils étaient, se souvenait-il, d'accès relativement facile. Il y avait veillé car, les piles devant être renouvelées tous les ans, Chubb à qui l'entretien incombait, envoyait à cet effet l'un de ses employés, toujours le même, qui était rompu à cette besogne de routine. Archie n'était pas dans ce cas et en cinq ans, avant qu'il ne fût mis sur la touche, il avait équipé tant de banques qu'il ne gardait de celle-ci qu'un souvenir confus. Il étala l'un des plans sur la table d'acajou, le fixa par quatre cendriers, sortit de sa sacoche une règle à calcul, un compas, une

---

(1) Shakespeare. *Jules César*.

équerre, un assortiment de crayons feutre et un mètre ruban. Penché au-dessus de son épaule, Farouk le regardait aligner des chiffres. Stan s'impatientait :
— Il est 10 h du soir, et nous devons avoir décampé à 4 h du matin.
— C'est court, reconnut l'Anglais, mais si Farouk se charge seul des sismographes, nous y arriverons.

Archie après avoir pris toutes sortes de mesures, marqua d'une croix, au feutre rouge, huit emplacements. Il s'attaqua à l'un d'eux, fit glisser une mince plaque de tôle apparemment invisible dans la paroi d'acier et découvrit, dans son emboîtage de verre, une sorte de pendulette dont le balancier, comme dans un modèle ancien, pendait entre deux bobines reliées à une pile électrique. Il montra au capitaine comment bloquer le balancier à l'aide d'un tournevis pendant qu'il débrancherait la pile.
— Pas plus difficile que ça. Seulement à la moindre maladresse, nous sautons.
— J'ai l'habitude, dit Farouk. Mais huit fois de suite...
— Je serais à tes côtés, lui promit Dionée, comme si j'étais Marie.
— Touchant, dit Archie.

Il se planta devant la rangée des coffres disposés sur deux hauteurs :
— Quarante-huit fois, malgré ma fatigue, ma vue qui se brouille, malgré tout l'alcool que j'ai ingurgité, je devrai museler les petits monstres sensibles qui défendent les coffres. Ils sont de vif argent, de mercure si tu préfères, Stan. Et je serais seul.
— Je puis rester près de toi, proposa Amin.
— Surtout pas. Je vis déjà en pleine irréalité. Par ta présence et tes façons de vieux pierrot lunaire, tu ne

ferais que renforcer ce sentiment si bien que j'oublierais de déconnecter le fil auquel tient notre existence.

Amin se plaignit :

— J'aimerais être utile. Que pourrais-je bien faire ?
— Installe-toi dans un fauteuil, lui conseilla Stan. Allume l'un des cigares de Bouzoukian et imagine-toi que tu es un riche, un très riche banquier, le patron d'une bande de brigands qui contemple amoureusement les coffres où sont enfouis ses trésors, et qui cherche le moyen de se débarrasser de ses acolytes afin de tout garder pour lui.
— Ça ira quelques minutes. Encore s'il y avait à boire !

Pris d'une subite inspiration, il fouina dans les placards et finit par découvrir un bar parfaitement approvisionné. Il brandissait à mesure les bouteilles :

— Vodka, cognac, whisky, sherry... A quoi pouvait bien servir cette salle ?
— Comme dans le conte des Mille et une nuits, les quarante-huit voleurs auxquels appartiennent les quarante-huit coffres, s'y réunissaient secrètement en présence de Bouzoukian, le chef de la bande, pour fêter leurs succès, préparer leurs expéditions. La fameuse caverne que découvrit Ali Baba ! Et nous sommes Ali Baba.

Amin brandit un téléphone :

— Des brigands dénués de tout sens poétique. Ils utilisaient ça ! Tiens, il fonctionne.

Khallil appela Stan. La place est déserte, lui dit-il ; il ne voyait ni n'entendait personne. Puis il se dirigea vers l'ambulance, sortit d'une cache aménagée sous le siège un poste émetteur-récepteur, une pure merveille technique copiée sur les Japonais dont le tour était venu enfin d'être copiés. Il appela :

— David, ici Moshe. Depuis une heure ils sont dans la banque et elle n'a pas sauté. J'en déduis qu'ils peuvent réussir et nous récupérer les papiers. Que les zèbres de Tsahal se tiennent prêts juste après le lever du jour. Ils auront le soleil dans le dos, ce qui devrait les aider. Nous serons alors à dix milles en mer. Pas de fantaisie. Je me trouverai moi aussi à bord de l'*Altaïr*. Me récupérer ? Pas la peine.

Le rire de David ressemblait au ronronnement d'un gros chat :
— On leur abandonne vraiment le magot ?
— Nous sommes devenus une nation, David, avec un drapeau et un parlement. Nous ne pouvons plus nous permettre de piller les banques.
— Si tu crois que les Palestiniens se gênent !
— Mais ils ne sont pas encore une nation. Aussi pour leur éviter ce genre d'emmerdements, nous ferons en sorte que ce soit le plus tard possible. Shalom.

Khallil replaça le poste à côté d'une mitraillette Houzi dont il vérifia soigneusement le fonctionnement. Puis il regagna son abri derrière les sacs de sable.

Farouk, épuisé, se reposait dans un fauteuil, un verre de cognac à la main. Alors qu'il retirait la pile du dernier sismographe, une seconde d'inattention de sa part aurait dû leur coûter la vie. Il pensait si fort à Marie qu'il la crut à ses côtés. En se retournant vers elle, machinalement il retira le tournevis qui bloquait le balancier. Celui-ci oscilla et établit le contact. Un instant Dionée, avec ses grands yeux immenses, lui était apparue sous les traits de la mort. Rien ne se passa.

Il ne s'expliquait pas ce miracle.

— Nous aurions dû emporter des cartes, lui disait Amin.

Mais il ne prêtait aucune attention à ses bavardages. Stan lui passa le talkie-walkie :

— Khallil tient absolument à te parler. J'espère qu'il ne va pas décamper.

La voix lui parvint déformée par l'appareil :

— C'est toi, capitaine ? Je voulais te raconter une histoire juive rien que pour t'aider à oublier ta peur. Il était une fois un petit juif dans mon genre, un petit juif arabe à la peau mate, aux cheveux frisés. Seul au clair de lune, il errait dans le désert du Neguev. Il s'adressait aux dunes, aux rochers, aux étoiles car on lui avait appris à se taire devant ses semblables. Il leur criait : « J'ai la réponse, j'ai la réponse mais je vous en supplie posez-moi la question. » Car ce qui importe, c'est la question, Farouk. Il y a tant de réponses. Répète cette histoire à Stan bien qu'il la connaisse déjà. Une certaine Sonia l'avait inventée à notre intention et à celle de tous les hommes comme nous en quête d'une question.

— C'est une histoire juive, dit Farouk à Stan, celle d'un homme qui a réponse à tout mais à qui on refuse de poser la question qu'il attend. Une femme, en Israël l'imagina pour toi...

— Et pour Moshe Aretz, l'un des meilleurs éléments du Shimbeth que je souhaitais tant rencontrer. Mais c'était impossible. Nous nous sommes seulement connus à travers Sonia.

— Moshe, c'est Khallil et sans lui nous sommes perdus. Kamal a tout révélé aux Syriens.

— Tu le savais depuis longtemps ?

— Depuis hier.

— Son prix ?
— Des papiers se trouvant dans un coffre. Ceux de Khadafi ? Ils n'existent pas. Ils ont trait à un mouvement terroriste arménien qui n'est arménien que de façade. Ce n'est pas tout. Khallil, enfin Moshe, a pris certaines dispositions différentes des tiennes.
— Ce n'est plus moi qui tiens la banque. La main passe si je comprends bien.
Stan appela au talkie-walkie :
— Allô, Moshe, tu sais bien qu'il n'y a ni questions ni réponses. Je l'avais dit à Sonia. Elle vit toujours dans ce kibboutz du Néguev ? Entre deux missions ? Je n'ai pas le choix, dis-tu. Nous devons jouer très serré. Pourquoi devrais-je te faire confiance ?
Un rire lui répondit :
— Voilà la question.
3 h du matin. Archie s'était étendu les bras en croix sur le sol de marbre. Les cheveux collés par la transpiration, les traits défaits, il ressemblait au noyé qui était apparu à Dionée dans le bar du *Dorchester*.
— Je n'y vois plus clair, dit-il. Je ne sais plus comment j'ai pu venir à bout de quarante-quatre coffres. A plusieurs reprises, j'ai frôlé le désastre. Il en reste quatre dont j'ai en vain cherché les connections. Je me suis souvenu qu'il n'y en avait pas. Ces quatre coffres, encore une idée de Bouzoukian et je me demande toujours les raisons de ce luxe insensé de protection, sont reliés aux charges des piliers par de petits émetteurs que déclenche le moindre choc. Dans les piliers le récepteur qui établit le contact. Cette sécurité supplémentaire n'était même pas portée sur le plan. Bouzoukian me l'avait imposée au dernier moment. C'est fichu.

— Qu est-ce qui alimente les émetteurs ? demanda Farouk.
— Les mêmes piles au cadmium que les sismographes Nous sommes seuls à les utiliser.
— Combien durent-elles ?
— En principe un an mais elles peuvent fonctionner plus longtemps.
— Quand les a-t-on renouvelées ?
— Il y a deux ans, je me le rappelle maintenant. L'an dernier, Chubb a renoncé à envoyer quelqu'un à Beyrouth qui déjà était à feu et à sang.
— Les piles risquent d'être mortes dans les coffres. Celle d'un sismographe l'était, sinon nous aurions sauté tout à l'heure. Archie sur quel pourcentage de chances pouvons-nous compter ?
— Une chance sur deux.

Stan les interrogea :
— Cette chance, nous la tentons ? Dionée ? Tu acceptes ? J'en étais certain. Amin ?
— Je n'ai aucun mérite, Stan. Tu sais pourquoi.
— Archie et Farouk vous gagnerez la crypte et vous reviendrez si tout s'est bien passé.
— Désolé, fit Archie. Une chance sur deux, reste un pourcentage correct. J'ai pris des risques plus sérieux en misant sur des toquards.

Farouk lança en l'air une pièce :
— Pile je reste, face, je pars. Face, alors je reste.

Assisté d'Archie, Farouk disposa sur les portes de chacun des coffres, là où se trouvaient les pênes des serrures et les gonds de petites charges d'hexogène. Puis il relia avec du cordeau détonant les coffres entre eux par groupes de six et disposa en guise de détonateur, pour chaque groupe, un crayon allumeur d'une couleur différente, qu'il avait sorti de sa sacoche d'artificier.

— Les explosions, leur expliqua-t-il, se succéderont à deux minutes d'intervalle. Les portes blindées refermées étoufferont le bruit qu'on pourra confondre avec un tir d'artillerie.

Il écrasa les unes après les autres les extrémités molles des crayons et s'en tint là de ses explications (1).

Ils gagnèrent le salon, refermèrent derrière eux les portes blindées puis la grille. Dionée servit à chacun d'eux un verre de cognac et porta ce toast :

— A Baal, dieu de l'or, à Astarté qui fut sa sœur et son épouse, à toi Stan que je vais peut-être aimer. A vous tous mes amis.

Ses lèvres n'en murmurèrent pas moins une prière à la Sainte Vierge. Amin, honteux, esquissa un signe de croix. Archie tendit son verre qu'il avait vidé d'un trait. Farouk avait rejoint Marie.

— Banco, fit Stan.

Il ferma les yeux pour mieux savourer la violente jouissance qu'il éprouvait tandis que son sang refluait soudain dans les veines. La jouissance se poursuivit tout le temps où se succédèrent les explosions, à intervalle régulier, à peine plus fortes qu'un départ

(1) Pour les amateurs de ce genre d'exploit, je puis compléter les indications par trop succintes de Farouk, pour avoir personnellement usé de ces crayons avant que je ne me convertisse à la société de profit. Le haut du crayon, la partie molle, contient de l'acétone. Lorsqu'on l'écrase, le liquide entre en contact avec une plaquette de cellulose qu'il ronge plus ou moins vite selon son épaisseur. La plaque libère alors un fil qui, tendu maintenait un percuteur, lequel vient alors frapper une amorce servant de détonateur.

d'obus. Ils comptaient : trois, quatre, cinq. La sixième leur serait-elle fatale ? Puis ce fut le silence. Stan avait remporté la mise la plus fabuleuse de l'histoire et Dionée lui souriait. Il avait aussi gagné Dionée. L'or, les bijoux, il les avait oubliés.

La grille puis les portes blindées s'ouvrirent sur la salle emplie d'une épaisse fumée. Il était 3 h 30 du matin.

Ils durent attendre qu'elle soit dissipée pour distinguer les coffres. Les calculs de Farouk s'étaient révélés d'une telle précision que l'intérieur n'avait pas été saccagé. Seules les portes étaient arrachées.

Dionée prit un écrin dans le premier coffre qui s'offrit à elle et l'ouvrit. Il contenait un magnifique bracelet composé de cinq émeraudes serties de diamants d'un orient et d'une taille exceptionnels : une pièce unique. Les meilleurs joailliers de Beyrouth, elle les connaissait tous, n'auraient pu réussir à réunir de tels gemmes et encore moins à les assembler sur un seul bracelet. Stan avait découvert dans un autre coffre des diamants bruts gros comme des galets de rivière. Chacun portait sur le sachet transparent qui le contenait une étiquette mentionnant son origine : Sierra Leone, Zaïre, Libéria, Guinée, Afrique du Sud ainsi que d'autres indications codées. Il comprit où aboutissait la filière libanaise des voleurs de diamants : dans ce sous-sol. Le salon était la bourse où se débattaient les prix et s'échangeaient les pierres.

Farouk tomba sur d'autres parures dans leurs écrins d'origine : colliers, diadèmes, bagues. Une boucle de ceinture portait deux cimeterres entrecroisés dont la lame était d'émeraude et la poignée de rubis : les armes des souverains d'Arabie. En revanche, d'autres coffres ne recélaient que de la pacotille : croix, chaînes, médailles, gourmettes mais en or ; l'un d'eux, une serviette banale en plastique noir contenant les documents que recherchait Khallil. Certains étaient rédigés en caractères cyrilliques, d'autres en anglais, d'autres encore dans une écriture étrange contournée de l'arménien. Il ne remarqua pas un petit carnet rouge que Stan découvrit lorsqu'il vérifia que tous les coffres avaient bien été vidés. Il contenait une liste de noms ; en regard les sommes versées à l'organisation et cette attestation :

« Je, soussignée Patricia Bouzoukian, responsable du comité financier de soutien pour le Liban des Vengeurs de l'Arménie, certifie exact le décompte des sommes perçues et que des reçus ont été délivrés aux intéressés. »

Suivaient la signature et la date, une date à laquelle Patricia était censée distribuer des cachets d'aspirine dans les camps palestiniens. Stan glissa le carnet dans sa poche.

Ils entassèrent bijoux et diamants dans une mallette, le reste dans des sacs de toile bise servant au transport des pièces de monnaie qu'ils avaient récupérées dans le premier sous-sol. Dionée avait conservé le bracelet.

— J'aimerais tant que tu le gardes, lui dit Stan. Mais il risquerait de surprendre au poignet d'une petite infirmière si sage, si convenable avec sa robe bleue et ses souliers plats.

Elle le rangea dans la petite valise si légère mais qui valait à elle seule cinquante millions de dollars.

Stan avait ce regard lointain que Dionée commençait à connaître.

— Qu'est-ce qui ne va pas, demanda-t-elle.

— Nous pensions avoir gagné. Rien n'est acquis encore. Nous pouvons tout perdre. Je viens de l'apprendre de la bouche de l'inquiétant partenaire qui s'offre à nous.
— Un nouveau banco ? Encore ? Si tu échoues tu me perds.
— Je le sais et aussi que jamais plus une occasion pareille ne s'offrira à nous.

Amin, sautillant de l'un à l'autre, indifférent aux trésors étalés sous ses yeux, s'inquiétait déjà de la meilleure saison pour monter une pièce à Paris. Stan s'en débarrassa et prit Farouk à part :

— Réponds-moi. Si tu me trompes, je ne te le pardonnerai jamais, pas plus qu'à moi de t'avoir pris pour ami. Doit-on se fier à Moshe Aretz dont le métier est de mentir, de changer de nom, de visage, de pays ? Quoiqu'il raconte, il n'a plus de question à se poser car en naissant on lui avait fourni la réponse. On avait choisi pour lui Israël.

— Il nous tient Stan ; il demeure notre dernière chance. Il éprouve pour nous une certaine sympathie...

Il montra la serviette :

— D'autant que ses intérêts coïncident avec les nôtres. Nous devons nous en remettre à lui.

— Tu as risqué ta vie, tout à l'heure, en restant avec nous alors que Marie t'attendait. Dans quel but ?

— Pour que tu ne doutes pas de moi maintenant.

Archie, effondré dans un fauteuil, vidait la bouteille de cognac, se demandant s'il n'allait pas s'ennuyer à mourir dans sa bicoque des Baléares où il se retrouverait seul car il avait inventé la fille, et si la meilleure solution n'aurait pas été de disparaître après avoir

fourni la preuve qu'il était capable de bien se tenir devant la mort, un courage qu'il n'aurait jamais plus.
　Ils regagnèrent la crypte. Khallil avait amené l'ambulance près de l'église. Il n'eurent qu'à y monter. Farouk les rejoignit plus loin, en courant. Ils étaient à moins de cinq cents mètres quand une violente explosion secoua le quartier. L'église de Mar Mikhael avait disparu et un vaste entonnoir remplaçait la petite Place des changeurs.
— Où allons-nous ? demanda Dionée inquiète. Nous ne prenons pas, comme prévu, la route du bord de mer ?
　Stan la serra contre lui :
— L'aventure se poursuit sans nous.
— Et l'or de Baal ?
— Avec de la chance et si je m'en tiens aux assurances de Farouk, nous le retrouverons plus tard.
　L'ambulance stoppa brutalement devant l'hôtel *Cavalier*. Stan, les prenant chacun par un bras, obligea Dionée et Amin à descendre. L'Anglais dormait. Farouk embrassa Dionée :
— Merci, dit-il. Grâce à toi, au cours de cette interminable nuit, j'ai cru Marie à mes côtés. Et alors que je doutais de notre succès, tu m'as donné le courage de poursuivre. Dès que nous serons à Chypre, je vous téléphonerai. Stan t'aime.
— Il souhaiterait tellement être encore capable d'amour. Le peut-il ? Sommes-nous vainqueurs ? Vaincus ou floués ?
— Dépêche-toi capitaine, dit Khallil en se penchant par la portière. Et à Stan :
— Pourquoi avais-tu appris l'hébreu en Israël ? Pour Sonia ? Pour un jour te joindre à nous ?

— Non, seulement pour te dire...

Il employa l'hébreu cette fois :

— Que tu étais bien le plus grand fils de putain que des générations de juifs vicieux, tordus aient jamais engendré. Shalom.

— Shalom, enfant de bourrique. Retourne avec tes Bédouins qui s'imaginent descendre des Croisés mais qui étaient pire qu'eux.

Et il démarra sur les chapeaux de roues.

La route du bord de mer était déserte à l'exception de quelques rares camions de légumes et de fruits qui, partis de Saïda, sans souci des combats, venaient livrer leurs marchandises à Beyrouth. L'ambulance franchit sans encombre des barrages où les sentinelles qui se chauffaient autour d'un feu ne se dérangèrent même pas pour les contrôler. Un peu avant qu'ils n'atteignent la pêcherie, Khallil montra à Farouk, rangés de part et d'autre de la chaussée, les transports de troupe syriens avec leur chargement de Forces spéciales, les mêmes qui les avaient interceptés alors qu'ils gagnaient Mar Mikhael. Ils ne les arrêtèrent pas mais bloquèrent le passage derrière eux. Khallil ne parut pas s'en soucier.

— Stan a-t-il apprécié mon histoire juive ? demanda-t-il.

Farouk perdit son calme :

— Il la connaissait. Comment n'ignore-t-il rien de toi sans jamais t'avoir rencontré alors que moi, pendant six mois, tous les jours, j'ai risqué ma vie en ta compagnie et que je ne sache rien ? De qui vous moquez-vous ?

— Stan et moi appartenons à la même race et tu as bien de la chance de ne pas en être.

— Il est juif ?

— Non. Il a seulement beaucoup de peine, comme moi, à s'intéresser à la vie, ce rêve du dieu ivre. Quand il affecte de croire qu'il est amoureux de Dionée ou d'une autre, il se ment. Alors il joue, pas dans les mêmes établissements que moi. Mais comme moi, avec des jetons dont on ne sait plus très bien qui en fixe la valeur.

La nuit virait au mauve. Des bandes plus claires s'étiraient à l'horizon. L'étoile du berger venait de s'éteindre. Khallil arrêta l'ambulance à l'abri d'une orangeraie. Il cueillit un fruit qu'il épulcha soigneusement et partagea avec Farouk. La mer, comme une plaque d'acier poli, luisait entre les feuilles d'un vert tendre. Il extirpa de son gilet en loques un chronomètre semblable à ceux utilisés dans les compétitions et déclencha la trotteuse. Il sortit l'émetteur radio du siège et échangea en hébreu quelques phrases. Il paraissait contrarié. Il tendit à Farouk la mitraillette Houzi :

— J'espère que tu sais t'en servir.
— Qu'est-ce qui se passe ?
— L'*Altaïr* abordera la jetée à 6 h comme prévu.

Il consulta à nouveau son chronomètre :
— Dans dix minutes exactement. Tiens, Stan a oublié de me donner la montre promise. Ces goys, on ne peut vraiment pas leur faire confiance. Et s'ils sont mâtinés de grec ! Les Turcs ont pris le contrôle du bateau. Des durs, des coriaces que Jammal avec sa suffisance habituelle, avait sous-estimés. Nous avons intercepté un message qu'ils envoyaient à leur organisation. C'est ce qu'on vient de m'apprendre. Non, rien à voir avec les Syriens et les amis d'Abou Assad. Une autre bande. Leurs copains vont rappliquer de Beyrouth mais ils

tomberont sur les blindés de Damas. Le temps qu'ils s'expliquent, nous serons loin. Ecoute-moi bien.

— A vos ordres, mon colonel.

— Dans l'armée israélienne, Farouk, on appelle par leurs prénoms même les généraux. Pour toi, je souhaite rester quelques heures encore Khallil. Ecoute-moi quand même.

Un éperon rocheux avançait dans la mer ; il arrivait à la hauteur de la petite jetée de bois. Moins de cinquante mètres les séparaient. Farouk bondit de l'ambulance et se glissa jusqu'au rocher qui terminait l'éperon. Il s'allongea, prit appui sur une butte de terre, et la bretelle de l'arme enroulée autour du bras pour mieux la caler, il attendit.

L'*Altaïr* arriva à petite vitesse et vint s'amarrer à la jetée. Sur le pont les deux Turcs. Khallil apparut balançant un sac à chaque main. Sous ses pas, les planches disjointes pliaient. les Turcs agitèrent les mains en signe de bienvenue. Il n'était plus qu'à quelques mètres d'eux quand Farouk les eut enfin dans sa ligne de mire. Il lâcha deux courtes rafales qu'ils prirent chacun en pleine poitrine et ils basculèrent dans la mer.

Khallil lança les deux sacs dans le bateau.

— Vite à l'ambulance, cria-t-il à Farouk. Ramène l'autre sac, la mallette et n'oublie pas l'Anglais.

Archie, réveillé par les coups de feu, sortait du véhicule en se frottant les yeux.

Farouk le bouscula :

— Dépêche toi, l'ambulance va sauter.

— Les explosifs, c'est vraiment une manie chez vous, protesta-t-il. Vous êtes pire que les Irlandais.

Khallil prit la barre et lança à fond les deux moteurs.

L'*Altaïr* déborda, gagna le large tandis que Farouk délivrait le capitaine Stavros et Jammal ficelés sur leurs couchettes.
— Tiens Khallil ! Qu'est-ce que tu fous là ? demanda le Druze. Ma parole, mais tu sais même barrer un bateau.
Farouk lui expliqua brièvement ce qu'il en était et Khallil rendit la barre à Stavros. Il déplia l'antenne de son poste radio et répéta à plusieurs reprises, en anglais, « quickly », plus vite.
La vedette syrienne leur coupa la route alors qu'ils sortaient des eaux territoriales libanaises. A la jumelle, ils distinguaient les deux mitrailleuses lourdes jumelées et le canon à tir rapide braqués sur eux.
— Nous avons les mêmes, dit Khallil, vendues elles aussi par les Français.
En guise de semonce, trois obus encadrèrent l'*Altaïr*.
— Ne t'arrête pas, ordonna Khallil à Stavros. Fonce. Quel sabot !
— Là tu pousses, l'Israélien, protesta Jammal vexé.
— Nous sommes perdus, dit Farouk. Qui peut nous aider ? La mer est vide.
— Regarde plutôt vers le ciel, lui conseilla Khallil. C'est toujours du ciel que vient le secours. On ne te l'a pas appris chez les curés ?
Deux points noirs sortis d'un nuage grossissaient très vite. Le hurlement des réacteurs devint perceptible. L'un derrière l'autre, ils piquèrent sur la vedette syrienne, en lâchant des roquettes. Puis ils revinrent et la mitraillèrent. La vedette explosa et ses débris s'enfoncèrent dans la mer.
— Cap plein sud, ordonna Khallil, sur Haïffa.
— Nous n'allons plus à Chypre ? demanda Farouk, soudain inquiet.

— Comment veux-tu que je rentre chez moi ? A la nage ? Rassure-toi, tu n'auras pas à pénétrer dans le port.

Une embarcation de la police les accosta. Jammal envoya une grande tape dans le dos de Khallil :

— Si je n'avais pas été druze, j'aurais voulu être israélien.

— Reste druze, Jammal, c'est tellement plus facile.

Khallil descendit dans la cabine et revint avec l'un des sacs de toile :

— Juste dix kilos d'or pour payer certains frais que j'ai dû engager sans en référer à l'autorité supérieure.

Il serra longuement la main de Farouk :

— Dommage que tu sois chrétien et moi juif. Tous deux arabes, nous étions si bien ensemble ! Sois heureux avec Marie mais ne la laisse plus jamais jouer avec des explosifs. Elle était sur nos listes.

— Je ne voudrais pas rater mon avion, dit Archie. Tout a si bien marché jusqu'à maintenant.

Amin s'était endormi sur le divan de la chambre. A l'aube, discrètement, il regagna Byblos, se demandant s'il avait rêvé ou si réellement lui, le poète des amours ambiguës, le chantre du vin et du haschich, le dernier fidèle des dieux morts et des déesses oubliées, il avait participé au plus grand hold-up du siècle. Il retrouva, près de son lit, une chemise sale d'Archie, un paquet de Craven vide et une reconnaissance de dette de deux cents dollars. Alors il crut enfin qu'il était devenu un voleur et satisfait, pieds nus, gagna le port et trempa sa tête de nain malicieux dans les eaux sacrées de la mer phénicienne.

Dionée dressée sur un coude, regardait Stan dormir.

Comme il semblait désarmé dans le sommeil ! Il s'éveilla en sursaut, passa la main sur sa barbe qui poussait drue et grise. Il alluma une cigarette qui déclencha une quinte de toux. Dionée avait le visage défait, des cernes sous les yeux, des rides de chaque côté de la bouche et son teint était brouillé.
— Ni les émotions de ce genre ni la fatigue ne conviennent plus aux gens de notre âge et de notre sorte ! dit-elle de sa voix de gorge où tremblait comme un sanglot. Quand sauras-tu si tu as fait un bon report en rejouant tout sur l'Israélien ?
— Quand ils seront arrivés à Chypre et que Farouk ou Jammal nous appelleront.
— A moins que ce ne soit d'une prison de Jérusalem ou de Tel Aviv.
Le téléphone sonna. Au bout du fil Gauthier qui exultait :
— Ils ont réussi.
— Quoi ?
— Le plus grand casse du siècle ! Pour des dizaines et des dizaines de millions de dollars. Ils sont revenus cette nuit à Central Bank. Ils ont vidé la salle des coffres ; ils ont laissé les grilles et les portes blindées ouvertes. Tâche d'en savoir plus. Vois ce Bouzoukian qui t'affirmait, hier encore, que la banque était imprenable.
— Rien d'autre ?
— Un petit accrochage en mer entre Syriens et Israéliens. Et comme d'habitude, les Syriens ont dégusté. Aucun intérêt. Stan, il nous faut tout sur le casse, tout tu m'entends. Les Syriens ? Ça peut attendre.
— L'*Altaïr* sera bientôt à Chypre, affirma Stan à Dionée. Ils y débarqueront l'Anglais. Farouk lui chan-

gera son or. Il ne nous restera plus qu'à attendre. Dans un mois, plus peut-être, l'*Altaïr* s'ancrera à Antibes, au port Vauban, n'ayant plus rien à bord car nous aurons pris la précaution élémentaire de n'y rien laisser. Es-tu heureuse ?
— Et toi ?
— Jamais, je n'éprouverai devant un tapis vert, une émotion aussi violente. Je crois que je ne jouerai plus. Que vais-je devenir ?
— Essaye une autre passion.

Ils firent l'amour. Au début Dionée se prêta avec indifférence aux caresses de Stan. Puis, à mesure qu'elle mesurait l'ampleur de sa victoire, elle s'animait oubliant son âge, sa fatigue, sa beauté qui se fanait, son désespoir tous les matins devant sa glace. Elle en oubliait même les hommes qui l'avaient aimée, les quelques rares qu'elle avait aimés, et Georges, son frère qui comme Narcisse et Adonis n'aimait que lui-même et n'aurait jamais su vieillir. Elle s'enfonçait dans une fournaise, elle flambait sur un bûcher. Elle renaissait à l'amour, elle avait contre elle, en elle ce double qu'elle avait tant cherché. Elle cria de plaisir et Stan de bonheur.
— Je sais maintenant, dit Dionée un peu plus tard, nous avons gagné. Ce n'était pas toi mais Baal qui m'aimait. J'étais Astarté, ta sœur, ton épouse incestueuse... Et puis merde pour cette mythologie de pacotille. Je suis aussi lasse que toi de vivre seule, de vieillir seule. Je crois te l'avoir déjà dit, je supporte la mort mais pas les agonies qui durent comme celles de Beyrouth. Partons Stan en nous moquant du reste. Que m'importe si le trésor est au fond de la mer à condition que tu me restes. J'aurais seulement de la peine si

disparaissent avec lui Farouk, Roméo libanais d'une Juliette palestinienne, cet ivrogne pathétique d'Archie, ce Druze puant de Jammal.

Debout, Stan pacha. Il te reste à raconter pour les clients de ton agence le hold-up de la Central Bank, le record du siècle. Qu'est-ce qu'Amin a crayonné au feutre rouge sur le mur de la banque ?
— « Faute d'argent c'est douleur sans pareille. »

L'argent n'avait aucun sens pour lui, il ne s'en est jamais soucié. Qu'est-ce qui lui a pris ? Mais quel excellent début de papier. Un « lead » un « shoot » l'appelons-nous en termes de métier.

XII

Le bracelet de la reine d'Arabie

Dionée me convia à déjeuner dans un petit restaurant libanais proche de la place de la Contrescarpe. Elle me demanda de venir seul ce qui arrangeait Patricia. Avec la frénésie qui lui était propre et ce manque de discrétion de certains nouveaux venus, elle s'occupait, aidée de quelques personnes dans son genre, à promouvoir un socialisme à visage surréaliste dont je m'efforçais en vain de cerner les contours. Je lui suggérais d'acquérir tout d'abord la nationalité française. Quelle importance, me dit-elle ? Cet avocat qui, comme toi, ne plaide guère mais semble en revanche plus doué pour les courses de haie, oui celui dont tu admires tant les œuvres — elles traînent sur la table de nuit — n'est-il pas devenu le chef de son parti avant d'y avoir adhéré. Il m'a indiqué la voie. Je demanderais ma naturalisation le jour où mon élection sera assurée. Sinon, je deviendrai suisse où des élections ont lieu à tout propos.

J'étais exact au rendez-vous, à Paris c'est être en avance. Dionée n'eut qu'une heure de retard. C'était méritoire pour une Libanaise. Elle s'excusa : elle avait tant... à ne rien faire. L'excuse s'accompagnait d'un si troublant rire de gorge !

Quand elle était sortie de l'invraisemblable tacot qui l'avait amenée, la vieille Peugeot de Stan cabossée, à la peinture éraflée, aux pare-chocs arrachés, que conduisait le petit Druze crasseux et mal embouché, je crus assister à ce miracle ! Un papillon s'arrachant à sa morne chrysalide pour déployer la splendeur de ses ailes. Elle était admirablement parée. Je lui en fis compliment, il était sincère et intéressé car je n'ignorais pas combien j'aurai besoin de son aide. Elle y fut plus sensible, que je ne l'imaginais. Stan occupait-il seul toutes ses pensées ?
— Avant de sortir, Dionée perd deux heures à se maquiller, m'avait averti Patricia. Le résultat est toujours formidable. En fin de journée, il l'est moins. Alors ne traîne pas trop longtemps avec elle ou tu seras déçu.

Dionée fut accueillie comme si elle était la providence. Le patron, originaire de Byblos était de sa confession : grec orthodoxe. Nous étions les seuls clients, il était morose. Pour l'encourager, elle commanda tous les plats mentionnés sur le menu. Contrairement à Patricia qui trouvait distingué de ne toucher à rien puis de se bourrer de sandwiches, elle dévora avec un bel appétit. Ainsi, je n'eus pas à me conduire en petit Français parcimonieux qui « par crainte de gâcher » se croit obligé de s'empiffrer. Elle m'avoua au café, qu'elle avait été contactée par les voleurs, qu'ils étaient à Paris et disposés à traiter.

J'ai toujours été agréablement surpris par les façons franches presque brutales, dont, bien qu'orientale, elle abordait les problèmes. Orientale, elle l'était par tant d'autres côtés !

— J'ai su gagner leur confiance, me dit-elle. La preuve, la voici.

Elle tendit son poignet par-dessus l'entassement de plats, les mézzés, qui encombraient la table. Alors m'apparut le fabuleux bracelet de la reine d'Arabie. J'avais conservé la photographie que m'avait remis l'un des joailliers arméniens rencontrés à Genève. Je la comparais à l'original, à cette pièce peut-être unique au monde avec ses cinq émeraudes, d'un éclat incomparable et qui, à elles seules, valaient plus d'un million de dollars.

— Il s'agit bien du bracelet en question, m'assura Dionée. Il serait impossible d'en exécuter une copie convenable. Même Agopian qui, je pense, vous a remis cette photo, bien qu'il soit très habile, a renoncé. Pourtant il a eu ce bracelet en sa possession durant plusieurs années.

J'étais gêné. Comment avec une personne aussi élégante, désinvolte et distinguée aborder un sordide problème d'argent et de commissions. Elle me rappela qu'elle était libanaise. J'offris trois puis quatre millions de dollars en échange des bijoux et des pierres.

— Cinq, me dit-elle, plus les frais, deux, non plutôt trois cent mille dollars.

— Votre commission ?

— Stan est mal payé par son Agence. Afin de nous permettre de vivre décemment, je m'occupe d'immobilier où la commission est versée par le vendeur. Dans ce cas, ce seront les voleurs.

Elle me sourit, d'un sourire presque espiègle qui humanisait son profil trop parfait de déesse et révélait le nez retroussé, insolent.

— J'avais espéré, ajouta-t-elle, conserver le bracelet

On me laissa entendre que j'exagérais. C'est vrai, je ne suis pas raisonnable ; je ne l'ai jamais été.

Elle le fit tourner détaillant du doigt chaque pierre :
— Dommage, n'est-ce pas ? Mais je me suis consolée. Le bracelet est tellement lourd et il est trop large pour moi. La favorite du roi Saud, pour qui il fut conçu, devait avoir des attaches de percheron.
— Et si Bouzoukian refuse ces propositions ?
— Les voleurs ont prévu cette éventualité. Ils donneront le bracelet à expertiser au représentant de Winston à Genève, la firme qui l'a vendu au roi. Les Saoudiens en seront prévenus et ils n'ignoreront plus rien de certaines activités de la Central bank. Dans le même temps, par l'entremise d'un courtier qui ignorera l'identité de ses clients, ils mettront en vente, au cours d'une adjudication publique, les plus beaux diamants volés en Afrique. Le souvenir de ces vols ou de ces disparitions demeure encore dans toutes les mémoires. Or il se trouve que l'un des personnages impliqués dans ce trafic, s'il est encore au pouvoir dans son pays, est pour l'instant dans une situation difficile. Une région où la Central bank conserve d'énormes intérêts. Jugez vous-même. Ce cher Pierre Bouzoukian n'a plus le choix.
— Voilà des voleurs particulièrement avertis et qui ne laissent rien au hasard. Quelle idée vous en faites-vous ?
— Je connaissais certains d'entre eux mais j'ignorais jusqu'à hier la part qu'ils avaient pris dans ce hold-up. Ma surprise n'eut d'égale... que mon admiration.
— Je dois consulter mon client. Dois-je faire part de votre intervention ?
— Bien sûr. Comme de mon côté, je conseillerai à

Pierre d'accepter la transaction ainsi que les conditions dans lesquelles elle devra s'effectuer.
— Puis-je les connaître ?
— Elles ne me seront communiquées qu'une fois le principe de l'accord obtenu. Ces personnes n'ont qu'une piètre confiance en Bouzoukian ; elles n'ignorent rien de ses activités parallèles qui supposent certaines pratiques brutales pour éliminer la concurrence.
— Stan est-il au courant ?
— Dans ce domaine au moins, je n'entreprends rien sans son accord. Comme moi il connaît les voleurs, des gens par ailleurs parfaitement fréquentables. Voyez Boukouzian, rappelez lui que ni le prix ni les conditions ne sont négociables. De mon côté, je reverrai mes clients. N'est-ce pas mieux que d'employer le terme voleurs ? A ce propos, Stan m'a appris que vous aviez la facheuse manie de suivre les gens. Ne vous y risquez pas ou malgré toute la sympathie que j'éprouve à votre égard, et l'amitié que je porte à Patricia, je serais obligée de conseiller à Pierre de se passer de vos services. Et il m'écouterait.

Je ne soupçonnais pas combien le regard de Dionée pouvait en un instant devenir impitoyable, ses mâchoires se durcir, ses lèvres généreuses n'être plus qu'un trait. Elle partit d'un rire charmant de jeune fille qui me surprit. Je me perdais dans ses transformations successives.
— Parlez-moi de Patricia, Fabrice.
— Elle est entrée en politique.
— Encore une fois !
— Je l'ai dirigée sur la section socialiste du VIIe arrondissement, la mieux fréquentée. Plusieurs de mes

clients, des personnalités qui sentent avant les autres d'où vient le vent, y ont adhéré. Dionée, puis-je me permettre une question indiscrète ? Quels rapports entretenez-vous avec Stan ?

— Nous nous sommes connus à Beyrouth en mars dernier, peu de jours avant que ne soit pillée la Central bank. Nous avons été des amants passionnés et je l'ai rejoint à Paris. Il n'était venu que pour renforcer pendant un mois l'équipe de l'A.F.P. Je souhaitais aussi fuir Beyrouth. La passion est devenue estime, amitié, complicité. Nous avons toujours plaisir à dormir ensemble mais il arrive de nous égarer chacun de notre côté.

— Stan m'a appris qu'il prenait sa retraite à la fin de l'année et comptait vivre une partie du temps dans une île grecque.

— A Patmos. Un mois, deux mois. Plus, il s'ennuierait. J'ai d'autres projets pour lui. Stan connaît bien l'Afrique et Pierre Bouzoukian projette d'y étendre ses activités : Stan parle arabe ; il a fait ses études aux Etats-Unis, il connaît parfaitement l'Orient ; sa mère était grecque. Sincèrement je le crois destiné à la banque et je compte persuader Pierre de le prendre avec lui. Bien qu'il le cache, Stan possède une certaine expérience en la matière.

Les banques lui conviennent mieux que les casinos où il perd à chaque fois sa chemise.

Elle regarda sa montre et s'excusa :

— On m'attend ; j'aurais déjà dû rendre le bracelet.

Jammal passa sa tête hirsute par l'ouverture de la porte :

— Fissa, princesse. Je suis garé au milieu de la rue et ils klaxonnent comme des fous. Tu sais ce qui leur

manque à Paris ? De recevoir des bombes sur la gueule. Ils feraient moins d'histoires pour la circulation.
— A bientôt, me promit Dionée. Quand partez-vous pour Genève ?
— Demain, par l'avion de 11 h.
— D'ici là, j'aurai peut-être du nouveau. Savez-vous que Patricia m'a demandé de lui trouver un appartement dans le VIe ou le VIIe. Entre 230 et 250 mètres carrés donnant sur jardins. Je suppose qu'elle compte ne pas l'habiter seule.
— Certainement pas avec moi. Je ne supporte que l'hôtel.
— J'ai bien quelque chose rue de Varennes. Ça vous conviendrait ? J'ai cru comprendre que vos parents y habitaient.
— Je ne m'en souviens plus.

Le lendemain, une heure avant mon départ, on m'apporta une lettre. Aucune indication sur l'enveloppe ; à l'intérieur, une simple note tapée à la machine.

« Deux millions de dollars seront versés à la Société des banques suisses, à Genève, deux millions à la Chase Manhattan bank de New York, cinq cent mille à la Californian bank de San Francisco, l'équivalent en francs de 250 000 dollars aux douanes françaises d'Antibes, cent mille dollars à la Banco de Madrid, à Luchmayor aux Baléares. Les numéros des comptes à créditer seront communiqués par la suite. La Central bank s'engagera à créer une fondation à vocation culturelle avec un apport de 500 000 dollars. Des précisions seront fournies ultérieurement sur l'utilisation de ces fonds ainsi que les garanties exigées pour la bonne exécution du dit contrat. »

Je fis le calcul : cinq millions trois cent cinquante mille dollars. Plus que comptait Bouzoukian dans ses prévisions les plus pessimistes. Je pouvais me brosser pour le supplément promis. Dionée m'appela peu après :

— Je suis à votre hôtel ; je prends le thé avec Patricia. C'est moi qui ai déposé la lettre et je me suis engagée à la récupérer avant que vous ne partiez. Ce sont leurs exigences, je n'y peux rien. Sinon, ils coupent les ponts.

Il était imprudent de passer la douane avec en poche un papier aussi compromettant, d'autant que Filochet, mon fiscard, avait dû alerter tous les postes frontières quand il avait appris que je servais de conseil à une banque Suisse. Mais j'aurais aimé en avoir au moins une photocopie. Je n'avais plus le temps, j'étais coincé.

Dionée était attablée avec Patricia et, comme elles auraient parlé de chiffons, elles discutaient des propositions des voleurs, pardon de nos vendeurs.

— Je n'ai pu les fléchir, s'excusa Dionée.

— A leur place, dit Patricia, je me serais montrée plus gourmande. Qu'est-ce qui t'étonne, Fabrice ? Il est normal que Dionée me tienne au courant. N'oublie pas que nous sommes deux sur l'enquête. Une sage décision de mon père.

Je demandais avec une fausse innocence :

— Pourquoi tenez-vous tant à cette lettre, Dionée. Par crainte que je n'en compare les caractères avec ceux des machines à écrire qu'utilise l'A.F.P. ?

— Vous perdriez votre temps, Fabrice. Vous trouverez la machine dans le bureau que j'occupe. Une petite agence d'immobilier dont j'ai pris la gérance, 17 Rue de Verneuil. La proposition m'a été transmise par téléphone et la voix m'était familière. Je ne puis vous en dire plus.

— Embrasse papa, ajouta Patricia, et dis-lui que j'ai enfin trouvé, grâce à Dionée, l'appartement de mes rêves.

Je revins sur mes pas.

— Dois-je ajouter le prix de l'appartement à la facture que je présenterai tout à l'heure à papa Bouzoukian, après l'avoir embrassé à pleine bouche ?

Elles éclatèrent de rire.

L'entrevue avec le banquier arménien fut orageuse. On le volait et non content de cela on l'étranglait. Il ergota, il exigea que je mette par écrit, de ma main, les propositions que j'étais chargé de lui transmettre afin d'en référer à son conseil d'administration. Me doutant de l'usage qu'il en ferait un jour, je refusais.

Il éclata :

— Vous vous liguez tous pour me perdre. Dionée me conseille d'accepter sans marchander. Patricia partage son avis et les joailliers de Beyrouth me pressent. Je refuse qu'on me prenne à la gorge. Qu'est-ce qui me prouve que le chantage ne continuera pas ?

Il m'attrapa par le revers de la veste :

— Vous connaissez les voleurs, vous êtes de leur côté. Ils vous ont acheté. Je devais m'y attendre.

Je me dégageais :

— Je m'en suis tenu à vos instructions et je n'ai pas eu loisir de me conduire avec eux en marchand de tapis. Ils ne l'auraient certainement pas toléré. Autant que je puisse en juger, nos vendeurs sont susceptibles, méfiants et admirablement informés. Voyez un peu de votre côté. Mais ce ne sont pas des maîtres chanteurs. Je connais cette engeance ; ils s'y seraient pris diffé-

remment. Vous devriez les remercier. Ils vous accordent le beau rôle. Une fondation Bouzoukian. Vous êtes déjà riche, vous serez désormais considéré.
— Que financera la fondation ? De la musique concrète ou des peintres abstraits ?
— Ils nous le diront.
— Votre oncle l'évêque n'a pas défroqué. Il est à Rome. Je sais pourquoi vous bégayez devant les tribunaux. Une crise de fureur vous a saisi quand un juge, qui avait servi tous les régimes, vous accusa d'être un renégat et d'avoir souillé le passé honorable de votre famille. Dès que vous apercevez la robe d'un juge, ça vous reprend.
— Je ne me souviens plus.
— Quand on a droit à un titre de vicomte, qu'on a pas eu besoin de l'acheter et qu'on ne s'en sert pas, c'est qu'on est un jean-foutre. Jamais je ne vous donnerai ma fille.

Le téléphone sonna. C'était Patricia.

Bouzoukian de rouge devint écarlate.
— Savez-vous combien vaut à Paris le mètre carré dans un quartier qui n'est même pas l'avenue Foch ? Dans le VIIe arrondissement, monsieur ? Deux millions. Et savez-vous pourquoi Patricia exige la rue de Varennes ? Parce que c'est bien habité : vieilles marquises et vieux débris. Mais ni nègres, ni arabes, ni chinois, les seuls avec qui je travaille. Je ne vous retiens pas à déjeuner, vous me coûtez déjà suffisamment cher. Bien sûr, j'accepte les conditions de ces forbans, vicomte !

Je transmis à Dionée et à Stan l'accord de Bouzoukian. Certaines précautions devant être prises, on m'incita à la patience. Trois jours avant Noël, je reçus un carton m'invitant ainsi que Patricia à dîner le 24 décembre. Tenue de soirée. Aucune adresse, aucun numéro de téléphone n'était mentionné ; Rendez-vous dans le hall de l'hôtel à 21 heures. Au-dessus, en forme de couronne, était gravé

« Faulte d'argent, c'est douleur sans pareille. »

La sentence que l'un des voleurs avait inscrite sur le mur de la banque.

J'essayais en vain de joindre Stan ou Dionée. Stan avait quitté l'A.F.P. Ses amis avaient donné une petite fête et lui avaient offert les œuvres complètes de Kazantzakis. J'eus ainsi l'occasion d'apprendre qu'il n'y était guère apprécié sauf de quelques « vieux ringards » comme lui que guettaient les oubliettes. Dionée avait disparu. Je n'avais plus qu'à ronger mon frein, tourner et retourner l'invitation. Elle avait été postée la veille à Paris.

Le 24 décembre, à l'heure convenue, Jammal vint nous prendre dans sa carriole. A ma surprise, il était rasé de frais, parfumé et il portait même un smoking de location. Fait sur mesure, il lui serait allé aussi mal. Son nœud papillon, noué de travers, semblait vouloir s'envoler. Tout le long du trajet, il se plaignit des chaussures que Stan pacha lui avait achetées. Elles étaient trop étroites pour ses pieds, habitués aux basketts. Je n'ai rien pu lui sortir d'autre.

La bande avait loué pour les fêtes de Noël dans les environs de Paris, un petit château aux tourelles prétentieuses qui servait aussi à des partouzes. Un traiteur avait installé le buffet : caviar, foie gras, salades, fromages et fruits exotiques. Aucun serveur à l'exception d'une jeune Kurde dans son costume national. Jammal, entre deux discours, l'aidait à passer les plats. Dionée était en robe de soirée, une robe à paillettes qui la moulait et bruissait à chacun de ses mouvements. Elle arborait d'admirables bijoux, le bracelet que je connaissais déjà, un collier composé de rubis, saphirs et émeraudes, et un diadème où étincelaient les diamants. Il y en a pour dix millions de dollars m'affirma Patricia qui avait l'œil. Stan, vieil habitué des casinos, portait avec aisance le smoking. Amin, en revanche, semblait déguisé. Il flottait dans ses vêtements. Etait-il ivre ou fatigué ? Il avait froid. Un vieil oiseau blessé qu'on avait envie de prendre contre soi pour le réchauffer.

On me présenta les invités que je ne connaissais pas encore : un certain capitaine Farouk, beau garçon au regard pénétrant et sa jolie épouse dont il était difficile d'imaginer qu'elle fût palestinienne tant ses yeux étaient clairs, ses cheveux blonds et sa peau d'un rose nacré. Ils vivaient à San Francisco et ne tarissaient pas d'éloges sur la douceur, la qualité de la vie. Ils étaient tellement amoureux l'un de l'autre qu'ils auraient vanté tout autant un désert ou une banquise. Puis ce fut un Anglais, Archibald Dawson, Archie, qui s'était retiré aux Baléares dont il disait pis que pendre. Voilà ce qui vous arrive lorsqu'on n'est pas amoureux ! Il avait l'ivresse digne et guindée. Enfin un petit bonhomme insignifiant, effacé, peu loquace qu'ils appelaient tantôt Moshe, tantôt Khallil et dont j'appris avec étonnement, qu'après avoir été colonel dans l'armée israélienne, il venait d'être nommé ambassadeur dans je ne sais trop quel pays d'Afrique « à grands risques » que les pétro-dollars arabes s'efforçaient de détacher d'Israël. Sonia, une femme, l'accompagnait, grande, brune, la quarantaine, les cheveux gris, pas de fards. Mais quel charme ! Elle ne cherchait pas, au contraire de Dionée, à tricher avec son âge. Elle en rajoutait même. Etait-elle l'épouse, la maîtresse, une amie du petit homme ? Je n'arrivais pas à le savoir mais je me souviens de sa réflexion à propos de Moshe et Stan, auxquels elle prêtait de mystérieuses complicités.

« Ces deux voyous, dans la peau de personnages honorables ! Je me demande comment ils s'en accommoderont. » Il y avait autant de tendresse que d'amusement dans sa remarque.

Stan leva sa flûte de champagne.

— Vous avez devant vous, mon cher Fabrice, les auteurs du « casse » de la Central bank de Beyrouth. Quelques-uns manquent. De toute manière ils n'auraient pas été à leur place parmi nous.

Je poussais en avant Patricia :

— Tu ne les rejoins pas ?

— Ils n'ont pas voulu de moi. Sinon, tu penses...

Leur triomphe tranquille, leur impunité assurée m'agaçaient. Je voulus les inquiéter.

— Vous ne craignez pas que Bouzoukian, en apprenant la vérité, furieux d'avoir été pareillement joué, ne vous prépare un tour à sa manière. Et que moi-même...

Stan montra ses dents dans un sourire. Allait-il mordre ?

— Vous n'êtes pas, Fabrice, homme à prévenir la police. Il vous en coûterait votre réputation. Et avouez que vous ne l'avez jamais envisagé. Vous vous êtes trop bien amusé ! Quant à Bouzoukian, il ne connaît des policiers que ceux qu'il achète. Les autres, il les fuit.

Il sortit un petit carnet noir de sa poche :

— Tu le reconnais Patricia ?
— Oui, dit-elle, penaude. Quand nous nous sommes aperçus que cette organisation, sous couvert de venger le génocide des Arméniens, avait servi à perpétrer un certain nombre d'attentats pour le compte des services secrets de l'Est, nous avons dénoncé la manœuvre. Trop tard. Les fonds avaient été versés, les armes distribuées et bon nombre de personnes honorables à jamais compromises risquaient d'y perdre, si cela se savait, leur réputation et leurs biens.
— Tu as confiance en moi, Patricia ?
— Comme en Dionée. Quand elle m'a recueillie à Beyrouth, j'étais perdue. Ils étaient à mes trousses, ceux qui voulaient que je me taise et les autres qui estimaient que je les avais trompés. Stan m'a débarrassé des uns et il a rassuré les autres.
— Stan connaît tant de monde ; il est si convaincant, dit l'Israélien. Je me doutais bien qu'il avait piqué le carnet.

Stan ignora l'interruption :
— Je te promets Patricia, quand nous en aurons terminé avec ton père, que le carnet sera brûlé. Et que d'ici là, personne ne pourra y jeter un œil.
— Il est capable de tenir parole, ajouta Khallil ou Moshe, je ne savais plus très bien. Comme le contraire. Tu m'avais bien dit Sonia qu'il était insaisissable.
— Je l'ai aussi dit de toi, Moshe.

J'intervins :
— Si je comprends bien, Patricia vous servira d'otage ?
— Je ne pense pas qu'elle y voie un inconvénient

Stan me prit par l'épaule :
— Et maintenant buvons et mangeons ! Il est minuit,

il y a de cela vingt siècles la Vierge et le Christ venaient au Liban prendre la relève de Baal et d'Astarté. Ce sont eux que nous fêterons ce soir.
— Si je ne t'aimais tant, dit Farouk, ton impiété me révolterait. Déjà avec les crânes des moines...

Stan Vaucelles, avec une participation de deux millions de dollars, devint l'un des « associés » de la Central bank. Il est aujourd'hui l'un des gardiens de la caverne des quarante-huit voleurs. Patricia ne l'appelle plus qu'Ali Baba. Il voyage beaucoup, autant que lorsqu'il était journaliste. Deux mois tous les ans, à Patmos, il redevient ce Grec taciturne qui passe des heures à la terrasse d'un bistrot, sur le port, devant un café et un verre d'eau. A Genève, il est de bon ton d'être reçu chez lui. Sa compagne, Dionée, quand elle n'est pas à Londres, Paris, New York où elle a ouvert des maisons de couture — il en aurait coûté deux millions de dollars à ses commanditaires —, donne à ces réunions des allures de fête libanaise où le sexe et l'argent trouvent leur profit. Elle facilite les contacts, noue et dénoue les intrigues, arrange les liaisons. Une jeune Kurde prude, farouche, ne la quitte jamais. On raconte que ce serait sa fille.

Le premier fils de Farouk, né à San Francisco, se prénommera Stanislas. Son père a déjà décidé qu'il entrerait à West-Point. Jammal a retrouvé son bateau, l'*Altaïr*. Il a recruté un solide équipage de forbans et sous pavillon français, car il a dû en passer par là, il compte se livrer au seul trafic digne d'un Druze, celui des armes. Je lui ai ménagé des contacts avec certains organismes d'Etat qui fourguent en douce leur camelote aux pays avec lesquels nous sommes censés n'entretenir aucune relation.

J'ai profité de nos fréquentes rencontres pour apprendre comment le trésor de la Central bank est arrivé en France.

— Nous avons dû trimer, me raconta Jammal. Nous n'étions que trois pour ramener le bateau jusqu'à Antibes. Et presque toujours une mer mauvaise. Khallil nous avait laissés à Haïffa, en nous piquant dix kilos d'or. Pour payer, nous dit-il, le kérosène des avions qui nous avaient secourus et alimenter la caisse de retraite de son association.

Archie s'était tiré à Chypre, lui aussi avec dix kilos d'or qu'il a fallu négocier sinon cet ahuri se faisait plumer par un banquier grec qui se disait juif mais était arménien. Les kilos restants nous ont permis de subsister. Dionée de monter son agence, une simple couverture, jusqu'à ce que Bouzoukian lâche le paquet. Sais-tu qu'elle était même arrivée à faire du bénéfice ?

Stan et Dionée nous attendaient, au large de la Corse dans un petit voilier qu'ils avaient loué. Ils ont embarqué l'or qui restait et les pierres. En arrivant à Antibes, on nous a inculpés de piraterie, mis en prison, ressortis le lendemain. On ne nous accusait plus que de contrebande. Juste quelques cartouches de cigarettes, quelques bouteilles de whisky pour notre argent de poche. Mais aussi d'usage abusif de pavillon. Quant aux papiers de Marie ils n'étaient pas en règle. Stan pacha a tout arrangé.

— Marie ?

— Elle nous avait rejoints à Chypre. Qui nous aurait fait la cuisine ? Nous avons navigué deux mois, traînant de port en port, le temps que Dionée et Stan préparent notre venue en France.

Archie, l'Anglais, avait eu des déboires avec son foie et avec les entreprises auxquelles il avait confié le soin d'aménager sa finca croûlante. D'où la rallonge de cent mille dollars.

Grâce à une subvention de la fondation Bouzoukian dont je suis devenu le mandataire, la pièce d'Amin Adonis 70 fut montée dans les meilleures conditions. Elle coûta fort cher et obtint un succès d'estime. Les critiques furent flatteuses, j'y veillais, mais le public bouda. J'ai aimé la pièce. Elle me livrait le secret de Dionée qui ne pouvait aimer que son double : un frère ou une femme. Et peut-être Stan.

Peu de temps après, Amin qui n'était plus relié à la terre que par un fil ténu s'envola, heureux, comblé. Il n'avait retenu que les éloges, oubliant le reste. Sa dernière exigence : que ses cendres soient dispersées dans la mer sacrée de Phénicie.

Je n'ai pas épousé Patricia. Aux termes de nos accords, j'habite trois jours chez elle, rue de Varennes, elle vit trois jours avec moi, dans ma chambre d'hôtel. Le septième jour, nous allons chacun de notre côté. Nous nous ennuyons mais rien ne nous forçerait à l'avouer.

Depuis quelques jours, à son regard sournois, je sais qu'elle me prépare un mauvais tour. Je me tenais dans une pièce voisine alors qu'elle téléphonait à ce vieux grigou de Bouzoukian dont, sans l'intervention de Stan, j'aurais eu le plus grand mal à obtenir mon dû. Comme si elle souhaitait être entendue, elle forçait la voix.

— Non, papa, il ne s'appellera pas Tigrane. A la

rigueur comme deuxième prénom. Qui t'assure que ce sera un garçon ? Ta voyante ? Si elle t'avait promis une fille tu l'aurais fichue dehors. J'ai vu le père Marounian. Plus de problème. L'œcuménisme a bien arrangé les choses. Les deux rites sont valables. Je souhaiterais bien sûr un mariage religieux selon le rite arménien. Tellement plus de pompe et d'allure ! Mais la famille de Fabrice est « nouvelle église » et nous serons même frustrés du latin.

Il n'y avait aucun interlocuteur au bout du fil ; je le vérifiais. Patricia sondait seulement mes intentions ! Je décampais. A mon hôtel, je trouvais un message ; j'appelais le numéro indiqué.

— Mon cher, me dit une voix trop bien connue, ce garçon qui a filé au Paraguay avec la commission de l'émir cause bien des tracas au Département. Que des diplomates se conduisent de la sorte par pédérastie, convictions politiques, vengeance ou dérangement mental, passe encore. Mais pour une starlette dont on voit la photo, entièrement nue, sur tous les murs de Paris ! Intolérable. Malgré la considération que nous portons à son père, nous ne pouvons plus garder le dossier sous le coude. Ramenez ce garçon au plus vite. Je sais, vous avez quantité d'obligations mondaines. On vous rencontre partout. Vous patronnez même je ne sais trop quelle fondation. Un garçon comme vous, donner dans la culture ! Cette pièce, à laquelle vous avez eu l'amabilité de m'inviter était pire qu'exécrable, dépassée. En vers ! Ecoutez-moi bien, mon cher Maître, si vous ne réglez pas au plus tôt notre affaire, nous lâchons sur vous Filochet. Il a contre vous un dossier en béton.

— Et si j'accepte, l'enverra-t-on à Mende ?

— Nous vous l'assurons. Aucun syndicat ne le protège. Filochet, mon cher, mais gardez-le pour vous, milite à droite. Votre billet vous attend à Roissy, au comptoir d'Air France. Première classe comme d'habitude alors qu'on nous oblige à voyager en classe touriste à l'exception des ambassadeurs et des ministres plénipotentiaires. Et je ne suis que conseiller !

J'aurais pu raconter le « casse » de la Central bank d'une manière différente si j'avais prêté l'oreille aux insinuations de l'Israélien à propos du « professionnalisme » de Stan. Mais je risquais de m'égarer dans des sentiers interdits où ne joueraient plus mes protections habituelles. Plus grave encore, je changeais de genre. Ce livre ne serait plus un « polar ».

Savez-vous où resta planqué pendant tout ce temps le trésor volé de la Central bank ? Dans un coffre que Dionée avait loué à Genève, dans cette même banque, sur les conseils de Stan. Quel personnage inquiétant ! Un soir, dans un bar où il attendait Dionée et moi, Patricia, il m'affirma que Dieu était un croupier distrait qui tenait la roulette où se jouait le sort des hommes. Il suffisait de profiter d'un de ses moments de distraction, de le créer au besoin, pour piper la bille. Et dès lors remporter la mise à chaque coup. Sauf la dernière, bien sûr.

PARIS, BEYROUTH, TEL AVIV, LARNACA, GENÈVE et SAINT-CÉZAIRE-SUR-SIAGNE, ALPES MARITIMES.

DU MÊME AUTEUR

aux Presses de la Cité

Les centurions
Les mercenaires
Les prétoriens
Les tambours de bronze
Les chimères noires
Le mal jaune
Sauveterre
Les baladins de la Margeride
Tout homme est une guerre civile, tome 1
Les libertadors, tome 2
Le paravent japonais
Les guérilleros
Voyage au bout de la guerre
Tout l'or du diable
L'Adieu à Saigon
Fiu, Tahiti, la pirogue et la bombe
Le peuple de l'opium
Dieu, l'or et le sang
Le commandant du nord
Marco Polo, espion de Venise
Liban. Huit jours pour mourir

Flammarion

Enquête sur un crucifié
Les rois mendiants
Les naufragés du soleil
Le cheval de feu
Le baron céleste

Gallimard

Sahara, an I
La grande aventure de Lacq
Visa pour l'Iran
Les quatre fils Aymon
Le Maroc interdit

Le Mercure de France

Le Protecteur *(théâtre)*

Albin Michel

Clefs pour l'Afrique
Lettre ouverte aux bonnes femmes

Édition Spéciale

Les murailles d'Israël

La Pensée moderne

Les Dieux meurent en Algérie *(albums)*
Les centurions du roi David

GP Rouge et Or

Le dragon, le Maître du ciel et ses sept filles

*Achevé d'imprimer en janvier 1985
sur presse CAMERON
dans les ateliers de la S.E.P.C.
à Saint-Amand-Montrond (Cher)*

N° d'édition : 7045. N° d'impression 2998-2229.
Dépôt légal : janvier 1985